Jules Bennett
Świąteczny romans

Tłumaczenie:
Grażyna Woyda

Linda Thomas-Sundstrom
Gorączka świątecznej nocy

Tłumaczenie:
Edyta Tomczyk

Droga Czytelniczko!

Oto nasze propozycje na grudzień:

Rajd po miłość (GORĄCY ROMANS) – Hanna przeżyła największą przygodę życia, obserwując, jak prowadzący szalone życie Brody zmienia się w mężczyznę, na którym można polegać...

Świąteczny romans (GORĄCY ROMANS DUO) – Pax przystał na romans z Kirą, chociaż w głębi ducha podejrzewał, że nie będzie mu tak łatwo wycofać się z tego związku jak z poprzednich...

Gorączka świątecznej nocy (GORĄCY ROMANS DUO) – Kim obawia się, że jeśli ulegnie urokowi Chaza, może tego gorzko pożałować...

Życzę miłej lektury,

Harlequin. **Każda chwila może być niezwykła.**

Czekamy na listy!
Nasz adres:
HarperCollins Polska sp. z o.o.
02-672 Warszawa, ul. Domaniewska 34A

Jules Bennett

Świąteczny romans

Linda Thomas-Sundstrom

Gorączka świątecznej nocy

HARLEQUIN®

Toronto • Nowy Jork • Londyn
Amsterdam • Ateny • Budapeszt • Hamburg
Madryt • Mediolan • Paryż
Sydney • Sztokholm • Tokio • Warszawa
Rio de Janerio • Mumbaj

Tytuł oryginału: Their White-Hot Christmas
The Boss's Mistletoe Maneuvers

Pierwsze wydanie: Harlequin Desire, 2023
Harlequin Desire, 2014

Redaktor serii: Ewa Godycka

HarperCollins Polska sp. z o.o.
02-672 Warszawa, ul. Domaniewska 34A
info@harpercollins.pl www.harpercollins.pl

Skład i łamanie: Comptext®, Warszawa
Printed in ScandBook

ISBN: 978-83-291-1599-5

GRD – 1310

MIX
Paper | Supporting responsible forestry
FSC® C021394

Spis treści:

Jules Bennett

Świąteczny romans

ROZDZIAŁ PIERWSZY

– No chodź, ty przeklęta paskudo!

Kira Lee wzięła głęboki oddech i ponownie szarpnęła absurdalnie brzydką choinkę, którą kupiła tego dnia na Farmie Najpiękniejszych Świątecznych Drzewek w Willowvale Springs.

Tuż przed świętami ich wybór był oczywiście ograniczony. Nabyła jednak dość ozdób i łańcuchów, żeby zamaskować brak wielu gałęzi, a tak czy owak zamierzała spędzić w wynajętym domku tylko kilka tygodni.

Pracownicy szkółki leśnej załadowali ten nabytek na dach jej niewielkiego SUV-a, a teraz musiała w jakiś sposób wciągnąć go do wnętrza chatki.

– Kto wygrywa tę batalię? – spytał jakiś mężczyzna, którego nie widziała, gdyż stał po drugiej stronie samochodu i był zasłonięty przez gałęzie.

– Zamierzam ją wygrać ja – oznajmiła. – A pan mógłby zachować się jak dżentelmen i zaoferować pomoc.

W normalnych warunkach nie zdobyłaby się na tak obcesowy ton, ale lodowaty klimat w Wyoming dokuczył jej tak bardzo, że marzyła o jak najszybszym powrocie do domku i rozpaleniu kominka.

– Nigdy nie twierdziłem, że jestem dżentelmenem – mruknął niewidoczny mężczyzna.

To nie do wiary, pomyślała z niechęcią. Jest w tym mieście od zaledwie kilku godzin, a już zdążyła uwikłać się w konflikt. To jej wina. Niepotrzebnie postanowiła udekorować świątecznie tę ponurą chatkę.

Ponownie szarpnęła za arkusz folii, na którym leżała choinka, ale zatoczyła się, straciła równowagę i omal nie upadła.

– Niech mi pani pozwoli wziąć sprawę w swoje ręce, zanim ktoś zrobi sobie krzywdę.

Odwróciła głowę i ujrzała najbardziej atrakcyjnego kowboja, jakiego potrafiła sobie wyobrazić. Może nie był przesadnie uprzejmy, ale za to szaleńczo przystojny. Opalona twarz, czarny kapelusz, czarna wełniana kurtka, granatowe dżinsy i wysokie buty.

Zaczęła podejrzewać, że ukrywa gdzieś w pobliżu czarnego, groźnie wyglądającego konia i gromadkę kobiet gotowych rzucić się do jego stóp.

W normalnych warunkach poświęciłaby więcej uwagi jego aparycji, ale w tym momencie widziała w nim tylko człowieka mogącego jej pomóc we wniesieniu świątecznego drzewka do domu.

Nieznajomy z zadziwiającą łatwością dźwignął choinkę, zarzucił ją sobie na ramię i ruszył we wskazanym przez Kirę kierunku.

– Czy może pani przynajmniej otworzyć drzwi? – spytał szorstkim tonem.

Kira posłała mu najbardziej czarujący uśmiech, na jaki potrafiła się zdobyć, i weszła na schodki prowadzące do wnętrza chatki. Wystukała odpowiednie numery zamka automatycznego, a potem zeszła nieznajomemu z drogi.

On zaś przekroczył próg i ruszył w kierunku połączonego z kuchnią pokoju dziennego.

– Gdzie jest jakieś wiadro? – spytał obcesowo.

– Wiadro?

– Przecież to drzewko trzeba jakoś ustawić. Czyżby pani o tym nie pomyślała?

– Nie zaplanowałam tej operacji zbyt precyzyjnie, ale mam sporo bardzo pięknych ozdób – oznajmiła beztroskim tonem, pragnąc go rozbawić.

Jej odpowiedź jednak go nie rozbawiła, bo podszedł do kominka i położył na dywanie nadal owinięte sznurem drzewko. Potem mruknął coś niewyraźnie i wyszedł na dwór. Po chwili wsiadł do złowieszczo czarnego pikapa i odjechał z rykiem silnika.

Kira zamknęła drzwi, aby uchronić się przed powiewami lodowatego wiatru. Kiedy spojrzała na choinkę, miała przez chwilę ochotę położyć się obok niej.

Ostatnie miesiące jej życia były jednym pasmem bolesnych porażek. Straciła nie ze swojej winy mieszkanie, czuła się wypalona wewnętrznie na skutek przeciążenia pracą, a w dodatku musiała znosić kaprysy matki planującej swój czwarty – tak, czwarty – ślub.

Była bliska załamania.

Na szczęście Delia zdiagnozowała jej stan psychiczny i znalazła w Wyoming ośrodek wypoczynkowy, w którym Kira mogłaby zapomnieć o problemach nękających ją w Oregonie.

Drzewko, które kupiła, nie wyglądało najlepiej, ale w jakiś sposób budziło jej sympatię. Może właśnie dlatego, że było uszkodzone… podobnie jak jej życie.

Wiedziała dobrze, że zdoła je odbudować, jeśli skupi uwagę na sobie i przestanie się zajmować problemami innych ludzi – klientów, matki, agentki mieszkaniowej. Zgodnie z radą Delilah postanowiła od tej pory myśleć tylko o sobie. Pokierować swoim życiem w zorganizowany sposób, znaleźć własny dach nad głową i jakoś sobie poradzić z wypaleniem zawodowym.

Nie przyszło jej do głowy, że mogłaby poprosić o pomoc poznanego przed chwilą wysokiego przystojnego kowboja.

Paxton Hart nie miał czasu na rozmyślanie o najbardziej przygnębiającej choince, jaką w życiu widział.

Każda chwila pobytu w tym ośrodku wypoczynkowym nieznośnie mu się dłużyła. Niestety w obecnej sytuacji nie mógł się osiedlić w żadnym innym miejscu.

Z niepojętych dla niego powodów Hank Carson postanowił zostawić swoje rancza, farmy, dom i ośrodki rekreacyjne grupie ludzi, których zatrudniał od lat w sezonie letnim. Jego spadkobiercami oprócz Paxa zostali Mason, Kahlil i Vaughn.

Wszyscy pracowali u Hanka jako młodzi chłopcy, a potem osiągnęli sukcesy zawodowe i zarobili duże pieniądze. Wszyscy przyjechali do Willowvale, by sprzedać swoje posiadłości i wrócić jak najszybciej do normalnego życia, ale z różnych powodów zmienili zdanie.

Główną przyczyną ich decyzji było to, że się zakochali i postanowili osiąść w tej pięknej okolicy.

Pax, który początkowo usiłował im pomóc w pozbyciu się udziałów w masie spadkowej, przeżył szok, gdy się dowiedział, że wszyscy trzej są zaręczeni lub żonaci.

On nie wrócił w te strony po to, żeby przeżywać iluzoryczne uniesienia miłosne. Miał określone plany dotyczące przyszłości, zamierzał bowiem otworzyć w Hiszpanii nową agencję obrotów nieruchomościami.

Stały pobyt w Willowvale Springs w ogóle nie przychodził mu do głowy.

Szukając w najbliższej szopie odpowiedniego wiadra, myślał tylko o tym, że nowa lokatorka jednego z domków jest chyba najładniejszą kobietą, jaką widział.

Nie potrafiłby odpowiedzieć na pytanie, czy bardziej irytuje go ta świadomość, czy też fakt, że poświęca swój cenny czas na ustawianie paskudnej choinki.

Z wiadrem w ręku wsiadł do samochodu i ruszył przed siebie wąską uliczką dzielącą szeregi drewnianych domków. Ośrodek wypoczynkowy był zwykle pełen gości z całych Stanów Zjednoczonych, a nawet z zagranicy, ale od niedawna cieszył się mniejszą popularnością.

Pax był z tego po części zadowolony, bo nie miał pojęcia o prowadzeniu tego rodzaju instytucji i nie dysponował fachowym personelem. Zarządca kolonii domków został na stanowisku po śmierci Hanka, ale głównie dlatego, że nie miał ani żadnych innych propozycji, ani zawodowego doświadczenia.

Pax pracował w tym ośrodku jako student przez kilka letnich sezonów, ale nie znał się na tej branży i dobrze o tym wiedział. Znał się za to na kupowaniu i sprzedawaniu nieruchomości. Jego firma zdobyła już dominację na rynku amerykańskim i zamierzała w ciągu kilku następnych miesięcy otworzyć swój oddział w Hiszpanii.

Właśnie dlatego nie miał czasu na zajmowanie się ani tą kolonią domków, ani seksowną lokatorką chatki numer pięć.

Zatrzymał samochód tuż za małym SUV-em i z wiadrem w ręce wszedł po schodkach, otrząsając śnieg z butów. Choć zapowiedział, że tu wróci, zastukał do drzwi, nie chcąc naruszyć niczyjej prywatności.

Gdy Kira stanęła w progu, poczuł po raz drugi tego dnia dreszcz pożądania.

Drobna dziewczyna z końskim ogonem wyglądała w obcisłych dżinsach i czerwonym swetrze wprost zachwycająco, a on zaczął podejrzewać, że traci rozsądek i samokontrolę pod wpływem lodowatego powietrza.

– Gdzie je postawić? – spytał, mając nadzieję, że zdoła załatwić całą sprawę szybko i bezboleśnie, a ona rozejrzała się po pokoju i wskazała miejsce obok kominka.

– Czy myśli pan, że będzie tu dobrze wyglądać?

Miał ochotę uciec, ale zdołał się powstrzymać.

Postawił wiadro w wolnej przestrzeni, a kiedy się odwrócił, niemal wpadł na lokatorkę, która, wyraźnie przestraszona, zrobiła krok do tyłu.

– Jeśli pani tak uważa – mruknął, chcąc jak najszybciej przystąpić do działania. Pochylił się nad drzewkiem, ale ona powstrzymała go ruchem dłoni.

– Proszę chwilę zaczekać. Przecież ja nawet nie wiem, jak pan się nazywa.

– Jakie to ma znaczenie, skoro jestem pani potrzebny tylko do ustawienia tej choinki.

– Widzę, że chce pan pozostać anonimowy – zauważyła z uśmiechem, wyciągając do niego rękę. – Ja mam na imię Kira.

Uścisnął jej dłoń i ponownie poczuł zachwyt. Ale obiecał sobie dawno temu, że nie będzie się wikłał w żadne związki. Po prostu nie miał na to czasu.

– Muszę jeszcze przynieść coś z samochodu – oznajmił i szybkim krokiem ruszył w kierunku swojego pikapa.

Nie chciał przedłużyć tej wizyty ani o minutę. Za godzinę miał wziąć udział w międzynarodowej konferencji on-line związanej z inwestycjami zaplanowanymi na terenie Barcelony. A poza tym nie zamierzał przebywać długo w towarzystwie tej kobiety.

Był zachwycony jej imieniem, urodą i niewyszukaną fryzurą, a przede wszystkim radosną osobowością.

Unikał na ogół kobiet tego rodzaju. Wolał związki, z których łatwo się wycofać.

– Proszę przytrzymać drzewko w pionowej pozycji – polecił chłodnym tonem i zaczął wsypywać do wiadra piasek. Chciał jak najszybciej wrócić do Willowvale Springs i znaleźć najlepszy sposób pozbycia się tego niechcianego spadku.

– Będzie wyglądało o wiele lepiej, kiedy powieszę na nim ozdoby. – Kira uśmiechnęła się do choinki, a potem ponownie spojrzała na swojego gościa. – Ty oczywiście uważasz, że dekorowanie drzewek jest stratą czasu. Mogę się założyć, że nawet jeszcze go nie kupiłeś.

– Możesz uznać, że wygrałaś zakład.

– Czy ty zawsze jesteś taki gburowaty? – spytała, opierając ręce na biodrach.

– A czy ty zawsze zarzucasz nieznajomych potokiem słów?

– To przypadłość zawodowa – odparła, wzruszając ramionami.

– Czy mogę spytać, czym się zajmujesz?

Zdawał sobie sprawę, że popełnia błąd, ciągnąc tę rozmowę, ale z jakiegoś powodu nie potrafił się powstrzymać od jej kontynuowania.

– Z twojego zachowania wnioskuję, że możesz być organizatorką uroczystych przyjęć weselnych.

Roześmiała się głośno i wzniosła oczy do nieba. Jej zachowanie obudziło w nim nutę sympatii, której istnienia dotąd nie podejrzewał. Doświadczenie jednak mówiło mu, że sytuacja jest całkowicie absurdalna.

– Pudło! – zawołała triumfalnie. – Jestem Nauczycielką Życia.

Pax otworzył szeroko oczy, czekając na wybuch śmiechu, ale Kira zachowała poważny wyraz twarzy.

– Czy mówisz poważnie?

– Dlaczego miałabym żartować z mojego zawodu?

– Czym się konkretnie zajmujesz? – spytał, nie mając pojęcia, dlaczego przedłuża tę rozmowę, choć ma na głowie mnóstwo spraw.

– W tym momencie próbuję się domyślić, dlaczego nie chcesz podać mi swojego imienia i nazwiska, dlaczego nie lubisz choinek i jak mogłabym zmienić twoje nastawienie wobec świata.

Podeszła do stosu plastikowych toreb, które poprzednio ułożyła na kanapie, i zaczęła wyjmować z nich girlandy, pudełeczka z lampkami i inne ornamenty.

Pax zachodził w głowę, jak ona chce zmieścić te wszystkie ozdoby na tak rachitycznym drzewku.

– Czy twoja żona dekoruje choinkę w waszym domu? – spytała, nie odrywając się od pracy.

– Uchyliłaś się od odpowiedzi na moje pytanie, a twój zabieg zmierzający do ustalenia, czy jestem singlem, nie był zbyt subtelny.

– Nie mam zamiaru odpowiedzieć na twoje pytanie i nic mnie nie obchodzi, czy jesteś żonaty, czy nie. Domyślam się, że za żadne skarby świata nie zainstalowałbyś choinki w mieszkaniu, więc jeśli ona istnieje, musiała ją ubrać twoja żona.

– Nie jestem żonaty i nie mam choinki.

Podniosła z kanapy pudełko wypełnione lampkami i odwróciła się w jego stronę.

– Czy mieszkasz tutaj na jakimś ranczu?

– Coś w tym rodzaju – mruknął.

Nie uważał się za mieszkańca rancza, bo choć zajmował najlepiej wyposażony dom gościnny, był tu tylko przejazdem.

Nie przybył w te strony po to, by się z kimkolwiek zaprzyjaźnić. Chciał po prostu sprzedać swoją część posiadłości i zgarnąć gotówkę. Opuścił to miasteczko dawno temu i nigdy nie myślał o powrocie.

– Podejrzewam, że zajmujesz się czymś nudnym i przygnębiającym... na przykład księgowością. Czy dlatego jesteś taki obrażony na cały świat? Ja też byłabym ponura, gdybym musiała przez cały dzień wpatrywać się w kolumny cyfr.

– Przyjechałaś tu sama? – spytał, zanim zdążył ugryźć się w język.

– Przymusowy urlop – wyjaśniła z sarkastycznym uśmiechem. – Moja najlepsza przyjaciółka zarezerwowała dla mnie ten domek, kiedy w firmie pojawiły się pewne… problemy.

Problemy? Pax nie chciał się wciągać w niczyje problemy. Miał dosyć własnych.

Poczuł wibracje telefonu, więc wyciągnął go z kieszeni i zerknął na wyświetlacz.

– To jest rozmowa, na którą czekałem. Życzę miłego strojenia choinki.

– Daj mi znać, kiedy będziesz potrzebował pomocy przy ubieraniu swojej! – zawołała, gdy ruszył w kierunku drzwi.

Ja nie umiem pracować w tych warunkach, pomyślał ze złością. Muszę jak najszybciej wrócić do gabinetu, w którym mam profesjonalny komputer i niezbędne dokumenty.

Wsiadając do samochodu, postanowił zadzwonić do zarządzającego ośrodkiem pracownika i polecić mu, żeby wziął na siebie wszystkie potencjalne prośby Kiry.

ROZDZIAŁ DRUGI

Odetchnęła ciężko i zamknęła oczy, choć miała ochotę zatkać uszy, bo głos jej matki rozbrzmiewał w całym domku. Błogosławiła w duchu swój aparat komórkowy, który pozwalał jej nastawić funkcję SPEAKER i zajmować się podczas tej jednostronnej wymiany zdań własnymi sprawami.

Rozmówczyni nie wymagała od niej zresztą aktywnego udziału w konwersacji. Mówiła jak zwykle bardzo dużo i jak zwykle tylko o sobie.

– Nie jestem jeszcze zdecydowana w kwestii wyboru sukni ślubnej – ciągnęła Diane Morton Lee Frasure, mająca wkrótce dodać do tej listy nazwisko Leith. – Ta, którą mam, jest szalenie elegancka, nie wiem, czy nie nazbyt elegancka, bo przyjęcie ma odbywać się na plaży. Chyba będę musiała kupić nową.

Nowa suknia, nowy mąż, pomyślała Kira.

Matka naprawdę jest niezmordowana w poszukiwaniu kolejnych romansów. Czy w tych warunkach można się dziwić, że ona, Kira, nadal nie ma stałego partnera?

Przecież nawet nie wie, jak wygląda prawdziwa miłość, jeśli ona w ogóle istnieje.

– Kochanie, czy ty mnie w ogóle słuchasz? Wydajesz się trochę rozkojarzona.

– Słucham cię bardzo uważnie, ale usiłuję równocześnie ubierać choinkę.

– Przecież święta są dopiero za kilka dni. Powinnaś jakoś się rozerwać. Gdzie ty właściwie jesteś? W Utah? W Montanie? Może powinnaś wybrać się do jakiegoś modnego klubu i znaleźć nieżonatego adoratora.

– Mamo, ja jestem samotna z wyboru. Przyjmij do wiadomości, że istnieją ludzie, którym nie zależy na małżeństwie ani na posiadaniu dzieci.

– Zawsze byłaś trochę dziwna, ale i tak cię kocham.

Kira westchnęła. Nie wątpiła w miłość matki, ale wiedziała dobrze, że posiadanie partnera nie jest kluczem do szczęścia. Gdyby tak było, Diane nie poszukiwałaby ciągle nowych kandydatów na mężów.

– Jestem w Wyoming... – zaczęła, ale matka uruchomiła w tym samym momencie strumień słów, więc zamilkła i zajęła się wieszaniem łańcuchów na obudowie kominka.

– Kupiłam dla ciebie piękną suknię w kolorze lawendy, bo wesele odbędzie się w marcu – ciągnęła Diane. – Wybrałam fason, który zamaskuje twoją chudą sylwetkę i nada ci atrakcyjny wygląd. Od dawna uważam, że masz za mały biust.

Dlaczego ona zawsze potrafi popsuć mi humor? – spytała się w duchu Kira.

Była przed chwilą w świetnym nastroju, rozmawiając z szorstkim, choć przyjaznym nieznajomym. Był może trochę gburowaty, ale okazał się pomocny, więc musi mieć jakieś ukryte zalety.

– Potrafię sama znaleźć sobie suknię, ale powiedz mi, dlaczego oboje z Timem nie weźmiecie po prostu cichego ślubu w jakimś ustronnym kurorcie?

– Z Tomem. Twój nowy ojczym ma na imię Tom.

Tom czy Tim, co za różnica? – pomyślała Kira. I tak zniknie z naszego życia przed upływem roku.

– Naprawdę muszę teraz się czymś zająć, mamo. Przyślij mi wiadomość tekstową, jeśli zechcesz, żebym coś dla ciebie zrobiła. Pamiętaj, że bardzo cię kocham.

Kira wyłączyła telefon, zanim matka zdążyła powiedzieć cokolwiek więcej. Zawsze radziła swoim klientom, żeby eliminowali z życia wszystkie negatywne elementy. Nie mogła wyeliminować matki, ale była w stanie ograniczyć jej dominację nad swoim światem.

Czuła się w pewnym sensie jak oszustka.

Zawsze tłumaczyła klientom, jak powinni pokierować swoim życiem, a równocześnie nie do końca panowała nad własnym. W tym momencie w jej świecie panował chaos, a ona nie widziała żadnego systemu wartości, na którym mogłaby się oprzeć.

W ciągu najbliższych trzech tygodni miała zamiar rozkoszować się wakacjami.

Miała z sobą mnóstwo nieprzeczytanych jeszcze książek, sporo podcastów i wiele nowych przepisów kulinarnych, które koniecznie chciała wypróbować.

Decydując się na wyjazd z miasta, postanowiła radykalnie zwolnić tempo życia. Klienci doskonale rozumieli motywy, które skłoniły ją do odpoczynku, ale na wszelki wypadek zaopatrzyła ich w spisy ćwiczeń psychologicznych, z których mieli korzystać podczas jej nieobecności.

Cofnęła się o kilka kroków, aby ocenić swoje zdolności w dziedzinie dekoracji wnętrz.

Choinka była lekko przechylona w stronę okna, ale utrzymywała pozycję mniej więcej pionową. Kolorowe ornamenty i ozdobne świecidełka przykryły dziury po odłamanych gałązkach.

Kira była jednak zachwycona niedoskonałością tego drzewka. Miała dość perfekcji narzucanej odbiorcom przez media społecznościowe i nie potrzebowała jej w swoim otoczeniu.

W trakcie kariery zawodowej poznała wielu ludzi, którzy utracili radość życia, ponieważ zaczęli porównywać się z innymi. Gdy sobie to uświadomiła, postanowiła nieodwołalnie zrezygnować z negatywnego myślenia.

Pobyt w małym domku poprawił jej nastrój i wzbudził w niej radosną przedświąteczną gorączkę.

Wyjęła z bagażu swoją skromną kolekcję płyt z kolędami. Napisała esemesa, w którym zażądała od menedżera ośrodka przysłania kogoś, kto rozpaliłby w kominku.

Żałowała, że nie poprosiła o to tego tajemniczego anonimowego kowboja. Jej mieszkanie w Portland było wyposażone w instalację gazową, więc nie miała pojęcia, jak się pali prawdziwym drewnem.

Nie mogła się doczekać momentu, w którym usłyszy trzask płonących gałęzi i zacznie obserwować padający za oknem śnieg, wdychając aromat świeżo upieczonego chleba.

Najpierw jednak postanowiła wypróbować przepis na ciasto żurawinowe z pomarańczową polewą. Nie była najlepszą kucharką, ale lubiła kulinarne eksperymenty i zamierzała poświęcić na nie sporą część swoich przymusowych wakacji.

Otworzyła kilka kuchennych szafek i znalazła w nich niezbędne naczynia oraz kubki służące do odmierzania ilości produktów. Gdy włączyła piekarnik, usłyszała głośne pukanie do drzwi, przebijające się przez płynącą z adaptera muzykę.

Zaskoczona odwróciła się w kierunku drzwi wejściowych, ale były tak usytuowane, że nie widziała, kto za nimi stoi.

Podeszła bliżej, wyjrzała przez boczne okienko i zobaczyła twarz Anonimowego Kowboja.

Jestem gotowa oglądać jego posępne oblicze, jeśli tylko rozpali w kominku, pomyślała z nadzieją. Może ciepło płynące z paleniska roztopi jego lodowate serce.

– Cieszę się, że zarządca cię tu przysłał, bo umieram z zimna, a nie umiem uruchomić kominka.

– Powinienem był ci to zaproponować podczas poprzedniej wizyty.

Anonimowy Kowboj przekroczył próg i gwałtownie się zatrzymał na widok udekorowanego przez nią zakątka domku. Jego zmarszczone brwi wyraźnie dowodziły, że nie jest wielbicielem złotych łańcuchów i kolorowych światełek.

– Nie jesteś zachwycony? – spytała z uśmiechem. – Mam prawo być dumna z tego, czego dokonałam w tak krótkim czasie, ale to po części twoja zasługa, bo gdyby nie ty, nadal usiłowałabym zdjąć tę choinkę z dachu samochodu.

– Mam wrażenie, że jesteś na tyle uparta, aby poradzić sobie z tym problemem o własnych siłach.

– Oczywiście, ale oszczędziłeś mi wiele czasu i wysiłku.

Mężczyzna, którego imienia nadal nie znała, podszedł do kominka i przyklęknął. Obserwowała go uważnie, usiłując zapamiętać kolejność czynności.

Rozpalanie ognia było objęte umową wynajmu domku, ale chciała być samowystarczalna.

– Od jak dawna tu pracujesz? – spytała nie tyle z ciekawości, ile z chęci przełamania nieznośnie długiej ciszy.

– Od niedawna – mruknął, układając na palenisku kłody drewna.

Był najwyraźniej człowiekiem małomównym. Zastanawiała się, co ukształtowało jego charakter. Może ciążyły mu trudne życiowe problemy?

A może po prostu nie był zachwycony tym, że musi wychodzić z ciepłego mieszkania i rozpalać kominek nieznajomej, która już nadużyła jego cierpliwości, każąc mu wnosić do domku rachityczną choinkę.

Stykała się w życiu zawodowym z różnymi ludźmi. Zawsze starała się dostosować swoje zachowanie, a nawet dobór słów, do ich osobowości. Potrafiła zwykle wczuć się w ich sposób myślenia i prawidłowo ocenić ich motywację.

Ten tajemniczy kowboj był dla niej zagadką.

Jej myśli przerwał dochodzący z kuchni sygnał dźwiękowy piekarnika.

Nieznajomy również go usłyszał, bo uniósł głowę i obrzucił Kirę badawczym spojrzeniem.

– Czyżby nadeszła pora posiłku?

Nadal nie znała jego imienia i nie podejrzewała go o chęć zacieśnienia znajomości, ale jego wzrok przyprawił ją z niewiadomych powodów o dreszcz podniecenia.

– Na razie rozgrzewam kuchenkę. Będę piekła ciasto żurawinowe z polewą.

Na jego ustach pojawił się jakby cień uśmiechu, ale natychmiast zniknął, a on podjął swoją poprzednią czynność.

– To mi kogoś przypomina – stwierdził cicho, sięgając do kieszeni.

Zapalił zapałkę, rzucił ją na palenisko i wstał.

Opierając dłonie na wąskich biodrach, obserwował wnętrze kominka, w którym pojawiły się pierwsze nieśmiałe języki ognia.

Nawet w grubej wełnianej kurtce wyglądał bardzo seksownie. Jego wzrost, szerokie ramiona, ciemne włosy i nieprzenikniony wyraz twarzy przyciągały jej uwagę, zakłócając spokój. Bądź co bądź była normalną kobietą, a on prezentował się zachwycająco.

– Upiekę dużo tego ciasta na wypadek, gdybyś chciał tu wrócić.

Po co ja to powiedziałam? – spytała się w duchu. Przecież nie znam tego faceta, a on nie dał mi w żaden sposób do zrozumienia, że pragnie mojego towarzystwa lub chce się ze mną zaprzyjaźnić.

Decydując się za radą przyjaciółki na ten wymuszony urlop, nie wzięła pod uwagę tego, że będzie skazana na samotność. Nie miała nic przeciwko temu, ale towarzystwo tego mężczyzny w jakiś sposób podtrzymywało ją na duchu.

– Będę zajęty do końca dnia. – Odwrócił się do niej i ponownie obrzucił ją taksującym spojrzeniem. – Ale dziękuję za dobre chęci.

– Ach, więc jednak jesteś człowiekiem dobrze wychowanym – zawołała z ironicznym uśmiechem. – A już zaczynałam podejrzewać, że spełniasz dobre uczynki i okazujesz dobre maniery tylko wtedy, kiedy jesteś do tego zmuszony.

– Nikt nie jest w stanie mnie do niczego zmusić.

Jego posępny ton podsycił jeszcze bardziej zainteresowanie, jakie w niej obudził. Sama nie wiedziała, czy usiłuje go rozgryźć jako nauczycielka życia, czy jako kobieta. Ze względów zawodowych zawsze starała się określić motywy działania nowo poznanych osób, ale tym razem miała wrażenie, że jej fascynacja jest podyktowana pobudkami osobistymi.

– Tak czy owak, dziękuję ci za pomoc. Następnym razem będę próbowała poradzić sobie sama.

– Czy kiedyś rozpalałaś kominek?

– Potrafię obsługiwać pilota włączającego palnik gazowy.

Wykrzywił twarz w drwiącym uśmiechu, który wydał jej się uroczo seksowny.

– Przyznaję się do winy, ale zapewniam cię, że potrafię docenić piękno krajobrazu i uroki wiejskiego życia. Jestem skazana na Portland ze względów zawodowych.

– Czy nie możesz pracować w trybie online?

– Mogłabym – przyznała, zdziwiona okazanym przez niego zainteresowaniem. – Znaczna część moich klientów pochodzi jednak z okolic tego miasta, a muszę się z nimi od czasu do czasu spotykać. Nic nie zastąpi kontaktów osobistych.

– To interesujące. Większość ludzi pragnie pracować w trybie zdalnym.

– Ja się różnię od większości ludzi – odparła, wzruszając ramionami. – Może właśnie dlatego odnoszę w swojej profesji sukcesy.

Patrzył na nią przez minutę w milczeniu, a potem podniósł kołnierz kurtki i zrobił krok w kierunku drzwi.

– Daj znać, jeśli będziemy mogli zrobić dla ciebie coś jeszcze.

– Mam tylko jedną prośbę. Powiedz mi, jak masz na imię.

Z ręką na klamce odwrócił głowę i spojrzał na nią spod zmarszczonych brwi.

– Pax. – Zdradziwszy jej tę tajemnicę, zniknął za drzwiami.

Pax. Mogła się domyślić, że ma krótkie, nieczęsto spotykane imię. A może był to tylko przydomek.

Nie chciała okazać się zbyt natarczywa, ale postanowiła zmusić go do wyjawienia prawdy przy najbliższej okazji.

Idąc w kierunku kuchni, poczuła nagły przypływ energii. Delilah ostrzegała ją przed przelotnymi związkami z kowbojami zatrudnionymi w ośrodku, ale powiedziała jej też, że powinna się zrelaksować i przyjemnie spędzać czas.

A ona zamierzała zastosować się do rady najbliższej przyjaciółki.

ROZDZIAŁ TRZECI

– To wszystko nie ma sensu – mruknął Pax, pochylając się nad pięcioletnim bilansem działalności ośrodka.

Wynikało z niego, że z nieznanych powodów ta posiadłość stale przynosi straty. Willowvale Springs osiągało niegdyś wielomilionowe dochody w skali roku. Jego właściciel, Hank Carson, był znakomitym biznesmenem szanowanym w całej okolicy.

Pax nie miał pojęcia, dlaczego zaczął nagle tracić kontrolę nad funkcjonowaniem swojego kwitnącego wcześniej przedsiębiorstwa. Jego były szef był człowiekiem twardym, niekiedy nawet brutalnym, ale traktował pracowników sprawiedliwie i znakomicie zarządzał tym ośrodkiem.

Zacisnął palce na szklance, do której nalał przed chwilą sporą porcję bourbona.

Gdy tylko postanowił się go napić, dostrzegł w kolumnach cyfr coś, co odciągnęło jego uwagę od bursztynowego trunku.

Zanim zdążył unieść szklankę do ust, usłyszał dochodzący od strony drzwi dźwięk dzwonka. Ponieważ ośrodek był zamknięty aż do nowego roku, domyślił się, że do recepcji musiała wejść jedyna lokatorka, młoda dama mieszkająca w chatce numer pięć.

Odetchnął głęboko, obszedł stare klasyczne biurko i ruszył w kierunku holu. Czuł się trochę nieswojo.

Ta kobieta może zwiastować kłopoty. Była zbyt słodka, zbyt ponętna, zbyt… seksowna.

Zachwycił się już kiedyś taką słodką i ponętną dziewczyną. Kosztowało go to utratę znacznej części oszczędności, a co gorsza, utratę wiary w miłość.

Przysiągł sobie, że nigdy więcej nie popełni tego samego błędu. Jego serce i jego zasoby finansowe należały do niego i nie chciał się nimi z nikim dzielić.

Z trudem zbudował swoją pozycję zawodową oraz system relacji zapewniający mu niezależność. Nie może sobie pozwolić na to, aby na drodze, którą zmierzał do celu, pojawiła się jakaś niespodziewana przeszkoda.

Nie zamierzał zawierać bliższej znajomości z mieszkanką chatki numer pięć. Nie miał na to czasu.

Musiał niezwłocznie sprzedać odziedziczoną posiadłość lub przywrócić ją do dawnej świetności. Żadna z tych opcji nie wydawała mu się atrakcyjna, bo i tak nie chciał przedłużać swojego pobytu w Willowvale Springs.

Gdy wszedł do holu, ujrzał stojącą przy kontuarze Kirę. Miała na sobie elegancki płaszcz, ozdobny szal i kapelusz, spod którego opadały na ramiona jej ciemne włosy. Trzymała w ręce paczkę przypominającą kształtem bochenek chleba.

– Nie wiedziałam, czy cię tu znajdę, ale miałam zamiar zostawić dla ciebie to ciasto w recepcji – oznajmiła z uśmiechem, który obudził w nim ciepłe uczucia.

W tym momencie to ja jestem recepcją, pomyślał z rozbawieniem.

Nieliczni pracownicy, którzy nie wyjechali na święta, mieli pełne ręce roboty, więc zajmowanie się jedynym gościem ośrodka spadło na jego barki.

Mam nadzieję, że nie będziesz mi zbyt często zawracać głowy, pomyślał. Mogę rozpalać ci kominek, ale choć jesteś bardzo atrakcyjna, nie mam zamiaru zabierać cię na przejażdżki konne ani oprowadzać po posiadłości.

– Nie musiałaś specjalnie przychodzić do głównego budynku – oświadczył, siląc się na przyjazny ton. – Ale cieszy mnie twój prezent. Uwielbiam ciasto żurawinowe.

Podeszła do niego bliżej i uśmiechnęła się tak serdecznie, że poczuł przyspieszone bicie serca.

Szybko jednak przywołał się do porządku, przypominając sobie, że regulamin obowiązujący pracowników ośrodka wyklucza możliwość nawiązywania choćby najbardziej przelotnych romansów z gośćmi.

– Nie sil się na komplementy, dopóki go nie skosztujesz.

– Jestem pewny, że okaże się wspaniałe.

Wziął z jej rąk pakunek i położył go na ladzie recepcji. Czuł, że powinien okazać jej w jakiś sposób wdzięczność, na przykład proponując drinka, ale ona nie jest przecież gościem w jego domu.

Jest gościem ośrodka rekreacyjnego. Który od niedawna należy do niego.

– Czy mieszkasz na terenie tej posiadłości?

Przytaknął ruchem głowy, nie chcąc wdawać się w szczegóły. Wiedział, że jest tu przejazdem i nie zostanie ani chwili dłużej, niż okaże się to konieczne.

Kiedy do jego biura dotarło oficjalne zawiadomienie o spadku, przebywał właśnie w Hiszpanii. Nie był zaskoczony, bo wiedział, że Hank poczynił hojne zapisy na rzecz pracowników.

– Byłam zachwycona okolicą, którą widziałam, jadąc tutaj z mojego domku. Bardzo chciałabym zobaczyć coś więcej, jeśli znajdziesz dla mnie chwilę czasu, ale domyślam się, że postanowiłeś spędzić święta z rodziną.

Z rodziną? – powtórzył w myślach. Ja nie mam rodziny, tylko rozwiedzionych z sobą rodziców, których towarzystwo działa na mnie tak depresyjnie, że trzymam się od nich z daleka. Zbudowałem swoją pozycję, zaczynając od zera i nie pozwolę, żeby negatywne odczucia zakłóciły mi radość życia.

– Spędzam święta samotnie – oznajmił i natychmiast pożałował tego, że dał się skłonić do odpowiedzi.

– Jeśli zechcesz wpaść do mnie na uroczystą kolację, będziesz mile widziany. Zrobiłam duże zakupy i mam zamiar wspiąć się na szczyty sztuki kulinarnej.

– Zaplanowałaś uroczysty posiłek tylko dla siebie? – spytał ze zdziwieniem.

– Dlaczego nie? – Wzruszyła ramionami i ukryła ręce w kieszeniach długiego eleganckiego płaszcza. – Tak czy owak muszę coś jeść, więc z okazji Bożego Narodzenia mogę zabawić się w wirtuoza patelni. Czy jesteś zainteresowany?

Wiedział, że powinien zaprzeczyć, ale nie potrafił się na to zdobyć.

– Jasne – odparł, dochodząc do wniosku, że jeden wspólny posiłek nie ma żadnego znaczenia.

Jej ciepły uśmiech roztopił w jego sercu jakąś bryłę lodu, o której istnieniu nie miał pojęcia.

Nie wiedział też, dlaczego wdaje się tak lekkomyślnie w ten towarzyski układ, choć rozsądek wysyła mu głośne sygnały ostrzegawcze.

– Masz z pewnością mnóstwo roboty, więc nie będę ci zabierać czasu. Jeszcze raz dziękuję za rozpalenie kominka. W domku jest teraz przytulnie i ciepło. Nie rozumiem, dlaczego spędza tu święta tak mała ilość gości.

Ja też, pomyślał z ironią Pax.

– Przeprowadzamy właśnie reorganizację – oznajmił, nie chcąc wdawać się w szczegóły. – W okresie świątecznym mamy zwykle stuprocentowe obłożenie.

Tak było za jego czasów, a wiedział, że będzie zmierzał do osiągnięcia właśnie takiego stanu rzeczy. Niezależnie od tego, czy postanowi sprzedać ranczo, czy też zechce przywrócić mu dawną świetność. Uważał, że jest to winien Hankowi, człowiekowi obdarzonemu śmiałą wizją zarządzania posiadłością.

To właśnie dzięki niemu stał się potentatem na rynku nieruchomości. Były właściciel ośrodka wpoił mu zasady etyki zawodowej i nauczył go pracowitości.

Pax wiedział, jak wiele mu zawdzięcza i zdawał sobie sprawę, że nigdy już nie spotka tak wspaniałego przyjaciela, tak niezawodnego przewodnika duchowego.

– Czy dobrze się czujesz? – spytała Kira, a on uświadomił sobie nagle, że przyczyną jej niepokoju jest wyraz jego twarzy.

– Doskonale – odparł, energicznie potakując głową. – Po prostu się zamyśliłem.

– Daj mi znać, czy smakowało ci moje ciasto. Jeśli nie, to po prostu je wyrzuć.

– Nigdy bym się nie odważył. Jest z pewnością doskonałe. Już od dawna nikt nie poczęstował mnie żadnym własnym ciastem, więc doceniam twój gest.

– To najmniej, co mogłam zrobić. Poza tym, może będę zmuszona znowu poprosić cię o pomoc w rozpalaniu kominka.

– Możesz na mnie liczyć.

Kira ruszyła w kierunku drzwi, ale zatrzymała się nagle i zerknęła na niego przez ramię.

– Wiesz, gdzie mnie znaleźć, jeśli będzie ci się nudzić.

Zniknęła za podwójnymi drzwiami, a on zastygł na chwilę w bezruchu.

Nie chciał się wdawać w towarzyskie układy, musi przywrócić ranczo do dawnej świetności, znaleźć nowych pracowników i podjąć decyzje dotyczące jego sprzedaży. A potem jak najszybciej wrócić do Hiszpanii.

– Wszystkie twoje ruchomości zostały oddane do depozytu.

Kira przymknęła oczy, usiłując skupić uwagę na dochodzącym z kuchni aromacie świeżego ciasta. Wieści z Portland zakłócały spokój jej ducha, choć ich dostarczycielką była najbliższa przyjaciółka.

W pewnym momencie jej sytuacja stała się tak skomplikowana, że przestała nad nią panować. Właściciel wynajmowanego przez nią mieszkania okazał się hazardzistą zadłużonym w urzędzie podatkowym, więc wszystkie należące do niego nieruchomości zostały zabezpieczone na rzecz roszczeń, a jej z dnia na dzień zagroziła bezdomność.

Miasto Portland rozrastało się dynamicznie, ale rynek wynajmu mieszkań był nadal ograniczony, a ich ceny znacznie przekraczały jej możliwości.

Mogła zostać w Wyoming tylko do połowy stycznia, więc odczuwała nieubłaganą presję czasu, ale mimo to wierzyła, że wszystko jakoś się ułoży.

– Kira, czy ty mnie słuchasz? – spytała Delilah.

– Oczywiście – odparła, sięgając po leżący na stoliku telefon. – Wybacz, po prostu się zamyśliłam. Nigdy ci nie zapomnę tego, że zadbałaś o bezpieczeństwo moich rzeczy.

– Wiem, że w podobnej sytuacji zrobiłabyś to samo dla mnie. Zapłaciłam tylko za miesiąc składowania ruchomości i poprosiłam kilku miejscowych pośredników, żeby szukali dla ciebie dachu nad głową. W najgorszym razie będziesz musiała na jakiś czas zamieszkać u mnie.

Kira zdawała sobie sprawę, że przyjaciółka jej nie widzi, ale potrząsnęła głową.

– Przecież ty masz małe dziecko i odpowiedzialne stanowisko. Nie będę ci się narzucać, ale dziękuję za propozycję i za wynajęcie zastępczych pomieszczeń na moje graty. Przeleję ci gotówkę, kiedy się rozłączymy.

– Ja się nie martwię o pieniądze, tylko o los mojej bezdomnej przyjaciółki.

– Nie jestem bezdomna. Moja wynajęta chatka jest pięknie udekorowana, w kominku huczy ogień, a ja piekę pyszne ciasteczka.

– To wspaniale. Przyjmij moje gratulacje. Czy są tam jacyś atrakcyjni kowboje?

Jedynym przedstawicielem płci przeciwnej, którego Kira poznała w Wyoming, był Pax. Niewątpliwie zasługiwał na miano atrakcyjnego… a nawet potrafił być od czasu do czasu sympatyczny.

– Biorę twoje milczenie za odpowiedź twierdzącą! – zawołała z radością Delilah. – Bardzo się cieszę i mam nadzieję, że przyjemnie spędzasz czas. Z pewnością na to zasługujesz.

Z pewnością, pomyślała Kira. Ale nie spotkała mnie tu żadna fascynująca przygoda.

Po prostu udekorowałam choinkę, a teraz planuję czwarte wesele mojej matki.

– Nie ma szansy na to, żebym tu poznała mężczyznę życia – powiedziała, wybuchając śmiechem.

Weszła do kuchni, uchyliła drzwiczki piekarnika i zamknęła je ponownie.

– Ośrodek jest pusty, zwłaszcza jak na sezon świąteczny, ale zarządca pomógł mi wnieść choinkę, więc upiekłam dla niego ciasto z żurawiną. Jest trochę gburowaty, ale powoli się ze mną oswaja.

– Bądź ostrożna i nie traktuj go jak klienta. Masz tam odpoczywać i myśleć tylko o sobie.

– Ja po prostu nie umiem postępować inaczej – wyznała Kira, obserwując przez okno gęsto padające płatki śniegu. – Lubię pomagać ludziom.

– I za to właśnie cię kocham.

Kira uśmiechnęła się. Zawsze lubiła uszczęśliwiać bliźnich. Jako mała dziewczynka pocieszała matkę w trudnych chwilach i starała się poprawiać jej nastrój.

Teraz wiedziała już oczywiście, że Diane Morton Lee Frasure jest zadowolona tylko wtedy, gdy poluje na nowego mężczyznę.

– Pamiętaj o tym, że masz stawiać na pierwszym miejscu własne interesy – przypomniała jej Delilah. – Pojechałaś do tego ośrodka, żeby odzyskać równowagę duchową. Czy to rozumiesz?

– Tak jest, proszę pani.

Rozłączyła się i zaczęła wyjmować z piekarnika ciasteczka. W połowie tej czynności usłyszała wibrację komórki. Zerknęła na wyświetlacz i odczytała wiadomość od matki:

Zajrzyj do kosztorysu wesela i daj mi znać, czy Twoim zdaniem nie podniosłam poprzeczki zbyt wysoko.

Co masz na myśli, mamo? – spytała się w duchu Kira. Koszty czy szpanerstwo? Moim zdaniem w obu dziedzinach trochę przesadziłaś. Przecież to jest twoje czwarte wesele, więc nie musisz nikomu niczego udowadniać.

I tak nie pobijesz rekordów przepychu prezentowanych przez tandetne seriale telewizyjne.

Doszła do wniosku, że nie musi natychmiast odpowiadać na pytanie matki i wróciła do kruchych ciastek, które pachniały coraz bardziej smakowicie.

Zawsze dbała o zdrowie, ale nigdy nie skazywała się na morderczą dietę tylko po to, żeby wyglądać w lustrze trochę lepiej.

Często tłumaczyła swoim klientkom, że pusty żołądek nie jest gwarancją dobrego nastroju.

Ułożyła ciasteczka na tacy i spojrzała na nie z dumą. Upiekła ich zbyt dużo, ale doszła do wniosku, że zawsze może udać się do głównego budynku i podrzucić je Paxowi. Albo poczęstować go nimi podczas świątecznego posiłku.

Perspektywa jego wizyty z niewiadomych przyczyn bardzo ją podniecała.

Wiedziała, że nie może liczyć na nic oprócz zdawkowej wymiany uprzejmości. Pax nie okazał najmniejszego zainteresowania jej osobą i wyraźnie nie dążył do nawiązania bliższej znajomości.

Nie miała nawet pojęcia, jak brzmi jego nazwisko.

Zamiłowanie do psychologii budziło w niej jednak nadzieję, że być może zdoła przeniknąć do umysłu tego mężczyzny i poznać powody, dla których zachowuje się w taki, a nie inny sposób.

ROZDZIAŁ CZWARTY

– Na zdrowie!

– To był cholernie ciężki rok.

Pax uniósł kufel i stuknął się nim z trzema kolegami, którzy siedzieli z nim w Kryjówce. Ten miejscowy pub położony w bocznym zaułku był słynny ze swoich piw oraz skrzydełek z kurczaka i chętnie odwiedzany przez mieszkańców Willowvale Springs.

Mason trzymał oczywiście w ręku szklankę wody mineralnej. Był niegdyś zawodowym bejsbolistą, ale jego karierę zakończyła poważna kontuzja głowy, a zażywane leki wykluczały konsumpcję alkoholu. Nie miał jednak pretensji do kolegów o to, że raczą się piwem, a teraz, gdy był od niedawna zakochany, promieniał życzliwością do całego świata.

Kahlil i Vaughn też wpadli w szpony kobiet. Z czterech przyjaciół, którzy odziedziczyli majątek Hanka, ci trzej – zdaniem Paxa – stracili rozum.

On jednak dobrze im życzył i nie zamierzał oceniać ich postępowania. Co więcej, gotów był w razie potrzeby służyć im radą i pomocą.

Cieszył się swoim statusem samotnego wilka i nie do końca rozumiał postępowanie przyjaciół, ale nadal uważał ich za osoby najbliższe.

– Nie mogę uwierzyć w to, że wszyscy trzej zostaliście w Willowvale Springs – oznajmił, marszcząc brwi. – Czy możecie podać mi motywy?

– Mój zespół się rozpadł, a ja mogę pisać piosenki w każdym miejscu na świecie – odparł Vaughn, wzruszając ramionami. – Studio nagrań, które zbudowałem na ranczu, jest doskonale wyposażone, więc mam tu wszystko, o czym mógłbym zamarzyć.

– Nie wyobrażam sobie życia gdziekolwiek indziej – oświadczył Kahlil, sięgając po kolejne skrzydełko. – Andraya i ja urządziliśmy w końcu dom i dokupiliśmy niedawno dwa wierzchowce. Nie ma mowy o tym, żebym wrócił do dawnego życia.

– Uważaj na każdy krok – mruknął z uśmiechem Mason, żartobliwie trącając Paxa łokciem w żebra. – Ty też postanowisz tu zostać, kiedy się zakochasz.

– Ciekawe w kim? – spytał Pax, wybuchając śmiechem.

Ku swojemu zdumieniu przyszła mu na myśl drobna kobieta zajmująca chatkę numer pięć oraz przyniesione przez nią ciasto żurawinowe. Nie przypominał sobie, aby ktokolwiek obdarzył go czymś bezinteresownie, nie żądając niczego w zamian.

W życiu zawodowym miał do czynienia z miliarderami oczekującymi od niego pomocy w zawieraniu korzystnych transakcji. Ci ludzie zawsze uważali, że właśnie on potrafi wywindować cenę sprzedawanych przez nich nieruchomości i rzadko się mylili.

Otrzymywał od nich kosztowne prezenty, ale wcale nie były one bezinteresowne.

Wręczone mu przez tę dziewczynę ciasto poruszyło w nim jakąś ukrytą strunę i przywróciło wiarę w ludzką życzliwość.

Głośna muzyka i gwar głosów oderwały jego myśli od jedynej lokatorki rancza. Było mu to na rękę, bo wiedział, że powinien się skoncentrować na bieżących problemach swojego znakomicie prosperującego przedsiębiorstwa.

– Nigdy nie wiemy, jak ułoży się nam życie – oznajmił Vaughn, jakby odpowiadając na niezadane pytanie. – Ja też wcale się nie spodziewałem, że poznam Allie i osiądę w tym miasteczku, ale widocznie tak było mi pisane.

– Mam za dużo spraw na głowie. – Pax poprawił się na krześle i postawił kufel na blacie stołu. – Przygotowuję się do otwarcia mojej pierwszej agencji zagranicznej i nic nie może stanąć mi na przeszkodzie. Pracowałem zbyt ciężko, aby zrezygnować z tego rynku zbytu.

– Mam nadzieję, że twoje plany są związane z jakimś tropikalnym krajem – zauważył Kahlil. – Kocham Wyoming, ale te cholerne zimy bywają nie do zniesienia.

– Otwieram filię w Barcelonie i przygotowuję się do ekspansji na terenie Kostaryki.

– A co zrobisz z tym ośrodkiem? – spytał Mason. – Zatrzymasz go czy sprzedasz?

Pax westchnął ciężko i sięgnął po kufel.

– Instynkt podpowiada mi, że powinienem się go pozbyć, ale jakoś nie potrafię podjąć decyzji. Wiem, że Hank włożył mnóstwo pracy w to ranczo i pewnie miałby mi za złe, gdybym oddał je w ręce obcych ludzi. Tak czy owak nigdy nie umiałem czytać mu w myślach, więc nie wiem nawet, dlaczego wybrał właśnie nas czterech na swoich spadkobierców...

– Nie zapominaj o Mabel – przerwał mu ze śmiechem Vaughn. – Ta kobieta od kilkudziesięciu lat zarządza Supermarketem Hanka. Jest stałym elementem tutejszego pejzażu. Wydaje się niezastąpiona.

– Chcesz powiedzieć, że odziedziczyła ten sklep? – spytał Pax. – Nie wiedziałem, ale takie rozwiązanie wydaje mi się sensowne. Nadal jednak nie mam pojęcia, dlaczego wybrał właśnie nas czterech na spadkobierców tego ośrodka wypoczynkowego. Dlaczego wydaliśmy mu się najlepszymi kandydatami?

– Chyba dlatego, że wszyscy czterej odnieśliśmy sukcesy zawodowe. Zakładał pewnie, że będziemy w stanie przejąć i wskrzesić jego podupadające imperium – wyjaśnił Kahlil. – Był z nas dumny.

– To moje ranczo jest przykładem katastrofy finansowej – wtrącił Pax. – Nie mogę zrozumieć, jakim cudem cały ten majątek stanął na krawędzi ruiny.

– Po śmierci Edith Hank podobno przestał być sobą – wyjaśnił Kahlil, posępnie kiwając głową. – Bliscy mu ludzie twierdzili, że po prostu się poddał, stał się ruiną samego siebie. To dowodzi, że nawet najsilniejsi mężczyźni mają jakiś słaby punkt. Jego piętą achillesową była Edith.

– Te skrzydełka są naprawdę świetne. – Vaughn oblizał usta i wytarł ręce papierową serwetką. – W moim poprzednim wcieleniu często podróżowałem, więc nie sądziłem, że przyzwyczaję się tak łatwo do osiadłego życia, ale teraz nie mam ochoty się stąd ruszać.

– Tak czy owak cieszę się, że was znowu widzę – wyznał Pax. – Nie mogę wprost uwierzyć, że po tylu latach cała nasza czwórka znalazła się w tym samym punkcie kuli ziemskiej.

– Jestem przekonany, że tego właśnie Hank pragnął. Zaaranżował wszystko w taki sposób, aby doszło do spotkania na szczycie. – Mason zagrzechotał kostkami lodu, którymi wypełniona była szklanka. – Być może chciał, żebyśmy zawarli coś w rodzaju poczwórnego przymierza.

– Jestem mu za to bardzo wdzięczny – mruknął Kahlil. – Co robicie podczas Bożego Narodzenia?

Przyjaciele Paxa zaczęli rozmawiać o swoich planach, a on słuchał ich uważnie, ale nie zamierzał informować o tym, że jest zaproszony na świąteczny posiłek do chatki numer pięć.

Wiedział dobrze, że przyjaciele potraktowaliby tę wiadomość bardzo poważnie i zrobili z igły widły. Zaczęliby sobie wyobrażać, że ich kumpel przeżywa namiętny romans, choć taka ewentualność nie wchodziła w ogóle w grę.

Uważał Kirę za kobietę bardzo seksowną i interesującą, w dodatku obdarzoną talentem kulinarnym, ale nie miał czasu ani ochoty na żaden przelotny związek.

Musiał mądrze kierować życiem i zakładał, że tajemnicza nieznajoma jest w takiej samej sytuacji jak on.

Na szczęście rozmowa zeszła wkrótce na weselne plany kolegów, więc mógł skupić uwagę na piwie i skrzydełkach. Został oczywiście zaproszony na śluby i obiecał, że weźmie w nich udział, jeśli tylko będzie przebywał w Willowvale Springs.

Miał jednak nadzieję, że los rzuci go wtedy w inny zakątek świata.

Kira zacisnęła pasek zielonej sportowej kurtki. Nie zabrała w tę podróż wyjściowych strojów, ale miała w walizce kilka bluzek i markowych dżinsów.

Stanęła przed wielkim lustrem wiszącym w sypialni i wydała pomruk zadowolenia. Była przekonana, że Pax doceni jej atrakcyjny wygląd.

– Co mnie to właściwie obchodzi? – mruknęła, ruszając w stronę kuchni. – Przecież opinia nieznajomego kowboja nie ma dla mnie żadnego znaczenia.

Ale czy na pewno?

Wychodząc z sypialni, usłyszała pukanie do drzwi i poczuła nerwowy dreszcz.

Zganiła się w duchu za nadmierną pobudliwość, uświadamiając sobie, że oczekiwany mężczyzna jest po prostu przygodnym znajomym.

Otworzyła drzwi i omal nie upadła na widok Paxa. Był od stóp do głów ubrany na czarno, a jego ciemna broda nadawała mu jeszcze bardziej malowniczy wygląd.

Dochodzący z kuchni dzwonek minutnika zmusił ją do powrotu na ziemię.

– Jak sam słyszysz, przychodzisz w samą porę – zauważyła z uśmiechem. – Wejdź i powieś kurtkę.

– Nie wiem, co masz zamiar podać, ale ten zapach jest wspaniały – powiedział, kiedy ustawiła na kuchennym blacie szynkę, pulpety mięsne i gorące bułeczki.

– Nie będzie to wystawna uczta, bo nie spodziewałam się towarzystwa, ale przygotowałam też ciasto czekoladowe. Mam nadzieję, że je lubisz.

– Przepadam za czekoladą.

– To będzie skromny posiłek, bo panują tu spartańskie warunki, ale… wesołych świąt.

Stanął po drugiej stronie drewnianej wyspy oddzielającej kuchnię od skromnego saloniku i postawił na niej butelkę Pinot Noir. Nie zauważyła jej, bo była zafascynowana jego atrakcyjnym wyglądem.

– Nie musiałeś niczego przynosić, ale jeszcze nigdy nie odmówiłam przyjęcia markowego wina.

– Nie mam pojęcia, czy jest dobre – wyznał, siadając na wysokim stołku. – Poleciła mi je narzeczona bliskiego przyjaciela, więc zastosowałem się do jej rady.

– Z pewnością będzie doskonałe.

Pax był tak potężnie zbudowany, że nawet w pozycji siedzącej dominował nad otoczeniem.

Kira dopiero teraz uświadomiła sobie, jak mała jest zajmowana przez nią chatka.

Opanuj nerwy i przestań się zachowywać jak niedoświadczona smarkula, zgromiła się w duchu. *Przecież to tylko skromna kolacja, a nie przyjęcie zaręczynowe.*

– Usiądź wygodnie, a ja cię obsłużę – polecił Pax.

Wstał i sięgnął po leżącą na blacie dużą łyżkę. Kiedy stanął tuż obok niej i spojrzał w jej oczy, wstrzymała na chwilę oddech. Wydawało jej się przez moment, że dostrzega w jego wzroku życzliwość, a może nawet cień zainteresowania.

Uśmiechnęła się przewrotnie, wiedząc dobrze, że wyraz jej twarzy zmąci spokój jego ducha. Nie miała nic przeciwko temu, bo on wprawiał ją w stan podniecenia już od dwóch dni.

– Nalej nam trochę wina – poprosił stłumionym głosem, a ona, słysząc jego ton, doszła do wniosku, że ta kolacja może mieć bardziej interesujący przebieg, niż się spodziewała.

Zburzyła jednak intymny nastrój, odwracając się na pięcie i wyruszając na poszukiwanie kieliszków oraz korkociągu.

– Nie podejrzewałam, że jesteś amatorem wina.

Pax zdjął z wiszącej nad kuchenką półki dwa talerze i zaczął nakładać na nie przygotowane przez nią dania.

– Czyżbyś poświęciła choć odrobinę uwagi moim alkoholowym upodobaniom? – spytał, nie podnosząc wzroku znad blatu.

Zdumiona jego bezpośredniością omal nie wypuściła butelki z ręki. Nie była na tyle próżna, by zakładać, że on obserwuje jej reakcje.

– Brałam cię za człowieka pijącego szklankami whisky pod koniec długiego dnia, który upłynął ci na walce z nieprzyjaciółmi.

Roześmiał się tak donośnie, że jego głos wypełnił chatkę, a ona po raz nie wiadomo który poczuła niepokojący dreszcz.

– Ach, więc potrafisz się śmiać! – zawołała z udawanym zdumieniem. – Jakoś nie mogłam sobie tego wyobrazić.

– Z przyjemnością się dowiaduję, że zastanawiasz się nad moimi preferencjami w kwestii alkoholi i moim skłonnościom do demonstrowania wesołości – stwierdził z ironicznym uśmiechem, stawiając talerze na wyspie. – Czy chciałabyś poznać jakieś inne szczegóły dotyczące mojej osoby?

– Owszem – odparła, wzruszając ramionami. – Nie mam pojęcia, jak brzmi twoje nazwisko. Chciałabym wiedzieć, czy spędziłeś całe życie w Wyoming, a jeśli nie, to co cię sprowadziło w te strony. Dlaczego postanowiłeś uruchomić ten ośrodek wypoczynkowy? Dlaczego jesteś zwykle zachmurzony i wychodzisz tak rzadko ze skorupy?

Patrzył na nią w milczeniu długą chwilę. Zaczęła podejrzewać, że wznosi wokół siebie masywny mur, którego nie uda jej się sforsować.

– Hart. Tak się nazywam.

No cóż, pomyślała. Jak na początek dobre i to. Okrążyła wyspę i postawiła kieliszek przed Paxem, a potem usiadła na stołku.

– Czy wychowywałeś się w tych stronach?

Włożył do ust kawałek mięsa, a ona odniosła wrażenie, że ma do czynienia z człowiekiem, który zawsze zachowuje czujność i starannie dobiera słowa.

– Owszem – odparł po zastanowieniu. – Czyżbyś próbowała wedrzeć się w moje myśli?

– Być może – odparła, wypijając łyk wina. – Choć jestem pewna, że nie dzielisz się nimi z wieloma osobami.

– I masz rację – mruknął, a potem zajął się jedzeniem.

Ona zaś postanowiła zmienić temat, widząc, że jej pytania coraz bardziej go irytują. Nie chciała go do siebie zrażać, choć była przekonana, że ich znajomość nigdy nie zamieni się w zażyłą przyjaźń.

ROZDZIAŁ PIĄTY

Nie zamierzał zostawać w chatce Kiry dłużej, niż nakazywały dobre obyczaje. Ale kolację zwieńczył deser, do którego otworzyli drugą butelkę wina.

Już poprzednio powiesił kapelusz na haku i zdjął wełnianą kurtkę. Teraz siedział rozparty wygodnie na kanapie i czuł się tak zrelaksowany, jak chyba nigdy dotąd.

Pani domu od godziny zarzucała go pytaniami, a on odpowiadał na nie wymijająco albo zbywał je milczeniem. Nadal nie bardzo wiedział, na czym polega praca Nauczyciela Życia, ale domyślał się, że wyrabia ona w profesjonalistach skłonność do wścibstwa.

Kira siedziała przed kominkiem na dużej poduszce, trzymając w ręku kieliszek. Wstając od stołu, związała włosy w koński ogon; sam nie wiedział, która wersja jej fryzury bardziej mu się podoba. Zdawał sobie jednak sprawę, że po raz pierwszy od dawna czuje się w Willowvale Springs jak u siebie.

To miasteczko nie było już jego domem. Odwiedzał je co jakiś czas i nadal dysponował swoim dawnym gabinetem, ale tym oddziałem firmy zarządzał teraz Brandon Littlefood.

Pax wolał swoją rezydencję w Vail lub penthouse na Manhattanie, z którego rozciągał się wspaniały widok na Central Park. Należąca do niego willa na Florydzie też była wygodna i luksusowo wyposażona.

Obecny pobyt w Willowvale obudził w nim bolesne wspomnienia. Pracował tu jako nastolatek, pełniąc rolę przewodnika turystów, którzy chcieli przeżyć kowbojską przygodę. Rozwiedzeni rodzice spychali na siebie nawzajem obowiązek opieki nad synem, a on zaprzysiągł sobie wtedy, że nigdy nie narazi żadnego dziecka na tak upokarzającą egzystencję. Postanowił też, że nigdy nie wpadnie w pułapkę, za jaką uważał małżeństwo.

Nie miał na to ani czasu, ani ochoty.

– Przesłuchujesz mnie już zbyt długo – oświadczył, kiedy zadała mu kolejne osobiste pytanie. – Teraz zamienimy się rolami.

– Dobrze. Jestem bardzo ciekawa, o co zechcesz mnie zapytać.

Nie miał pojęcia, od czego zacząć. Troszczył się o konta bankowe klientów, ale nigdy nie próbował czytać w ich myślach ani zaglądać do ich dusz. Zasiadał z nimi często za wspaniale zastawionymi stołami, ale nie wdawał się w bliższe relacje.

– Powiem ci na początek, czego się domyślam. Jesteś właścicielką apartamentu w Portland. Masz kota albo jakiegoś ptaka. Jakieś zwierzę, które nie wymaga stałej opieki i może samotnie przebywać w mieszkaniu przez dłuższy czas.

– Błąd. Nie mam apartamentu ani kota. Szczerze mówiąc, jestem teraz bezdomna.

Spojrzał na nią ze zdumieniem. Funkcjonował na rynku nieruchomości, ale nie miał kontaktu z ludźmi nie posiadającymi dachu nad głową. Jego klienci obracali milionami, a nawet miliardami. Żądali usług przekraczających poziom doskonałości.

Bezdomna? Jak ona do diabła może być bezdomna?

– Chyba uderzyło mi do głowy to wino – wymamrotała, wpatrując się w zawartość kieliszka. – Staram się nie rozmawiać o moim życiu osobistym.

– W twoim zawodzie to pewnie dosyć trudne, prawda?

Oparła się o fotel i spojrzała mu w oczy. Panujące między nimi napięcie nie wydawało się niezręczne, lecz niemal... uspokajające.

Pax nie czuł się już zagrożony. Kira z pewnością niczego od niego nie wymaga. Zaproponowała mu tylko wspólne spędzenie części świąt i zjedzenie kolacji, którą ofiarnie przygotowała.

– Nie często jestem pytana o moje życie osobiste – wyjaśniła po chwili namysłu. – Kiedy spotykam się z klientami, rozmawiamy o ich sytuacji, ich aspiracjach oraz ich potrzebach.

Czuł, że powinien się trzymać z dala od jej świata. Koncentrować uwagę na własnych sprawach. Każda próba wkroczenia na jej terytorium groziła wpadnięciem w pułapkę, której do tej pory udawało mu się uniknąć.

Ta świadomość nie powstrzymała go jednak od zadania następnego pytania.

– Od jak dawna jesteś bezdomna?

– Od tygodnia. To długa historia.

Wiedział dobrze, że ostatnie jej stwierdzenie powinno skłonić go do wyjścia. Miał do przeczytania zaległe mejle i sprawozdania finansowe. Nawet podczas Bożego Narodzenia ciążyły na nim ważne obowiązki. Każde opóźnienie zakłócało harmonogramy.

Hank tłumaczył mu wielokrotnie, że odkładanie czegokolwiek na później nie prowadzi do sukcesu. Miał wysokie wymagania dotyczące etosu pracy, a on wiele się od niego nauczył, pracując na ranczu jako nastolatek.

Właśnie dlatego chciał uczcić pamięć swojego mistrza i zadbać o to, by posiadłość była zarządzana przez kogoś, kto potrafi się o nią zatroszczyć.

W pokoju zapadła cisza. Słychać było tylko trzask płonącego drewna. Pomarańczowe i żółte płomienie ślizgały się po nadpalonych bierwionach. Pax wiedział, że powinien wracać do domu. Powtarzał sobie w myślach, że musi wstać i podziękować za kolację.

Ale w jej postawie było coś, co zatrzymywało go na kanapie. Wydawała się zmęczona albo przygnębiona.

Nie miał pojęcia, jaka jest przyczyna pogorszenia jej nastroju, ale czuł, że coś ją gnębi.

– Więc gdzie zamieszkasz po powrocie do Portland? – spytał, przywołując w myślach listę swoich funkcjonujących w tym mieście kontrahentów, którzy mogliby okazać się pomocni.

Kira zmarszczyła brwi, zastanawiając się nad odpowiedzią, a on po raz kolejny został zaskoczony jej reakcją. Przecież musi mieć jakichś krewnych lub przyjaciół mogących udzielić jej gościny, pomyślał z irytacją. Choćby któregoś z klientów, z którym zdążyła nawiązać bliższe relacje. A może jest zbyt dumna, aby prosić o pomoc?

Instynkt podpowiadał mu, że powinien trzymać się z daleka od tej kobiety i jej problemów. Z drugiej jednak strony, nie chciał zachować się jak bezwzględny egoista. Ranczo, na którym przebywali, było jego schronieniem w latach młodości.

Hank i Edith przygarnęli niedoświadczonego nastolatka i skierowali jego życie na właściwe tory. Owszem, miał dom rodzinny, ale jego ojciec poświęcał hazardowi więcej czasu i uwagi niż własnemu dziecku.

– Jestem pewna, że wszystko jakoś się ułoży – powiedziała Kira bez większego przekonania. – Moja najlepsza przyjaciółka, ta, która wysłała mnie tu na odpoczynek, zaproponowała mi u siebie wolny pokój, ale niedawno urodziła dziecko, więc wiem, że taki układ nie byłby na dłuższą metę korzystny dla żadnej z nas.

Pax skrzywi się z niesmakiem na myśl o zamieszkaniu pod jednym dachem z noworodkiem.

Nigdy nie lubił dzieci, więc taka wizja wydawała mu się koszmarem.

– Więc nie masz żadnych krewnych, którzy mogliby cię na jakiś czas przygarnąć?

– Tylko matkę… i faceta, który zostanie wkrótce jej czwartym mężem, ale oni mieszkają w Waszyngtonie.

– Czwartym…? – powtórzył z niedowierzaniem.

– Dobrze mnie usłyszałeś – przyznała, kiwając głową. – Niektórzy ludzie zbierają znaczki, a moja matka kolekcjonuje mężów. Nie sądzę, żeby ten wytrwał przy jej boku dłużej niż któryś z pozostałych.

Pax uświadomił sobie, że życie Kiry nie jest wcale bardziej ustabilizowane niż jego własne. Choć budziło to w nim zainteresowanie nią i jej światem, instynkt samozachowawczy ostrzegał go przed zaangażowaniem się w sprawy tej nieznanej mu przecież kobiety.

Funkcjonował we własnym świecie i był zadowolony z tego stanu rzeczy, a poza tym miał zbyt wiele na głowie, aby troszczyć się o interesy kogoś, kogo znał od zaledwie dwóch dni.

– Muszę przyznać, że byłem zaskoczony, kiedy się dowiedziałem, że chcesz samotnie spędzić święta i nowy rok. Większość ludzi uznałaby to za ekstrawagancję.

– Ja nie należę do większości – odparła z uśmiechem, który wydał mu się rozbrajający. – Uwielbiam święta, ale nie lubię podporządkowywania się wymogom rodzinnych tradycji. Chyba nawet nie wiem, co ten termin oznacza.

Rodzinne tradycje? On również nie miał pojęcia, jaki jest sens tych słów. Hank i Edith zawsze urządzali świąteczne przyjęcia dla pracowników, którzy chcieli w nich uczestniczyć.

Pax nie opuścił żadnego z tych spotkań. Po pierwsze dlatego, że nie miał ochoty spędzać Bożego Narodzenia z ojcem, z którym nie znajdował wspólnego języka. Po drugie, szanował państwa Carson i za nic w świecie nie zrezygnowałby z okazji do okazania im podziwu i sympatii.

– Czy słusznie się domyślam, że nie masz licznej rodziny?

– Z ojcem nie rozmawiam już od lat.

– Czyżby wynikało z tego, że jesteśmy wyrzutkami? – spytała, sięgając po kieliszek.

Nigdy nie myślał o sobie w ten sposób, ale musiał przyznać, że to stwierdzenie nie jest dalekie od prawdy. Oboje najwyraźniej wywalczyli sobie w życiu godną szacunku pozycję bez wsparcia ze strony rodziny.

Wstał i przeciągnął się lekko, by rozluźnić mięśnie barków. Rzadko zdarzało mu się siedzieć tak długo w jednej pozycji.

– Czy chcesz już uciekać? – spytała, otwierając szeroko oczy.

Nie chciał uciekać. Miał ochotę zostać i ulec zauroczeniu, jakie budziła w nim ta kobieta. Ale zawsze kierował się rozsądkiem, a ten podpowiadał mu, że ta intymna i przytulna atmosfera połączona z obfitością wina stanowi poważne zagrożenie dla jego niezależności.

Od kilku godzin nie zerknął nawet na zegarek ani na komórkę, więc nie miał pojęcia, która jest godzina. W towarzystwie tej kobiety stracił poczucie czasu.

Kira wyciągnęła do niego rękę, prosząc, by pomógł jej wstać. Gdy delikatnie uścisnął jej dłoń, podniosła się zręcznie do pozycji stojącej z uśmiechem, który podziałał na niego jak powiew gorącego wiatru.

Nie zwolnił uścisku palców, a ona najwyraźniej nie miała mu tego za złe.

– Nie jesteś taki sztywny, jak mi się wydawało – mruknęła, patrząc mu głęboko w oczy. – Jesteś po prostu samotny.

Wcale nie czuł się samotny. Jeszcze przed kilkoma tygodniami prowadził w Hiszpanii ożywione życie towarzyskie. Wynajął tam luksusowy penthouse i wesoło spędzał czas, rozkręcając równocześnie firmę.

Zwolnienie tempa pracy groziło mu poważnymi stratami finansowymi, a nie był przyzwyczajony do porażek. Zbyt ciężko pracował na swoją pozycję, żeby narazić ją teraz na szwank.

Wyczytał jednak w oczach tej kobiety milczące zaproszenie, a także ukrytą groźbę.

Nie odrywając od niego wzroku, zrobiła krok do przodu, a kiedy rozchyliła usta, musiał wytężyć całą siłę woli, by nie ulec pokusie chwycenia jej w ramiona.

Gdy jednak ich wargi się zetknęły, Kira wydała cichy jęk i gwałtownie się cofnęła.

– Nie mam prawa zachowywać się w taki sposób – wyszeptała, nie odrywając od niego wzroku. – Ale niczego nie żałuję.

Czuł, że powinien coś powiedzieć, zrobić... ale w jego głowie panował zamęt. Wiedział tylko, że musi wyjść z tej chatki, zanim straci resztki zdrowego rozsądku.

– Dziękuję za kolację – wykrztusił, ruszając w stronę drzwi.

Włożył kurtkę i zdjął z wieszaka kapelusz, a potem odwrócił się przez ramię. Zdał sobie sprawę, że musi wyjść na mróz i spędzić samotną noc, ale mimo to był przekonany o słuszności podjętej przed chwilą decyzji.

– Ja też niczego nie żałuję – oznajmił stłumionym głosem, a potem otworzył drzwi, przekroczył próg i poczuł w płucach powiew lodowatego powietrza.

ROZDZIAŁ SZÓSTY

Była roztrzęsiona i sfrustrowana. Od chwili, w której Pax opuścił jej chatkę, myślała tylko o ich przerwanym pocałunku. Nie mogła zrozumieć przyczyn, dla których ten mężczyzna ją pocałował, ale nie dotknął żadnej innej części jej ciała. Powiedział, że niczego nie żałuje, ale nie była pewna, czy ta przelotna pieszczota sprawiła mu przyjemność – choć ona na myśl o niej nadal odczuwała dreszcz pożądania.

Wstała wcześnie rano, zjadła naleśniki z jagodami i posprzątała niewielką kuchnię. Mogłaby teraz coś przeczytać albo znaleźć w komputerze jakieś informacje dotyczące wynajmu nieruchomości w Portland, ale żadna z tych możliwości nie wzbudziła w niej entuzjazmu.

Na dworze świeciło słońce, a jego promienie odbijały się od warstwy świeżego śniegu, postanowiła więc pójść w kierunku stajni. Miała nadzieję, że zastanie tam jakiegoś pracownika, który pozwoli jej na przejażdżkę. Nigdy dotąd nie siedziała na koniu, ale liczyła na to, że spacer w siodle okaże się kolejną interesująca przygodą.

Przez cały czas nie mogła oderwać myśli od Paxa i wczorajszego wieczoru. Zdawała sobie sprawę, że nie powinna była zachowywać się tak prowokująco, ale niczego nie żałowała. Bądź co bądź przyjechała tu po to, żeby się zrelaksować i przyjemnie spędzić czas.

Ruszyła oczyszczoną ze śniegu ścieżką w kierunku stajni i stojącej obok nich ogromnej stodoły. Zapięła ciepłą kurtkę i choć miała na dłoniach rękawiczki, włożyła ręce do kieszeni, a potem zsunęła na uszy wełnianą czapkę.

Nie znosiła mrozu, ale była zachwycona pięknem otaczającego ją krajobrazu.

Zastanawiała się, co doprowadziło ten ośrodek do takiego stanu. Nie wyobrażała sobie, żeby ktoś mógł zaniedbać tak piękny kawałek ziemi. Pax wspomniał coś o tym, że usiłuje przywrócić to miejsce do dawnej świetności, ale nie wiedziała, z jakich przyczyn zaczęło się ono staczać po równi pochyłej. Czy jego właściciel nie dysponował środkami inwestycyjnymi? A może Pax był kiedyś jego zarządcą i przejął podupadający interes?

Miała wiele pytań, ale zdążyła się już przekonać, że ten mężczyzna niechętnie rozmawia o osobistych sprawach. Może właśnie dlatego tak łatwo wpadał w irytację. Wiedziała z doświadczenia, że kłopoty zawodowe lub prywatne mogą zmienić charakter i uczynić go człowiekiem nieprzystępnym.

Kiedy szła w kierunku otwartych wrót stajni, śnieg zachęcająco skrzypiał pod jej stopami.

Gdy przekroczyła próg, natychmiast poczuła ciepło płynące od podwieszonych pod sufitem grzejników. Po obu stronach wielkiej hali znajdowały się boksy. W powietrzu unosił się lekko duszący, lecz przyjemny zapach koni. Szerokie przejście między boksami było starannie zamiecione, więc nie dostrzegła na podłodze żadnych śladów siana ani owsa.

Zrobiła kilka kroków, mając nadzieję, że zobaczy kogoś, kto umożliwi jej przejażdżkę. Nie wiedziała, czy przy tak niskiej temperaturze zwierzęta bywają wyprowadzane na dwór. Liczyła jednak na to, że nauka jazdy konnej oderwie jej myśli od Paxa przynajmniej na kilkanaście minut.

Przepiękny kary ogier wysunął łeb znad ścianki swojego pomieszczenia i spojrzał w jej kierunku. Nie miała pojęcia, czy jest rasowy, ale była zachwycona jego urodą. Nie wiedziała też, czy może go pogłaskać, więc na wszelki wypadek nie wyjęła rąk z kieszeni.

– Cześć, kolego! – zawołała przyjaznym tonem. – Jesteś wielki i piękny. Jak masz na imię?

– Grom.

Słysząc ludzki głos, odwróciła się gwałtownie i ujrzała wchodzącego do stajni Paxa.

Poczuła, że jej serce zaczyna bić o wiele szybciej, więc głęboko wciągnęła powietrze do płuc.

– Nie wiedziałam, że kogoś tu zastanę – powiedziała, usiłując wyrównać oddech. – Czy jesteś jedynym pracownikiem tego rancza?

– Na to wygląda, ale tak nie jest – odparł, podchodząc bliżej. – Widziałem, jak wychodzisz z chatki, a ponieważ tak czy owak wybierałem się do stajni, postanowiłem pójść za tobą.

Koń uniósł głowę i głośno zarżał, a ona trochę wystraszona odskoczyła od boksu.

– Nie bój się, on po prostu chce, żebyś go pogłaskała po chrapach.

Kira zdjęła rękawiczki, a potem przesunęła dłonią po pysku pięknego ogiera.

– Czy to się robi w taki sposób?

– Doskonale ci idzie – zapewnił ją, kiwając głową. – Grom mieszka u nas od mniej więcej roku i bardzo lubi kokietować kobiety.

– W odróżnieniu od swojego pana – mruknęła ironicznym tonem, a Pax zmarszczył brwi.

– Czy myślisz, że nie potrafię zachowywać się kokieteryjnie?

– W każdym razie nie w mojej obecności.

Chwycił ją za rękę i przyciągnął do siebie. Spojrzała mu w oczy i lekko westchnęła.

– Nie mam zamiaru ubiegać się o twoje komplementy ani wracać do naszego przerwanego pocałunku.

– Jesteś tego pewna?

Poczuła ciepło w miejscu, na którym zacisnęły się jego palce. Jej serce znowu biło bardzo szybko, ale z innego powodu niż wcześniej. Wiedziała, że jest bezpieczna w jego towarzystwie, ale zastanawiała się, dlaczego na wielkim ranczu nie widać żadnych innych pracowników.

Wszystkie te myśli rozwiały się, gdy Pax podszedł o krok bliżej. Dostrzegła w jego oczach wyraz, którego nigdy dotąd nie widziała.

Pożądanie? Zainteresowanie?

W obecności Paxa odczuwała za każdym razem przypływ nieznanej jej dotąd fascynacji. Była to zagadkowa mieszanka onieśmielenia i zachwytu. Jego sposób bycia budził w niej coś, czego nie potrafiła zidentyfikować, a tym bardziej wyrazić słowami.

– Czy chcesz mnie znowu pocałować? – spytała w nagłym przypływie odwagi.

– Przecież ja cię wcale nie pocałowałem. To ty pocałowałaś mnie.

– Czyżbyś się skarżył? To prawda, że inicjatywa wyszła ode mnie, ale ty nie zdobyłeś się na żaden gest towarzyszący zwykle takiej wymianie czułości. Nawet mnie nie dotknąłeś. Wiedziałam, co robię, zbliżając się do ciebie, ale kiedy wyszedłeś, było mi trochę przykro, bo…

Przerwał ten potok wymowy, przywierając wargami do jej ust. Tym razem nie ograniczył się do pocałunku, lecz objął ją i mocno przytulił. Odniosła wrażenie, że oboje przełamują w tej chwili pewną barierę, która zmuszała ich dotychczas do zachowania dystansu.

Nie wypuszczając jej z objęć, cofnął się i mrugnął do niej porozumiewawczo.

– Nie dotknąłem cię wczoraj, bo miałem wrażenie, że byłoby to niestosowne. Nie wiedziałbym, jak daleko mogę się posunąć i nie byłem pewny, czy naprawdę tego chcesz.

– No proszę, okazuje się, że bywasz elokwentny – oznajmiła, powstrzymując wybuch śmiechu. – Gdybym zdawała sobie sprawę, że to przełamie twoje opory, pocałowałabym cię już pierwszego dnia naszej znajomości.

– Nie miałem oporów, ale nie mogłem wykorzystać tego, że wypiłaś w mojej obecności butelkę wina.

– A co powiesz teraz, kiedy wypiłam zaledwie filiżankę kawy?

Znieruchomiał, a potem wypuścił ją z objęć.

– Nie mam pojęcia, co do cholery powinienem zrobić – mruknął, wprawiając ją w jeszcze większe zdumienie. – Nie zawieram zwykle bliższej znajomości z klientami rancza. Co, do diabła, sprowadziło cię do tej stajni?

Jego reakcja odebrała jej nadzieję na ponowny pocałunek. Uświadomiła sobie jednak, że przebywa na tym odludziu po raz pierwszy, więc może odgrywać każdą rolę, jaką podsunie jej wyobraźnia. Na przykład rolę turystki gotowej na romans z seksownym kowbojem.

– Chciałam zobaczyć konie i może odbyć krótką przejażdżkę – wyznała, odwracając się w kierunku Groma. – Nie wiedziałam jednak, czy pracownicy nie przedłużyli sobie urlopu świątecznego i nie miałam pojęcia, czy konie są wypuszczane na dwór przy tej pogodzie.

– Widzę, że niewiele wiesz o koniach – mruknął ironicznie. – Owszem, są wypuszczane na dwór.

– Nie jest to dla mnie najważniejsza sprawa na świecie – wyznała, zerkając na niego przez ramię. – Ale miałabym wielką ochotę na przejażdżkę, zanim wrócę do Portland. Jestem pewna, że nie masz czasu na zajmowanie się nowicjuszami, ale może zechcesz powierzyć mnie opiece któregoś ze stajennych.

– Odbędziesz ten spacer ze mną.

Kira szeroko otworzyła oczy, zaskoczona jego stanowczością. Doszła do wniosku, że z jej punktu widzenia sytuacja wygląda lepiej, niż się spodziewała.

– Nie potrafiłabym odrzucić tak atrakcyjnej oferty – wyszeptała, mrugając do niego porozumiewawczo.

Ponownie wyciągnęła rękę, aby pogłaskać Groma po pysku. Zawsze lubiła zwierzęta, ale nigdy żadnego nie miała. Prowadziła pracowity tryb życia zmuszający do częstego przebywania poza domem, a nie chciała skazywać żywego stworzenia na samotność. Oczywiście teraz nie miała już nawet mieszkania, więc…

– Czy jesteś dziś jedynym zatrudnionym na ranczu człowiekiem, który przyszedł dziś do pracy?

– Owszem – odparł, opierając się o ściankę boksu i poprawiając kapelusz. – I tak będzie do nowego roku.

– Jestem zaskoczona, że nie widzę tutaj tłumów gości. Powiedziałeś, że przechodzicie reorganizację i domyślam się, że właśnie dlatego moja przyjaciółka była zaskoczona niską ceną, a przecież ten ośrodek jest pięknie położony, więc powinien cieszyć się powodzeniem. Na czym mają polegać te zmiany?

Pax milczał przez chwilę. Dostrzegła w jego spojrzeniu cień smutku i doszła do wniosku, że zapewne przyczyną tego przygnębienia jest brak środków, jakich wymaga unowocześnienie rancza.

– Żadne decyzje jeszcze nie zapadły – odparł wymijająco, a Kira zaczęła podejrzewać, że zachowuje się zbyt dociekliwie i narusza granice jego prywatności.

– Jakie masz plany na dzisiejszy dzień? – spytała, chcąc zmienić temat.

– O dwunastej jestem umówiony w mieście i będę zajęty przez całe popołudnie. A ty, czy ty masz zamiar ponownie zająć się pieczeniem?

Jęknęła głośno i uderzyła się dłonią w czoło.

– Do diabła! – mruknęła. – Podczas wczorajszej kolacji chciałam ci wręczyć prezent i zupełnie o tym zapomniałam.

– Jaki prezent? – spytał zaniepokojony. – Z jakiego powodu?

– Prezent gwiazdkowy. Czyżbyś zapomniał, że są święta?

– Nie sądziłem, że prezenty mogą wręczać sobie ludzie, którzy się nie znają. Przecież nie masz wobec mnie żadnych zobowiązań, więc nie musisz mi nic dawać.

Kira odsunęła się od konia i skupiła uwagę na rozmówcy. Jego strój złożony z czarnego kapelusza, grubej kurtki, obcisłych dżinsów i znoszonych czarnych wysokich butów działał na nią jak afrodyzjak.

Doszła do wniosku, że Pax różni się w zasadniczy sposób od znanych jej mężczyzn. Może to właśnie tak bardzo ją w nim pociągało.

Był najwyraźniej przytłoczony nawałem problemów związanych z ponownym otwarciem rancza, więc zapewne widział w niej osobę, której towarzystwo pomoże mu zapomnieć o bieżących sprawach.

Nie miała nic przeciwko temu, by zaliczył ją do tej właśnie kategorii swoich znajomych. Ona też nie szukała trwałych związków.

Jego reakcja na wzmiankę o prezencie utwierdziła ją w przekonaniu, że jest typem samotnika nie liczącego na gesty życzliwości ze strony przygodnych znajomych i niechętnie wyciąga do nich pomocną dłoń.

– Dlaczego patrzysz na mnie w taki sposób? – spytał, marszcząc brwi.

– W jaki?

– Tak badawczo, jakbyś usiłowała rozebrać mnie na kawałki i poddać szczegółowej analizie.

– Wcale na ciebie nie patrzyłam – odparła, wzruszając ramionami. – Po prostu podziwiałam piękno okolicy.

– Chciałabyś zobaczyć coś więcej? Nie rób takiej zdziwionej miny. Sam jestem zaskoczony tym pomysłem. Mam spotkanie w porze lunchu, na które nie mogę cię zaprosić, ale w miasteczku jest wiele sklepów i przynajmniej jedna kawiarnia zasługująca na twoje zainteresowanie.

– Świetny pomysł! – zawołała, klaszcząc w dłonie. – Spotkajmy się w moim domku. Muszę tylko zabrać telefon i torebkę.

Wybiegła ze stajni zachwycona perspektywą obejrzenia znanego z urody miasteczka, a jeszcze bardziej zadowolona z nieoczekiwanego zaproszenia.

Jej samotna wyprawa przybierała niespodziewanie postać obiecującą wiele potencjalnych możliwości.

ROZDZIAŁ SIÓDMY

– Na twoim miejscu wyremontowałbym wszystko tak starannie, jakbym zamierzał tu zamieszkać. Wykorzystałbym najnowsze osiągnięcia sztuki budowlanej i planowania przestrzennego. Te tereny zyskują na wartości z każdym dniem. Będziesz musiał się opędzać od klientów podbijających ceny.

Pax słuchał uważnie przyjaciela.

Brandon Littlefood, szef oddziału jego przedsiębiorstwa w Willowvale Springs, był znakomitym biznesmenem i wybitnym znawcą rynku nieruchomości. Co więcej, współpracował z Paxem już od wielu lat. Znał wartość wszystkich terenów położonych w tej okolicy i cieszył się nieograniczonym zaufaniem swego pracodawcy.

Poznali się jeszcze jako uczniowie w szkole średniej i od razu znaleźli wspólny język. Brandon równie niechętnie zawierał nowe znajomości, a poza tym miał zdrowe poglądy na handel nieruchomościami, więc gdy Pax odczuł potrzebę zatrudnienia kogoś, kto mógłby pełnić funkcję jego prawej ręki, dokonał wyboru bez wahania.

Nie zwracał teraz uwagi na gwar dochodzący z głównego pomieszczenia kawiarni, ale był świadomy tego, że w jednej z położonych za jego plecami lóż siedzi Kira. Przyniosła z sobą laptopa i oznajmiła, że zamierza pracować, on jednak domyślił się, że nadal szuka mieszkania.

Kazał barmanowi dopisać do swojego rachunku wszystko, co Kira zamówi, ale jej o tym nie powiadomił. Sam nie wiedział, dlaczego odczuwał potrzebę opiekowania się tą kobietą. Miał przecież na głowie zbyt dużo problemów, aby przejmować się kłopotami nieznanej mu bliżej turystki.

– Pax? Czy ty mnie słuchasz?

– Oczywiście. Po prostu się zamyśliłem.

– Czy twoje rozkojarzenie ma jakiś związek z kobietą, która weszła z tobą do kawiarni, a teraz rozmawia z jakimś facetem?

– Ona jest naszym jedynym gościem, więc uznałem, że dobrze jej zrobi przejażdżka po okolicy.

– Czy jesteś pewny, że nie łączy was nic więcej? – spytał Brandon, znacząco unosząc brwi.

– Nie podejrzewaj mnie o działanie z pobudek osobistych – mruknął Pax, odstawiając kubek z kawą. – Gram rolę sumiennego właściciela, choć ona bierze mnie za pomocnika stajennego.

– Więc dlaczego jej nie wyprowadzasz z błędu? – spytał Brandon, tłumiąc wybuch śmiechu.

No właśnie, dlaczego? – pomyślał Pax.

Odkąd zaczął odnosić sukcesy, jego świat wypełnił się ludźmi, którzy czegoś od niego chcieli. Próbowali wciągnąć go do swoich interesów lub skorzystać z jego rad dotyczących rynku nieruchomości.

Kobiety, które usiłowały się do niego zbliżyć, zawsze były motywowane podziwem dla władzy i pieniędzy. Towarzystwo Kiry stanowiło miłą odmianę.

– Ona zostanie na ranczu tylko przez kilka dni, a ja nigdy więcej jej nie zobaczę – oznajmił. – Czułbym się niezręcznie, informując ją teraz, że jestem właścicielem tego ośrodka.

– I słusznie, bo widać na pierwszy rzut oka, że ranczo zeszło na psy – mruknął Brandon. – Osoba, która ogląda to miejsce po raz pierwszy w życiu, może być zachwycona scenerią i drewnianymi chatkami. Krajobraz Wyoming jest niezrównany, ale wasz standard wyraźnie się obniżył, a po udoskonaleniach wprowadzonych przez Edith nie ma śladu.

Pax musiał przyznać mu rację.

Edith i Hank odznaczali się niespożytą energią i rozległą wiedzą z zakresu zarządzania tego rodzaju przedsiębiorstwami. Hank był bezwzględnym biznesmenem, ale Edith zawsze kierowała się troską o jakość świadczonych usług i zadowolenie klientów. Właśnie dlatego cieszyła się wielką sympatią pracowników i mogła w każdej sytuacji liczyć na ich lojalność.

Wszystkie podejmowane przez nią inicjatywy okazywały się bardzo dochodowe.

– Wcale nie jestem rozkojarzony – warknął Pax, rozsiadając się wygodniej. – Ja po prostu nie wiem, od czego zacząć.

– Bo twoje myśli pochłania Hiszpania i nowa klientka ośrodka.

Pax zacisnął zęby, zdając sobie nie po raz pierwszy sprawę, że współpraca z podwładnym, który pozwala sobie na tego rodzaju uwagi, ma swoje ujemne strony.

– To prawda, że hiszpańska inwestycja absorbuje mój czas i uwagę – przyznał, postanawiając zignorować sugestie przyjaciela dotyczące Kiry. – Termin otwarcia się zbliża, a ja muszę jeszcze odbyć rozmowy z kontrahentami i skorygować ostateczną wersję projektów architektonicznych. Moje wysiłki będą procentowały, gdy już uruchomimy te hotele, ale na obecnym etapie wszystko przebiegałoby o wiele łatwiej, gdybym był na miejscu.

Brandon oderwał spojrzenie od Paxa i skierował je w jakiś punkt znajdujący się nad jego głową, wykrzywiając twarz w promiennym uśmiechu.

– Dzień dobry.

Pax nie musiał się odwracać, aby odkryć, kto podszedł do ich loży. Tożsamość tej osoby zdradził mu aromat perfum. Miał ochotę kopnąć pod stołem przyjaciela, ale w porę zdał sobie sprawę, że ukłucie zazdrości, które poczuł, jest pozbawione sensu.

A poza tym Brandon ma prawo uśmiechać się uwodzicielsko do Kiry, a ona jest wolną kobietą i zostanie w tej okolicy tylko przez kilka dni.

– Hej! – powiedziała. – Przepraszam, że wam przeszkadzam. Mam zamiar odwiedzić pobliski butik i zaraz wrócę.

Brandon wysunął się z loży i wyciągnął do niej rękę.

Pax miał ochotę mu ją przetrącić, ale w porę uświadomił sobie, że okazywanie zazdrości byłoby absurdalne.

– Jestem Brandon Littlefood, wspólnik Paxa – oznajmił jego przyjaciel. – Czy zechce pani się do nas przyłączyć?

– Pochlebia mi ta propozycja – odparła Kira z czarującym uśmiechem. – Ale wy pewnie chcecie skończyć tę rozmowę, a ja wybieram się na zakupy.

– Tak czy owak, miło było panią poznać – wyrecytował Brandon ze stosownym ukłonem. – Będziemy na miejscu, gdyby zmieniła pani zdanie.

Kira skinęła mu głową, a potem odwróciła się na pięcie i ruszyła w kierunku wyjścia.

– To dopiero niespodzianka! – zawołał Brandon, siadając na swoim miejscu.

– Tylko nie zaczynaj gadać głupstw – ostrzegł go Pax.

– Chyba mam prawo skomentować tak wspaniałą wiadomość. – Brandon roześmiał się głośno i potrząsnął głową. – Nigdy dotąd nie widziałem, żeby oczarowała cię kobieta.

– Oczarowała? – warknął ze złością Pax, zirytowany tym, że przyjaciel jest bliski prawdy. – Ja nie mam szesnastu lat, więc o żadnym oczarowaniu nie ma mowy. Ona po prostu wynajmuje chatkę i jest gościem rancza. Muszę z przykrością dodać, że jedynym gościem, co jest o tyle zastanawiające, że wszystkie chatki były zawsze zarezerwowane z wielomiesięcznym, a nawet rocznym wyprzedzeniem.

Brandon zmarszczył czoło, rozważając implikacje tego, co przed chwilą usłyszał. Był mistrzem w rozwiązywaniu kryzysów i właśnie dlatego został przed laty partnerem Paxa.

– Wrócimy do tego tematu w stosownym momencie – obiecał z uśmiechem. – Teraz chciałbym się dowiedzieć, jak wyglądają twoje plany dotyczące rancza. Czy zamierzasz zostać w Wyoming?

– Nie mogę, chyba że ty zechcesz się przenieść do Hiszpanii.

Pax wiedział dobrze, że Brandon nigdy nie opuści Willowvale Springs. Cała jego rodzina mieszkała w miasteczku, a był z nią bardzo silnie związany.

– Okej, więc twoje przenosiny do Wyoming nie wchodzą w rachubę – stwierdził Brandon. – W takim razie musisz dokładnie przemyśleć wszystkie opcje i znaleźć dobrego zarządcę, który będzie umiał przywrócić ośrodkowi dawną świetność. Powinien to być sprawny menedżer, obdarzony w dodatku walorami towarzyskimi i umiejętnością nawiązywania kontaktów.

Pax zmarszczył brwi. Natychmiast przyszła mu na myśl Kira. Z pewnością spełniała dwa ostatnie warunki. Znał ją zaledwie od dwóch dni, więc nie mógł ocenić jej zdolności organizacyjnych, ale wydawała mu się dość inteligentna, aby zarządzać ranczem.

Westchnął głęboko i podrapał się po głowie. Wiedział dobrze, że rewitalizacja ośrodka wymagać będzie czasu, pracy i funduszy. Te ostatnie nie stanowiły problemu. Mógł sobie pozwolić na zainwestowanie każdej sumy, jaka okaże się niezbędna. Nie dysponował jednak wolnym czasem ani potencjałem wykonawczym.

Instynkt podpowiadał mu, że powinien sprzedać ranczo, życzyć nowemu właścicielowi wszystkiego najlepszego i jak najszybciej opuścić Willowvale Springs.

Zdawał sobie jednak sprawę, że zawiódłby wtedy oczekiwania Hanka i Edith, którzy właśnie jego wybrali na spadkobiercę. Byli nie tylko jego pracodawcami, lecz także członkami rodziny. Najbliższymi ludźmi na świecie.

– Z tej sytuacji nie ma łatwego wyjścia – przyznał w końcu Pax. – Może mnie uratować tylko cud.

– Przecież dobrze wiesz, że to nierealne.

Brandon miał oczywiście słuszność. Pax zdawał sobie sprawę, że rozruch ośrodka będzie od niego wymagał dwudziestu czterech godzin pracy na dobę.

Nie wiedział natomiast, co powinien zrobić z niemal ukończoną inwestycją w Hiszpanii. Łączność online sprawdzała się niekiedy w przypadku dobrze prosperujących firm, ale tu przecież chodziło o zarządzanie przedsiębiorstwem będącym w stanie rozruchu.

– No dobrze, pojadę do Hiszpanii.

Pax odwrócił się gwałtownie i spojrzał na przyjaciela ze zdumieniem.

– Słucham?

– Nie podpiszę umowy długoterminowej, ale mogę tam posiedzieć kilka miesięcy i rozkręcić ten twój interes. Oczywiście jeśli uważasz, że jestem odpowiednim kandydatem.

Pax szeroko się uśmiechnął. Nie było na świecie człowieka, którego darzyłby większym zaufaniem.

– Chłopie, jeśli mówisz poważnie... – Zawiesił głos, nadal nie mogąc uwierzyć, że stał się cud.

– Przyślij mi jak najszybciej dokumentację techniczną nowego zespołu hotelowego oraz dane dotyczące systemu finansowania. Zamierzam oczywiście uzgadniać z tobą wszystkie najważniejsze decyzje.

– To nie będzie konieczne. Jesteś jedynym człowiekiem, którego chciałbym widzieć na tym stanowisku, bo wiem, że masz niezawodny instynkt biznesmena i rozumujesz w taki sam sposób jak ja.

– Miło mi to słyszeć – mruknął Brandon. – Wobec tego możemy już chyba wrócić do tematu twojego gościa.

ROZDZIAŁ ÓSMY

Kiedy matka zadzwoniła do niej po raz trzeci tego dnia, pragnąc omówić problem sukni ślubnej, Kira zaczęła podejrzewać, że matka jest uzależniona od własnych wesel.

Czy ona naprawdę tak często się zakochuje, czy po prostu lubi organizować przyjęcia i skupiać na sobie uwagę otoczenia? – spytała się w duchu. Czy postępuję słusznie, udzielając jej rad dotyczących tych czy innych kreacji? Przecież ona i tak wcale mnie nie słucha.

Z tą świadomością zasiadła do komputera, chcąc mimo wszystko przejrzeć oferowane przez znane firmy eleganckie toalety, ale zanim zdążyła spojrzeć na ekran, panującą w chatce ciszę przerwało pukanie do drzwi.

Jej serce od razu zabiło mocniej, gdyż niezapowiedzianym gościem mógł być tylko Pax.

Nie widziała go od dnia, w którym podrzucił ją pod drzwi domku po zakupach w miasteczku. Zwiedziła wtedy kilka miejscowych butików i znalazła w nich parę atrakcyjnych drobiazgów, które miała odebrać przed wyjazdem. Kupiła nawet dwa swetry oraz eleganckie damskie buty kowbojskie, które postanowiła potraktować jako pamiątkę z Wyoming…

Podeszła do drzwi i wyjrzała przez boczne okienko. Na progu nie stał Pax, lecz jakiś stary, niedbale ubrany kowboj z siwą brodą. Miał na sobie znoszony kapelusz i grubą kurtkę z podniesionym kołnierzem.

Zaskoczona i trochę niespokojna zerknęła na zamek, aby się upewnić, że jest zasunięty, a potem podeszła do stołu, by wziąć komórkę.

Wystukiwała właśnie numer Paxa, kiedy usłyszała głos nieznajomego.

– Wpadłem, żeby sprawdzić, czy pani czegoś nie potrzebuje! – zawołał przybysz. – Nazywam się Tate i jestem stajennym.

Przypomniała sobie, że Pax zwolnił pracowników na okres świąt, więc miała nadzieję, że odbierze telefon i rozwieje jej niepokój, ale po kilku minutach usłyszała tylko głos automatycznej sekretarki.

– Bardzo dziękuję, ale mam wszystko, co jest mi niezbędne! – zawołała, nadal nie mając pewności, czy nieznajomy mówi prawdę.

– W porządku. Pan Hart musiał w nagłej sprawie pojechać do miasta, więc zadzwonił do mnie. W razie potrzeby proszę wykręcić numer centrali, a ja się zgłoszę.

Co to znaczy w nagłej sprawie? – spytała się w duchu. Dlaczego Pax nie odbiera telefonu? Co do diabła się dzieje? Czy coś mu się stało? Czy nie potrzebuje pomocy?

Jako zarządca rancza jest najwyraźniej przeciążony pracą, bo nie ma nikogo do pomocy. Nic dziwnego, że był taki burkliwy podczas ich pierwszego spotkania.

Usłyszała oddalające się kroki nieznajomego i odetchnęła z ulgą. Było jej trochę głupio, bo miała wrażenie, że zachowała się jak histeryczka, ale jako samotnie podróżująca kobieta wolała wyolbrzymiać zagrożenia, niż je lekceważyć.

Mogła ponownie zadzwonić do Paxa, ale nie chciała zawracać mu głowy w momencie kryzysu. Niemniej każda cząstka jej ciała dygotała z niepokoju. Wysłała mu krótką wiadomość z prośbą o kontakt, gdy znajdzie wolną chwilę.

Nie miała pojęcia, co mogło się wydarzyć w ciągu godziny, jaka upłynęła od ich pożegnania. Doszła jednak do wniosku, że skoro mógł zadzwonić do Tate'a, to zapewne nie stało mu się nic poważnego.

Usiłowała uspokoić skołatane nerwy i myśleć racjonalnie. Nie jest przecież wykluczone, że Pax pojechał do jakiegoś sąsiada, który poprosił go o pomoc.

Weszła do kuchni i dokonała szybkiego przeglądu produktów do pieczenia. Nie mogła w tym momencie skupić uwagi na sukniach matki. Potrzebowała konkretnego zajęcia, które całkowicie pochłonie jej uwagę.

Wróciła do saloniku, znalazła komórkę i dokonała na ekranie przeglądu kilku nieznanych jej przepisów, wybierając w końcu gęsty czekoladowy krem, który można rozsmarować na chlebie.

Poczuła się przez chwilę jak stara, samotna wiejska kobieta, która zawsze ma w spiżarni jakieś przysmaki mogące uradować odwiedzających ją sąsiadów.

Nie była tym zmartwiona. Lubiła niespieszną atmosferę panującą na prowincji i już teraz postanowiła, że kiedyś w te strony wróci. Sama nie wiedziała, czy na tę decyzję wpłynął Pax, czy też wspaniałe krajobrazy, o jakich w Portland mogła tylko marzyć.

Położyła komórkę na wyspie i zabrała się do roboty, zerkając od czasu do czasu na wyświetlacz. Mogłaby zapytać

Tate'a o przyczynę nieobecności Paxa, ale uznała, że kilka pocałunków nie upoważnia jej do ingerencji w jego życie.

Ekran komórki zaświecił się dopiero wtedy, kiedy skończyła robić krem, schowała go w lodówce i pozmywała naczynia. Podbiegła do aparatu i odkryła, że jest to esemes od matki z pytaniem, czy obejrzała suknie.

Z westchnieniem wróciła do pokoju, zdając sobie sprawę, że dopóki nie pozna przyczyn nieobecności Paxa, nie będzie w stanie myśleć o niczym innym.

Ponownie włączyła komputer i w tym samym momencie usłyszała mocne pukanie do drzwi. Podbiegła do nich i wyjrzała przez boczne okienko przekonana, że ponownie ujrzy Tate'a, ale zobaczyła dobrze jej znaną twarz Paxa.

Błyskawicznie przekręciła zamek i otworzyła drzwi.

– Co się stało? – spytała zaniepokojona. – Czy nic ci nie jest? Wejdź. Szalałam z niepokoju.

Chwyciła dawno oczekiwanego przybysza za rękę i wciągnęła do ciepłego wnętrza, aby jak najprędzej ochronić go przed mrozem.

– Spokojnie – mruknął, zdejmując i wieszając na haku kapelusz. – Nic mi nie jest. Jedna z naszych klaczy się skaleczyła, więc musiałem pojechać do osady Amiszów po balsam na rany.

Odetchnęła z ulgą. Kiedy Pax powiesił obok kapelusza swoją ciepłą kurtkę, miała przez chwilę złudzenie, że czuje się zadomowiony w jej chatce… w jej towarzystwie. Co było oczywiście tylko złudzeniem.

Zarządca tego rancza mógł istotnie uważać się za jego gospodarza, natomiast ona, jako outsiderka, nie miała żadnych praw ani do Paxa, ani do tej chatki.

Ale jako kobieta musiała przyznać, że Pax nie jest jej obojętny.

– Odwiedził mnie Tate, żeby spytać, czy czegoś mi nie trzeba.

– Mogłem się tego spodziewać! On nigdy nie przegapi okazji, żeby spotkać się z ładną kobietą. Z pewnością zrobiłby dla ciebie wszystko, o co byś go poprosiła, ale niezależnie od tego chciał ci się dokładniej przyjrzeć.

– Skąd on mógł wiedzieć, że jest tu jakaś ładna kobieta? – spytała z uśmiechem, krzyżując ręce na piersi.

– Powiedziałem mu, że mamy jedną samotną lokatorkę.

– A on domyślił się na tej podstawie, że jestem ładna?

– Spytał, jak wyglądasz, więc mu cię opisałem – odparł Pax, wzruszając ramionami.

– Jakich użyłeś przymiotników?

– Próbujesz wymóc na mnie jakieś komplementy?

– Po prostu usiłuję ustalić fakty.

– Fakty wyglądają tak, że jesteś wspaniała i seksowna… ale tego mu nie zdradziłem.

Ta jednoznaczna deklaracja w połączeniu z pełnym zachwytu spojrzeniem poruszyła w jej duszy jakąś nutę, o której istnieniu nie wiedziała. Nie miała pojęcia, w jaki sposób ktoś, kogo zna od zaledwie kilku dni, może tak wpływać na jej uczucia, nastroje i myśli.

Nie wyobrażała sobie, jak mogłyby wyglądać ich relacje, gdyby znali się trochę dłużej.

– Miło mi to słyszeć – odparła cicho, usiłując przezwyciężyć zażenowanie.

– Przecież dobrze byś o tym wiedziała, gdybyś czasem patrzyła w lustro.

Kira uświadomiła sobie nagle, że w małej chatce panuje silne napięcie erotyczne. Nigdy w życiu nie odczuwała takiego pociągu do żadnego mężczyzny.

– Czy mogę spytać, czemu zawdzięczam tę wizytę? Jestem oczywiście bardzo zadowolona z twoich odwiedzin, ale chciałabym poznać ich przyczynę.

– Po prostu sprawdzam, czy niczego nie potrzebujesz. Czy nie trzeba już wyrzucić tej zdychającej choinki?

Zerknęła na świąteczne drzewko. Niektóre igły już opadły, a zieleń zaczynała brązowieć.

– Ona zostanie tutaj tak długo jak ja – oznajmiła stanowczym tonem, a potem odwróciła się do niego z uśmiechem. – Te ozdoby skutecznie maskują jej brzydotę.

– One niedługo spadną na podłogę razem z gałęziami.

Kira zrobiła krok do przodu i położyła dłoń na jego zarośniętym policzku.

– Widzę, że naprawdę kochasz świąteczny nastrój! – zawołała pogodnym tonem.

Pax błyskawicznym ruchem chwycił rękę Kiry i przycisnął ją do twarzy, a potem przysunął się bliżej i spojrzał jej głęboko w oczy.

– Święta już minęły – mruknął zduszonym głosem.

Poczuła dreszcz podniecenia. Szorstki dotyk brody Paxa, na której nadal trzymała dłoń, ciepło bijące od jego ciała i pożądanie widoczne w jego oczach wprawiły ją w stan euforii. Domyślała się, że Pax odwiedził ją w określonym celu, ale nie miała pojęcia, jak przebiegnie to spotkanie.

– Czy masz ochotę zostać u mnie trochę dłużej? – spytała szeptem.

– To zależy od ciebie.

Doceniła jego dżentelmeńską postawę, ale z drugiej strony poczuła się zawiedziona.

– Czy chcesz przez to powiedzieć, że chodzi ci tylko o przygodę?

Pax zsunął dłoń z jej policzka i przeniósł ją na ramię.

– Skupmy uwagę na dzisiejszej nocy i udawajmy, że jutro nie istnieje.

Bez słowa wspięła się na palce i przywarła ustami do jego warg. Poczuła w całym ciele pożądanie. Pax położył dłonie na jej pośladkach, uniósł ją i skierował się w stronę sypialni. Ta obcesowość tylko rozpaliła jej namiętność. Nie przerywając pocałunku, oplotła Paxa ramionami, a chwilę później również nogami.

Przekroczywszy próg, Pax oparł ją plecami o ścianę, a potem wsunął rękę pod jej leginsy i natychmiast znalazł jej najbardziej wrażliwy punkt. Przymknęła oczy i westchnęła głęboko, zaskoczona intensywnością doznań. Od dawna nie przeżyła przygody miłosnej, więc miała zamiar wykorzystać każdą chwilę tego cudownego doświadczenia.

Nie odrywając ust od jej szyi, mruknął coś, czego nie zrozumiała, bo była zbyt pochłonięta ich grą miłosną. Gdy jednak cofnął rękę, szeroko otworzyła oczy.

– Chyba nie zamierzasz na tym poprzestać – wyszeptała ostrzegawczym tonem.

– Kochana, ja dopiero zaczynam.

Jego południowy akcent, na który przedtem nie zwracała uwagi, wydał jej się teraz bardziej wyrazisty.

I o wiele bardziej seksowny. Była gotowa go słuchać aż do końca świata.

Rozpiął guzik dżinsów i zsunął je do kostek, a potem jednym ruchem zerwał z niej majtki. Ona zaś, mimo że drżała z pożądania, zachowała resztki przytomności umysłu.

– Biorę pigułki – wykrztusiła. – Ale nie spakowałam nic oprócz nich. Nie spodziewałam się…

Zacisnął zęby, a jego oczy pociemniały.

– Ja też nie mam przy sobie żadnych środków zabezpieczających – wyszeptał. – Ale jestem zdrowy i uważam, że powinniśmy sobie ufać. Więc wszystko zależy od ciebie.

Zamiast odpowiedzi wygięła biodra, zachęcając go do seksu. Pragnęła tego mężczyzny i zamierzała go zdobyć za wszelką cenę.

Gdy tylko spełnił jej milczące życzenie, oboje na chwilę znieruchomieli. Potem Kira przejęła inicjatywę, nie mogąc dłużej wytrzymać napięcia. Zaczęła się poruszać, a gdy poszedł za jej przykładem, osiągnęli po chwili idealną koordynację. Pragnąc czuć się z nim całkowicie zespolona, jeszcze mocniej zacisnęła usta na jego wargach.

Marzyła tylko o tym, żeby ten moment trwał jak najdłużej, ale musiała wysłuchać nakazu własnego ciała, które dążyło do punktu szczytowego.

– Teraz – wyszeptał Pax.

Skąd on wie, że dojrzałam do spełnienia? – spytała się w myślach. Jakim cudem mężczyzna, w dodatku niemal obcy, tak dobrze zna moje ciało?

Nie zdołała odpowiedzieć sobie na te pytania, bo Pax zaczął się poruszać coraz szybciej, a po chwili doprowadził ją do miejsca, w którym chciała się znaleźć… do cudownej przestrzeni położonej między jawą a snem.

Zalała ją fala rozkoszy, a sekundę później on również znieruchomiał i wspiął się na szczyt spełnienia.

Zdała sobie w tej chwili sprawę, że ich zespolone ciała nawiązały z sobą więź wykraczającą daleko poza obszar doznań fizycznych. Ale w tym momencie nie była w stanie zmusić się do analizowania przeżyć erotycznych żadnej z zainteresowanych stron.

Przebywała w idealnym świecie i marzyła tylko o tym, żeby ten piękny sen trwał jak najdłużej.

ROZDZIAŁ DZIEWIĄTY

Pax chwycił pogrzebacz i poruszył nim kłody drewna płonące w kominku Kiry. Języki ognia szybko rozpełzły się po całym palenisku. Słońce jeszcze nie wzeszło, więc jedynymi źródłami światła były te płomienie oraz lampki ustawionej w rogu pokracznej choinki.

Nie miał pojęcia, dlaczego został tu na całą noc. Od lat nie postąpił tak wobec żadnej kobiety. Ale Kira oddziaływała na niego jak magnes, więc po prostu nie potrafił się z nią rozstać.

Co więcej, nie umiał stłumić w sobie zazdrości wywołanej przez niewinne zaloty Brandona. Zdawał sobie sprawę, że wspólnik nałogowo podrywa wszystkie istoty płci żeńskiej, ale mimo te niewinne zaloty wywołały w nim niezdrową i niespodziewaną reakcję.

Wrzucił do kominka kolejny kawał drewna, wstał i zrobił krok do tyłu, zamierzając się ubrać i wrócić do domu.

Z reguły unikał dwuznacznych sytuacji, które mogłyby skłonić jego partnerki do wyciągania niewłaściwych wniosków. Po namyśle uznał jednak, że skoro Kira uważa ich znajomość za przygodę, to nie okaże się zaborcza.

Wszedł na palcach do kuchni, postanawiając zaparzyć kawę. Nie spał wiele w ciągu nocy, bo jego umysł gorączkowo rozważał plany związane z rewitalizacją rancza. Plany, w których nie było miejsca dla seksownej turystki wynajmującej jedną z chatek.

Kira posiadała liczne zalety: barwną osobowość, urzekającą urodę, powaby erotyczne... ale przecież nie wiedział, co kryje się pod tą atrakcyjną powierzchownością.

Znalazł na półce paczkę kawy pochodzącą z miejscowych delikatesów i stwierdził z radością, że przynajmniej w tej dziedzinie łączy go z Kirą dobry gust. Nie przywiązywał jednak do tego odkrycia większej wagi, gdyż nie szukał podobieństw, które mogłyby ich do siebie zbliżyć. Przerzucił na barki Brandona problemy związane z poszukiwaniem mieszkania dla swojej „bezdomnej" lokatorki, a sam zamierzał skupić uwagę na planach dotyczących rancza. Nie mógł sobie pozwolić na żadne dodatkowe zajęcia oznaczające w jego sytuacji bezproduktywną stratę czasu.

Zerknął na zamknięte drzwi sypialni, zastanawiając się, jak długo Kira zamierza spać. Nie był pewny, czy powinien podać jej kawę do łóżka, czy raczej zostawić obok ekspresu pożegnalny liścik.

Gdy kawa była gotowa, nalał sobie pełen kubek i zaczął rozważać warianty rozstania z Kirą. Nie miał kochanki od niemal roku, a jego ostatnia przygoda była dosyć letnia, nie mogła się równać z tym, co przeżył w ramionach Kiry.

Tak czy owak uznał po raz nie wiadomo który, że w obecnej sytuacji powinien skupić uwagę na powierzonej mu przez Hanka posiadłości i nie tracić czasu na romanse.

Zacisnął palce na gorącym kubku i przeszedł po miękkim dywanie do salonu.

Bijące od kominka ciepło i tańczące języki ognia ukoiły jego nerwy. Nie pamiętał ani jednego dnia, w którym odczuwałby taki spokój wewnętrzny.

Błyskawiczna kariera zmuszała go do nieustannych wysiłków. Zawierając korzystne transakcje, negocjując nieustępliwie dochodowe kontrakty, osiągnął szczyty w swojej branży i nie zamierzał poprzestawać na dotychczasowych osiągnięciach.

Wiedział, że dzięki pomocy Brandona zdoła zrewitalizować stare ranczo, rozbudowując równocześnie swoją hiszpańską agencję turystyczną.

Postanowił rozpocząć odbudowę posiadłości od długiej rozmowy z Tate'em. Stary stajenny pracował w ośrodku od wielu lat i znał od podszewki wszystkie problemy związane z branżą. Pax poznał go dawno temu, kiedy został zatrudniony na ranczu jako nastolatek.

Był przekonany, że on i Tate znajdą z sobą wspólny język, więc zamierzał ustalić z nim ramowo kierunek działań i jak najszybciej wyjechać, powierzając bieżące decyzje zaufanemu współpracownikowi.

Usłyszał za plecami trzask drewnianej podłogi i natychmiast poczuł przypływ pożądania. Odwrócił się i ujrzał stojącą w drzwiach sypialni Kirę.

Miała na sobie tylko lekki szlafrok, spod którego wystawały bose stopy i częściowo odsłonięte ramiona. Na jej włosach nadal widać było ślady namiętnej nocy, której wspomnienie budziło w nim przyjemne skojarzenia.

– Myślałam, że cię nie zastanę, ale cieszę się, że jesteś – wyszeptała, podchodząc bliżej.

Nie odwracając głowy, postawił kubek na stoliku i zrobił krok do przodu, a ona rzuciła się w jego ramiona i przywarła do niego całym ciałem. Gdy przesunęła palcami po jego plecach, poczuł, że zalewa go fala silnego podniecenia.

– A w dodatku zaparzyłeś kawę – dodała z rozbawieniem, obdarzając go radosnym uśmiechem. – Chyba cię poproszę, żebyś został w tej chatce aż do mojego wyjazdu.

Perspektywa spędzenia na tym odludziu najbliższych dwóch tygodni nie wydała mu się zachęcająca. Miał przed sobą pilne zadania, ale w tym momencie wydawały mu się one mniej ważne niż dotyk półnagiej kobiety, która go obejmowała.

Podłożył dłonie pod jej pośladki i dźwignął ją do pozycji, w której mogła spleść nogi na jego biodrach. Potem ją pocałował i ostrożnie podszedł do kanapy. Usiadł na niej w taki sposób, by Kira znalazła się na jego kolanach. Ona zaś zsunęła majtki, a potem uniosła się na kolanach i powoli wzięła go w siebie, zespalając ich ciała w jedną wibrująca całość. Przebywali w tym pomieszczeniu od niecałej minuty, a już byli gotowi do podjęcia erotycznej aktywności na tym samym etapie, na którym ją przerwali.

Pax nie zamierzał jednak analizować tego stanu rzeczy, bo całą jego uwagę pochłaniała chęć spełnienia oczekiwań tej niezwykle pociągającej partnerki.

Teraz wygięła swoje piękne ciało w taki sposób, aby ich biodra się stykały. Odrzuciła głowę do tyłu, on zaś przyciągnął ją do siebie jeszcze bliżej i położył dłoń na jej piersi. Gdy zaczął pieścić ustami sutek, wydała jęk zachwytu. Doprowadzanie jej do orgazmu stawało się najwyraźniej jego ulubionym hobby.

Poruszała się coraz szybciej, o wiele bardziej energicznie niż w nocy. Pax wypuścił z dłoni jej pierś i utkwił wzrok w jej twarzy. Nie chciał przeoczyć żadnego z objawów ekstazy.

Zacisnęła powieki, jej oddech stał się przyspieszony. Widok jej miłosnego zapamiętania przyspieszył jego drogę na szczyt. Pozwolił jej regulować tempo ich gry seksualnej, ale nie opóźniał swojej reakcji. Kiedy przeżył rozkosz, mocno ścisnął jej biodra.

Nie miał pojęcia, jak zatrzymać strumień emocji towarzyszący ich znajomości, ale wiedział dobrze, że nie zamierza tego robić pospiesznie.

– Czyżbyś wychodziła za mąż? – spytał zdumionym i oburzonym tonem.

Kira zerknęła w kierunku saloniku, nie wypuszczając z ręki ściereczki do naczyń.

– Za mąż? – powtórzyła drwiąco. – Na pewno nie tak prędko.

Kiedy pokazał jej otwarty laptop, przypomniała sobie oglądane ostatnio reklamy.

Potrząsnęła głową i zaczęła układać naczynia na półce. Pax zaproponował, że przygotuje śniadanie, ale gdy przypalił ciasto, przejęła inicjatywę i wygnała go do saloniku. Po chwili podała złociste chrupiące naleśniki, bekon i kawę, którą zaparzył wcześniej.

Zaproponował, że pozmywa naczynia, ale nie wyraziła na to zgody. Zauważyła, że Pax nie porusza się zbyt zręcznie w kuchni, ale doceniła dobrą wolę, jaką zademonstrował, składając jej tę ofertę.

– Mówiłam ci wczoraj, że do ślubu szykuje się moja matka – przypomniała mu, obchodząc niewielką wyspę dzielącą kuchnię od saloniku. – Nie masz powodów do zazdrości.

Nigdy nikogo nie oszukałam. Nie podejrzewasz chyba, że w przededniu ślubu wybrałabym się samotnie na to odludzie, aby poderwać za plecami przyszłego męża jakiegoś atletycznie zbudowanego kowboja.

– Atletycznie zbudowanego kowboja? Ja nie jestem kowbojem.

– Co ty pleciesz? – spytała, tłumiąc wybuch śmiechu. – Pracujesz na ranczu, chodzisz takim krokiem, jakbyś przed chwilą zsiadł z konia… Jeśli nie uważasz się za kowboja, to kim właściwie jesteś? Posłuchaj, ja pochodzę z wielkiego miasta, nie znam tutejszego slangu. Wiem tylko tyle, że wyglądasz, chodzisz i zachowujesz się jak kowboj.

Zmarszczył brwi, a ona dostrzegła na jego twarzy przelotny wyraz bólu. Zniknął on jednak, zanim zdążyła zareagować. Szanowała jego niechęć do ujawniania uczuć, ale żałowała, że nie jest wobec niej bardziej otwarty.

W obecnym stanie rzeczy odnosiła chwilami wrażenie, że sypia z nieznajomym.

– W gruncie rzeczy zajmuję się obrotem nieruchomościami.

Zaniemówiła na kilka sekund. Nigdy nie przyszłoby jej do głowy, że Pax może być specjalistą właśnie w tej dziedzinie aktywności gospodarczej.

– To bardzo interesujące – powiedziała, rozsiadając się na kanapie. – Sprawiasz wrażenie człowieka stworzonego do wiejskiego życia. Kochasz konie, uprawiasz ziemię i robisz co możesz, żeby dźwignąć z ruiny to ranczo. Domyślam się, że twoją prawdziwą pasją jest rolnictwo, ale ponieważ nie zapewnia ono dochodów, musisz funkcjonować w sferze biznesu.

Spojrzała na niego badawczo i zadała następne pytanie, zanim zdążyła się powstrzymać:

– Czy ta ziemia należała kiedyś do kogoś z twojej rodziny? Na przykład do dziadka? Pytam, bo zauważyłam, że zamykasz się w sobie, kiedy rozmowa schodzi na temat tego rancza.

Westchnął ciężko, a potem uniósł wzrok w kierunku nieba i bezradnie opuścił ręce.

– Czy ty kiedykolwiek przestajesz traktować swoich rozmówców w taki sposób, jakby byli twoimi klientami? Czy zawsze analizujesz ich zachowanie, jakby byli pierwotniakami oglądanymi pod mikroskopem?

– Wiem, że mam taką skłonność – przyznała, zaskoczona jego spostrzegawczością. – Ponieważ jednak kocham ten zawód, często nie zauważam, że przenoszę swoje profesjonalne nawyki na obszar prywatnych znajomości. Wiem, że nie każdy może zamienić swoją pasję w intratne źródło dochodów, ale ludzie prawdziwie kreatywni często ten cel osiągają. A poza tym pieniądze to nie wszystko.

– Tak zazwyczaj mówią ci, którzy dorastali wśród bogactwa.

Wstała pod wpływem ataku irytacji. Szlafrok zsunął się z jednego jej ramienia podczas gwałtownego ruchu, ale z satysfakcją odnotowała spojrzenie, jakim Pax obrzucił jej nagą skórę. Uznała to za dobry znak.

Za dowód, że wspólne przeżycia wpłynęły na niego równie mocno jak na nią.

– Dorastałam u boku matki, która ciągle szukała nowego bogatego partnera, a niedawno dowiedziałam się, że nadal poluje na dobrą partię – odparła niezamierzenie ostrym tonem. – Jeśli chodzi o mnie, to nie dbam o pieniądze, ale szanuję uczciwość i lojalność.

– Czy to właśnie najbardziej cenisz w mężczyznach, czy też we wszystkich ludziach, z którymi masz kontakty?

– Ja nie szukam mężczyzny.

Nie chciała okazywać słabości ani bezradności, bo zbyt często demonstrowała je matka, a ona zawsze pragnęła uchodzić za osobę mocno stojącą na własnych nogach.

– A jednak mnie znalazłaś – oznajmił, szeroko rozkładając ramiona.

– Ja cię wcale nie szukałam.

Opuścił ręce i podszedł do niej blisko, ale jej nie dotknął. Był tak wysoki, że chcąc spojrzeć mu w oczy, musiała odchylić głowę do tyłu.

Gdy przesunął palcami po jej policzku, poczuła dreszcz. Odkryła już wcześniej, że jej ciało reaguje natychmiast na każdą jego pieszczotę.

– Czy z tego wynika, że utrzymamy status quo przez najbliższe dwa tygodnie? – spytała drżącym głosem.

– Na to wygląda, ale wprowadzimy kilka zmian.

– Jakich zmian? Tylko nie mów, że masz na myśli moją choinkę.

– Rozwiążemy ten problem, kiedy opadną wszystkie igły, co powinno nastąpić już niedługo.

– Więc o co chodzi?

– O to, że będzie nam wygodniej, jeśli oboje zamieszkamy w moim domu.

Czy Pax chce, żeby się przeniosła do niego na resztę pobytu w Wyoming? Przecież ona wcale tego nie pragnie. Nie zależy jej na żadnym układzie, który byłby nieudolną kopią więzów rodzinnych.

– Nie nadawaj tej propozycji przesadnego znaczenia – dodał, jakby czytając w jej myślach. – Chodzi tylko o wygodę. Będziemy mieli oboje dużo miejsca. Możesz też zostać w tej chatce. Decyzja należy do ciebie.

Przerzucił piłkę na jej połowę przysłowiowego kortu. Nie miała pojęcia, jak zareagować na tę propozycję.

Miała jednak świadomość, że może spędzić najbliższe dwa tygodnie w towarzystwie Paxa i zamierzała wykorzystać tę szansę do ostatniej sekundy.

ROZDZIAŁ DZIESIĄTY

Siedział od godziny przy komputerze, czytając opinie specjalistów dotyczące posiadłości Willowvale Springs. Większość z nich pochodziła sprzed pięciu lat, ale on chciał poznać przyczyny, dla których ośrodek wypoczynkowy tak bardzo podupadł.

Wiedział, że proces degradacji rozpoczął się w momencie śmierci Edith, żony Hanka. To ona była źródłem energii napędzającym jego pomysłowość. Gdy jej zabrakło, Hank stracił motywację do pracy i chęć do życia. Uznał, że jego aktywność zawodowa przestała mieć sens. Żył jeszcze przez kilka lat, ale był już tylko cieniem samego siebie.

Pax żałował teraz, że nie wrócił wcześniej do Willowvale Springs i nie wsparł starego przyjaciela w najtrudniejszym dla niego okresie. Ale jako człowiek myślący pozytywnie wiedział, że wyrzuty sumienia na nic się nie zdadzą. Że zamiast patrzeć w przeszłość, powinien ruszyć do przodu i przywrócić tej imponującej posiadłości dawną świetność.

Był doświadczonym biznesmenem, więc zdawał sobie sprawę, że musi opracować listę priorytetów – najpilniejszych działań, których nie można odkładać na później.

Pierwszą pozycją na liście był dobór zespołu współpracowników. Znał dobrze rynek nieruchomości i potrafił prowadzić hotel w taki sposób, by zachwyceni goście chętnie do niego wracali, ale nie miał pojęcia o zarządzaniu wiejską posiadłością, a tym bardziej o funkcjonowaniu rancza.

Jego rozważania przerwało pukanie do drzwi. Był pewny, że ujrzy w nich Kirę, która nie odpowiedziała jeszcze na złożoną jej kilka godzin wcześniej propozycję wspólnego zamieszkania. Nie wywierał na nią nacisku, bo chciał, żeby spokojnie przemyślała sytuację i wybrała optymalne rozwiązanie.

Ale zamiast niej stanął w progu jego przyjaciel i współpracownik, chudy, wysoki i długowłosy Vaughn Reed.

– Mam nadzieję, że ci nie przeszkadzam.

– Ależ skąd, wejdź! – zawołał Pax, wstając od biurka. – Nie robię nic ważnego. Po prostu zastanawiam się, jakie by można podjąć kroki, żeby ten kawał ziemi zaczął przynosić dochody.

– Z czymś takim powinieneś się uporać jeszcze przed lunchem – oznajmił Vaughn, tłumiąc wybuch śmiechu. – Czy mogę ci w czymś pomóc?

– Chciałbym, żeby Allie opracowała projekt odnowienia chatek, głównego budynku i jadalni – odparł Pax. – Ale to melodia dalekiej przyszłości.

– Zrobimy wszystko, o co nas poprosisz. Wiesz dobrze, że możesz na nas liczyć.

– Wiem i doceniam waszą dobrą wolę. Ale teraz powiedz mi, czemu zawdzięczam twoją wizytę.

– Allie i ja chcemy cię zaprosić na przyjęcie sylwestrowe, które urządzamy w naszym ośrodku. Wiem, że nasza propozycja jest trochę spóźniona, ale jeśli nie masz żadnych zobowiązań, sprawisz nam wielką przyjemność, jeśli przyjdziesz.

– Nie darowałbym takiej okazji za żadne skarby świata. Jestem bardzo ciekawy, jak przebudowaliście to miejsce.

Vaughn i Allie zakochali się w sobie, kiedy Vaughn odziedziczył po Hanku ośrodek wypoczynkowy leżący po drugiej stronie miasta, a Allie została poproszona o opracowanie projektu jego przebudowy. Los połączył ich z sobą, a teraz wspólnie zamierzali prowadzić swoje luksusowe rancza rekreacyjne.

Pax był z nimi blisko zaprzyjaźniony, więc cieszył się, że znaleźli wspólne cele.

– Możesz oczywiście przyprowadzić swoją znajomą – dodał Vaughn. – Mam na myśli tę dziewczynę, która mieszka w chatce numer pięć.

Do diabła, pomyślał Pax, nie podejrzewałem, że nasza znajomość będzie wymagała wspólnego bywania na przyjęciach. Ale przecież sam naraziłem nas na plotki, proponując Kirze przeprowadzkę.

– Widzę, że chcesz w jakiś elegancki sposób poprosić mnie, żebym pilnował własnego nosa – dodał Vaughn z szerokim uśmiechem. – Dobrze cię rozumiem, ale jeśli nie dostarczę Allie jakichś strzępów informacji, ona sama złoży ci wizytę.

– Więc jej powiedz, że Kira wynajęła chatkę na ranczu. Jest tylko gościem.

– W takim razie wszystko jasne. Przyjdziecie razem.

– Nic nie jest jasne. Ona po prostu mieszka na ranczu.

– Za dobrze się znamy, żebym uwierzył w te wykręty. Do diabła, sam przeżyłem niedawno podobne zauroczenie. Więc ją przyprowadź. U nas w domu, o szóstej. Wszystko będzie przygotowane, więc nie musisz nic przywozić oprócz swojej towarzyszki. A ja wpadnę do ciebie z Allie za dzień lub dwa, żeby mogła rozpocząć przygotowania projektów i budżetu.

– W gruncie rzeczy nie obchodzą mnie koszty, byle by wszystko odbyło się szybko i było wykonane perfekcyjnie.

– Szybko, perfekcyjnie i drogo… Rozumiem, co masz na myśli.

Pax chciał uporać się jak najprędzej z rewitalizacją rancza, by nie zmuszać Brandona do długiego pobytu w Hiszpanii. Ale dziś perspektywa wyjazdu z Willowvale Springs nie wydawała mu się już tak atrakcyjna jak przed tygodniem. Nie miał pojęcia, dlaczego odczuwa coś w rodzaju wyrzutów sumienia.

Przecież nic go nie łączy z tym miejscem… ani z tą kobietą. Ich bliższy związek byłby bezsensowny, bo ona też nie ma żadnego powodu, aby tutaj zostać.

– Powiedz Allie, że może przyjechać, kiedy chce. Jestem na miejscu.

– W takim razie do zobaczenia za kilka dni. – Vaughn ruszył w kierunku drzwi, ale zatrzymał się w pół kroku i dodał: – Nie zapomnij, że masz przyprowadzić Kirę, bo inaczej ja sam po nią pojadę.

Pax potrząsnął głową i westchnął. Zdawał sobie sprawę, że Vaughn albo co gorsza Allie powiadomi Kirę o przyjęciu.

Przecież chodzi tylko o jeden wspólnie spędzony wieczór, przekonywał samego siebie w myślach. Kira nie powinna opacznie zrozumieć jego intencji. Może niepotrzebnie zaproponował jej, by z nim zamieszkała do końca swojego pobytu w ośrodku.

Skoro jednak nie umiał utrzymać języka za zębami, to może teraz tylko czekać na jej odpowiedź.

Ale co będzie, jeśli za dwa tygodnie nie zechce się z nią rozstać? Jeśli zapragnie, by została w Wyoming trochę dłużej? Nie będzie jej błagał o specjalne względy. Nigdy nikogo o nic nie prosił. Ale ona nie podporządkuje się jego poleceniom w tak uległy sposób jak inni pracownicy. Szanował tę jej niezależność, choć z drugiej strony bywała ona irytująca.

Nie miał też pojęcia, gdzie podzieje się Kira po wyjeździe z Willowvale Springs. Nie wiedział, jak doszło do tego, że straciła dach nad głową, lecz wysłał już mejle do kilku zaprzyjaźnionych agentów nieruchomości na terenie Portland, ale nie otrzymał jeszcze odpowiedzi.

Postanowił, że nie pozwoli jej wyjechać z Wyoming, dopóki wisieć będzie nad nią groźba bezdomności.

Przede wszystkim jednak miał zamiar zaprosić ją na przyjęcie, zanim zrobi to jego kierujący się dobrą wolą, ale nadmiernie dociekliwy przyjaciel.

Nie chciał też, aby któraś z zainteresowanych kobiet uznała Kirę za jego stałą partnerkę. Ich związek miał ściśle określone ramy czasowe, a jego koniec się zbliżał.

Wchodząc do stajni, Kira nie wiedziała, czy powinna być zachwycona, czy przerażona. Pax zaproponował jej to spotkanie, przysyłając esemesa, w którym nakazywał jej, by się ciepło ubrała. Nie widziała go od chwili, w której zaproponował jej przeprowadzkę do swojego domu, więc miała sporo czasu do namysłu. Instynkt kazał jej przyjąć zaproszenie, ale rozsądek nakazywał rozważyć wszystkie aspekty nowej sytuacji.

Tak czy owak, nie chcąc okazać nadmiernej gorliwości, postanowiła powiadomić go o swojej decyzji dopiero po jakimś czasie.

Idąc między dwoma rzędami boksów, szukała tabliczki z imieniem wierzchowca, mimo że nie wiedziała, czy będzie to znany jej już Grom. Nigdy dotąd nie była na ranczu ani w stajni i nie miała do czynienia z końmi.

Cieszyła ją jednak perspektywa przejażdżki w towarzystwie Paxa, tym bardziej że śnieg przestał sypać, a zza chmur wyszło słońce.

Kiedy mijała jeden z boksów, wychylił się z niego przepiękny gniady łeb. Zatrzymała się i spokojnym ruchem wyciągnęła rękę, aby go pogłaskać. Mimo rękawiczek czuła miękkość i delikatność końskiej skóry. Nagle zdała sobie sprawę, że życie w Wyoming, choć bardzo się różni od wszystkiego, z czym miała styczność w Portland, ma swoje uroki i że mogłaby być tutaj szczęśliwa.

Zdawała sobie oczywiście sprawę, że ogromny wpływ na jej pozytywny stosunek do Wyoming ma udany seks. Gdy tylko pomyślała o Paksie, każdy jego pocałunek, każdy dotyk przewijał się przez projektor jej pamięci jak erotyczny film. Nie miała dotąd wielu kochanków, ale współżycie z Paxem biło na głowę wszystkie jej dotychczasowe doświadczenia.

I właśnie dlatego postanowiła zaakceptować jego zaproszenie i wykorzystać jak najpełniej wynikające z niego możliwości.

– Przepraszam za spóźnienie.

Odwróciła się i ujrzała nadchodzącego Paxa. Miał na sobie jak zwykle czarne buty, obcisłe granatowe dżinsy, ciepłą kurtkę z podniesionym kołnierzem oraz czarny kapelusz.

Wyglądał tak pociągająco, że na myśl o zbliżającym się rozstaniu poczuła ból serca.

Nie mogła liczyć na kontynuację tego przelotnego związku, bo Pax dał jej do zrozumienia, że nie ma czasu na życie osobiste, gdyż wszystkie jego siły pochłonie walka o uratowanie rancza.

Zachowała jednak cień nadziei, że kiedyś, po zakończeniu procesu odnowy, będzie mogła odwiedzić Willowvale Springs i znów zobaczyć się z Paxem.

– Nic się nie stało – oznajmiła pogodnym tonem, wsuwając ręce do kieszeni kurtki. – Jestem tu dopiero od minuty. Wysyłałam ofertę dotyczącą kupna domu w Portland. Musiałam obejrzeć kilka fotografii i zaproponować cenę. Mam nadzieję, że będę jedyną kandydatką do nabycia tego mieszkania, bo nie stać mnie na udział w długiej licytacji.

– Czy masz dobrego doradcę?

– Jedna z moich klientek handluje nieruchomościami. Dopiero zaczyna działalność, więc chcę jej ułatwić rozwinięcie skrzydeł.

– To musi być ktoś doświadczony, kto zadba o to, żebyś zawarła najbardziej korzystną umowę – oznajmił Pax, potrząsając głową. – Współpraca z nowicjuszami rzadko się opłaca.

– Przecież każdy musi od czegoś zacząć – zaprotestowała. – Ty z pewnością pamiętasz swojego pierwszego klienta, a ja chcę zostać pierwszą klientką Tammy.

– W takim razie informuj mnie o postępach negocjacji na każdym etapie transakcji – polecił władczym tonem.

Stanęła na baczność i przyłożyła dłoń do czoła, udając, że salutuje. Odniosła wrażenie, że dostrzegła na twarzy Paxa cień uśmiechu, więc postanowiła przejść do kontrofensywy.

– Czy wezwałeś mnie po to, żeby wyśmiać mój wybór agentki od nieruchomości, choć nie widziałeś jej na oczy, czy też mogę liczyć na lekcję jazdy konnej?

– To nie będzie żadna lekcja, tylko przejażdżka – odparł Pax, głaszcząc konia po głowie. – Colter i ja będziemy twoimi przewodnikami.

– Naprawdę? – spytała, czując dreszcz radosnego podniecenia. – Wsiądziemy na niego oboje? Czy nie ma jakiegoś limitu dotyczącego wagi?

– Jest, ale zmieścimy się w nim bez trudu – odparł ze śmiechem. – Jego grzbiet się nie załamie. Zanim na niego wsiądziemy, musisz poznać pewne reguły. Bezpieczeństwo jeźdźców i koni jest na tym ranczu naczelną zasadą.

Kira zauważyła ze zdumieniem, że jej rozmówca przedzierzgnął się z biznesmena w kowboja w ciągu kilku minut. Nie wiedziała, czy musi występować w obu rolach, aby zarobić na życie, ale w obydwu wcieleniach wydawał się równie seksowny.

Zdawała sobie sprawę, że człowiek, który tak czule traktuje zwierzęta i dba o ich dobro, nie może być nikczemny ani okrutny.

– Powiedz mi tylko, jak mam się zachowywać, a ja ci udowodnię, że jestem pilną uczennicą.

– Proszę cię o chwilę cierpliwości, bo muszę zajrzeć do Sebastiana i sprawdzić, czy nie trzeba posmarować maścią jego rozciętej nogi.

Wszedł do pobliskiego boksu i zaczął nakładać nową warstwę balsamu na niewielkie zadrapanie widoczne tuż nad kopytem. Kiedy skończył, poklepał konia po szyi, wyszedł z boksu i zasunął ciężkie metalowe drzwi.

– Co mu się stało? – spytała Kira.

– Kiedy Tate wyprowadził go na padok, wpadł w panikę i zadrapał się o płot. To drobna ranka, ale muszę ją obserwować, żeby nie doszło do infekcji. Zatrudniamy tu weterynarza, ale w przypadku takich drobnych skaleczeń Tate zawsze stosuje naturalne produkty wyrabiane przez Amiszów.

– Powiedz mi, czy Tate jest twoim szefem, czy podwładnym?

Zaśmiał się i wzruszył ramionami.

– Czasem sam nie potrafię odpowiedzieć na to pytanie.

Umył ręce, a potem wprowadził ją do dużego pomieszczenia, w którym znajdowały się siodła, koce, kartonowe pudła i liczne przedmioty o nieznanym jej przeznaczeniu. Nie zdawała sobie dotąd sprawy, że hodowla koni wymaga tak bogatego zaplecza technicznego. Szczerze mówiąc, nie wiedziała nic o prowadzeniu rancza, ale miała mnóstwo dobrej woli i była gotowa się uczyć.

Oczywiście nie mogła się doczekać chwili, w której wsiądzie na konia i obejmie Paxa. Żaden mężczyzna nie wzbudził w niej dotychczas takiego zainteresowania.

Nie przyjechała do Willowvale Springs po to, żeby szukać romansu, ale romans znalazł ją.

Wiedziała jednak, że musi postępować rozważnie, bo inaczej opuści to ranczo z bagażem pięknych wspomnień i złamanym sercem.

ROZDZIAŁ JEDENASTY

Pax nie zaglądał do tego magazynu od lat, ale natychmiast zauważył, że nie panuje w nim tak idealny porządek jak za czasów Hanka. Przez dłuższą chwilę szukał na półkach odpowiednich wodzy i czuł się zażenowany własną nieudolnością.

Powinien był sprawdzić stan sprzętu, zanim zaprosi Kirę na przejażdżkę. Pocieszała go świadomość, że przygotowanie konia do jazdy nie jest trudne. Robił to tysiące razy, kiedy pracował tu jako nastolatek.

Znalazł na regale derkę, ale po namyśle zaczął szukać innej. Właśnie wtedy zauważył kątem oka stojącą w drzwiach stajni Kirę. Podszedł do niej i wręczył jej znalezioną wcześniej uzdę.

– Przytrzymaj to przez chwilę, bo ja muszę jeszcze coś znaleźć.

– Czy jesteś pewny, że mamy wszystko, czego nam potrzeba? – spytała, widząc jego zniecierpliwienie. – Jeśli jest z tym jakiś problem, przełóżmy tę wyprawę na inny dzień.

– Panujemy nad sytuacją – zapewnił ją, postanawiając porozmawiać z Tate'em i poprosić go o wyrzucenie na śmietnik zużytych elementów uprzęży i sporządzenie listy nowych, które trzeba kupić.

Jako perfekcjonista nie znosił bałaganu, więc obecny stan magazynu wydał mu się oburzający.

Zaprowadził Kirę do boksu Coltera, pogłaskał go po pysku, a potem zarzucił mu na grzbiet derkę i umieścił na niej siodło. Widząc, że jest w kilku miejscach lekko przetarte, utwierdził się w przekonaniu o konieczności wymiany części wyposażenia.

Chciał, by każdy szczegół spełniał wysokie wymagania, jakie narzucała tradycja rancza Hanka Carsona.

– Chwyć mocno te wodze i wyprowadź go na dwór – polecił łagodnym tonem, wskazując bramę. – Nie siedziałem na jego grzbiecie, ale Tate zapewnił mnie, że ten olbrzym jest bardzo cierpliwy i znakomicie znosi towarzystwo nowicjuszy.

– Dlaczego jeszcze na nim nie siedziałeś? Myślałam, że każdy pracownik ma obowiązek jeżdżenia na wszystkich koniach.

Zastanawiał się przez chwilę nad odpowiedzią.

Kira nadal nie wiedziała, kto jest właścicielem rancza, a on, choć nie zamierzał tego przed nią ukrywać, nie chciał ujawniać zbyt wielu szczegółów. Zdawał sobie sprawę, że każda dodatkowa informacja wywoła lawinę pytań, na które nie miał ochoty odpowiadać.

– Brakuje mi czasu na przejażdżki – odparł zgodnie z prawdą. – Traktuję twój pobyt jako pretekst do oderwania się od obowiązków i mam nadzieję, że spędzimy fajnie dzień. Może nawet po powrocie do domu zastaniemy w nim jakąś miłą niespodziankę.

– Niespodziankę? – powtórzyła, głaszcząc Coltera po pysku. – Czy masz na myśli gorącą czekoladę albo coś w tym rodzaju?

– Czy gorąca czekolada to najmilsza niespodzianka, jaka przychodzi ci do głowy? – spytał, z trudem powstrzymując wybuch śmiechu.

Już wcześniej wysłał esemesem jednemu z nielicznych pracowników rancza listę zakupów, które należy przed wieczorem dostarczyć do rezydencji.

Miał zamiar podjąć Kirę w sposób, na jaki zasługiwała. Zakładał, że Kira przyjmie jego propozycję i zamieszka z nim pod jednym dachem, ale nie chciał wpływać na jej decyzję.

– Czy jesteś gotowa?

– Tak, ale trochę się denerwuję.

– Nie masz powodów. Będę przy tobie, a Colter jest łagodny jak baranek. Wsiądę na niego pierwszy, a potem pomogę ci wspiąć się na jego grzbiet.

Gdy zasiadł w siodle, poczuł dziwny spokój ducha. Widok zaśnieżonego krajobrazu, którego nie oglądał od dawna, obudził w jego sercu uśpioną miłość do tych stron. Zrozumiał nagle, dlaczego Hank był tak bardzo przywiązany do tego miejsca i za żadne skarby nie chciał się go pozbyć.

– Co mam robić, Pax?

Głos Kiry obudził go z zamyślenia. Poprawił się w siodle i wyciągnął do niej rękę.

– Włóż lewą nogę w strzemię, a potem przerzuć drugą nad grzbietem konia.

Wykonała jego polecenie z taką łatwością, jakby robiła to już wiele razy.

– Wskoczyłaś na niego tak jak doświadczony jeździec – pochwalił ją z uznaniem. – Trzymaj się mnie, a wszystko pójdzie dobrze. Nie będziemy jechali bardzo szybko.

Gdy objęła go w pasie, poczuł na biodrach ucisk jej ud. Przeżył dreszcz podniecenia, ale zgromił sam siebie za uleganie absurdalnym pokusom. Znał Kirę dopiero od tygodnia, a przebywał na ranczu po raz pierwszy od wielu lat. Nie miał zamiaru zmieniać swoich planów pod wpływem obcej kobiety i nieoczekiwanego spadku.

Nie po to tak długo budował swoje imperium finansowe, pokonując kolejne szczeble kariery.

Podbródek Kiry spoczywał na jego ramieniu, a jej czoło przekrzywiło mu kapelusz, ale nie miał nic przeciwko temu. Bijące od niej ciepło napawało go radością i wprawiało w stan błogiego zadowolenia.

– Jak daleko pojedziemy? – spytała, kiedy trącił piętami boki konia.

– Jak daleko zechcesz. – Skierował wierzchowca w stronę ulubionego przez siebie zakątka. – Jest ci wygodnie?

– O wiele wygodniej, niż się spodziewałam – odparła, obejmując go jeszcze mocniej.

Miarowy ruch Coltera i łagodne kołysanie obudziły w Paksie pożądanie. Szybko jednak przywołał się do porządku. Ta przejażdżka miała być spełnieniem aspiracji Kiry i zapewnić jej nowe doświadczenie.

Nie powinien zamieniać tego spaceru w kolejny etap przygód seksualnych.

Nadal jednak nie potrafił zdefiniować charakteru ich związku. Oboje przystali na przelotny romans, ale to sformułowanie wydawało mu się teraz niestosowne, a nawet nieprzyzwoite. Kira zasługuje na coś lepszego.

Co ją czeka po powrocie do rodzinnego miasta? Garstka klientów, którzy korzystali z jej usług, ale są w istocie obcymi ludźmi. Przyjaciółka, która namówiła ją do tej podróży oraz matka zbyt zaabsorbowana własnymi sprawami, aby poświęcić jej choć odrobinę uwagi.

Wiedział, że Kira nadal nie ma dachu nad głową, ale perspektywa jej powrotu do Portland mniej go niepokoiła, odkąd się dowiedział, że podjęła już w tej sprawie pewne kroki. Jej agentka nie budziła jednak jego zaufania, więc postanowił uważnie śledzić wszystkie etapy pertraktacji dotyczących wynajmu lub kupna mieszkania.

Nie zamierzał wykorzystywać swojej pozycji w branży nieruchomości, ale pragnął zapewnić Kirze optymalne warunki kontraktu.

– Jesteś dziś bardzo małomówny – wyszeptała, a on, czując na policzku ciepło jej oddechu, szybko powrócił do rzeczywistości.

– Po prostu rozkoszuję się ciszą i pięknem otoczenia.

– Nie wyobrażam sobie, żebym mogła zamieszkać w tych stronach na stałe. Jestem pewna, że nie potrafiłabym się zmusić do żadnej aktywności oprócz jazdy konnej i zwiedzania okolicy.

Pax jako nastolatek był przekonany, że spędzi w tym pięknym zakątku całe życie, ale kiedy jego sytuacja rodzinna uległa pogorszeniu, musiał opuścić Wyoming. Ojciec i matka toczyli z sobą nieustanne spory i kolejno porzucali ognisko domowe, by po jakimś czasie do niego powrócić i rozpocząć nowy cykl awantur.

Pax postanowił zostać ekspertem od nieruchomości, bo chciał umożliwić ludziom znalezienie bezpiecznego schronienia przed złym światem.

Może właśnie dlatego Kira wzbudziła w nim tak opiekuńcze uczucia. Chciał jej ułatwić znalezienie lokum, w którym będzie się czuła u siebie. Nie miał pojęcia, jakim cudem zamienił się z namiętnego kochanka w Anioła Stróża, ale cóż, tak wygląda prawda.

– Jak często jeździsz konno? – spytała Kira.

– Zbyt rzadko – mruknął i natychmiast poczuł wyrzuty sumienia. Wiedział, że powinien wyjaśnić jej własną sytuację, ale cenił sobie prywatność i nie potrafił się do tego zmusić.

Zdawał sobie jednak sprawę, że musi to zrobić przed sylwestrowym przyjęciem Vaughna i Allie, bo jeśli Kira przypadkowo dowie się od któregoś z gości, kim w istocie jest, dojdzie do wniosku, że zatail przed nią prawdę, gdyż uznał ją za naciągaczkę.

– W sylwestra wybieramy się na przyjęcie – oznajmił.

– Wybieramy się? To jest zaproszenie czy polecenie?

– Pójdziesz ze mną? – spytał, zdawszy sobie sprawę z niezręczności poprzedniego komunikatu. – Urządza je mój przyjaciel. To znaczy on i jego narzeczona.

– Spodziewają się, że kogoś przyprowadzisz? Jeśli chcesz spędzić wieczór z przyjaciółmi, nie rezygnuj z tego ze względu na mnie. Nie wymagam, żebyś codziennie dotrzymywał mi towarzystwa.

Pax zdawał sobie sprawę, że jeśli pójdzie sam, uniknie pytań obecnych tam kobiet. Z drugiej jednak strony czułby się głupio, skazując Kirę na samotne spędzenie wieczoru. Nie znał dobrze środowiska, w którym obracali się Mason, Vaughn i Kahlil, ale był przekonany, że Kira potrafi się do niego dopasować.

W dodatku nie był pewny, czy powinien się z tego cieszyć.

– Wybór należy do ciebie – oświadczył chłodnym tonem. – Ale ja nie chcę, żebyś powitała nowy rok w towarzystwie zdychającej choinki i sterty książek.

Uderzyła go pięścią w pierś i zaśmiała się pogodnie.

– Przyjmij do wiadomości, że ta sterta książek ułatwiła mi przeżycie wielu trudnych dni. Ucieczka od rzeczywistości może mieć zbawienny wpływ na stan psychiki.

– Więc ucieknij od rzeczywistości i pojedź ze mną na to przyjęcie.

– Nie mam odpowiedniego stroju.

W tym momencie był gotów sprawić jej najbardziej wyszukaną toaletę, bo nagle zdał sobie sprawę, jak bardzo mu zależy na towarzystwie tej kobiety.

– Jesteśmy w stanie rozwiązać ten problem – stwierdził beztroskim tonem, kierując konia w stronę swojego ukochanego stawu.

Jechali przez chwilę w milczeniu.

Czuł na ramieniu ucisk policzka Kiry i zdawał sobie sprawę, że jej ufność budzi w nim wzruszenie. Zaledwie tydzień wcześniej byli sobie obcy, a teraz ta prawie nieznajoma kobieta dawała mu do zrozumienia, że jest gotowa udać się z nim choćby na koniec świata.

Sam nie wiedział, dlaczego jej reakcja tak bardzo go wzruszyła.

Rodzice okazywali mu zawsze chłodną obojętność, gdyż byli pochłonięci własnymi sporami i kłótniami. Jedynym człowiekiem, którego darzył uczuciem, był Hank. On i jego żona traktowali go jak syna, a on bardzo ich kochał. Po opuszczeniu Wyoming tęsknił tylko za nimi.

Wiedział, że śmierć jest nieodłączną częścią życia, ale ich odejście zabolało go bardziej niż śmierć rodziców.

– Czy nie mógłbyś odsłonić rąbka tajemnicy i powiedzieć mi, na czym ma polegać oczekująca mnie po powrocie niespodzianka? – spytała Kira.

– Mógłbym, ale tego nie zrobię, bo wtedy nie byłoby niespodzianki.

– Czy to ma jakiś związek z jedzeniem? Czy chodzi o prezent albo o coś, co chcesz mi pokazać? Czyżbyś upiekł ciasto albo zainstalował prawdziwą choinkę?

– Po co miałbym to robić, skoro jest już po świętach? – odparł ze śmiechem, rozbawiony jej dociekliwością. – Nie, nie przyniosłem do domu nowej choinki.

– Hmmm... Pewnie chodzi o książki. Widziałam w mieście małą księgarnię, ale nie zdążyłam do niej zajrzeć.

– Muszę przyznać, że książki w ogóle nie przyszły mi do głowy.

– Więc o co chodzi?! – zawołała z desperacją. – Doprowadzasz mnie do szaleństwa.

– No cóż, ty doprowadzasz mnie do szaleństwa od dnia przyjazdu, więc można uznać, że wynik jest remisowy.

Objęła go trochę mocniej, ale nie skomentowała jego oświadczenia, więc skupił uwagę na prowadzeniu konia po zaśnieżonych ścieżkach.

Wiedział, że czeka ich rozstanie, ale sama myśl o tym wywoływała w jego wyobraźni wizję bolesnej i niewytłumaczalnej pustki.

ROZDZIAŁ DWUNASTY

Kira rozglądała się po przestrzeni mieszkalnej położonej w głębi rezydencji. Usytuowana z przodu recepcja i przeznaczona dla gości jadalnia zajmowały znaczną część lewego skrzydła budynku, ale do dyspozycji właścicieli pozostawał spory obszar odizolowany od reszty.

Wnętrze domu nie odzwierciedlało w najmniejszym stopniu osobowości Paxa.

Umeblowanie i wystrój wydawały się tak staroświeckie, jakby główną lokatorką była jego babka. Kwiecista tapeta i wytarta żółta kanapa pasowały nie do rancza, lecz do jakiegoś skromnego saloniku, do którego pani domu zaprasza przyjaciółki na herbatkę. Było jasne, że Pax nie przykładał ręki do wystroju tego wnętrza.

Ta konstatacja obudziła w niej na nowo wątpliwości dotyczące jego roli w kierowaniu posiadłością. Podejrzewała, że Pax korzysta z bezpłatnego mieszkania w zamian za zarządzanie ranczem. Znając jego skrytą naturę, wiedziała, że nie może zadawać mu zbyt wielu pytań. Że może polegać tylko na strzępach informacji, które sam zechce jej ujawnić.

– Usiądź wygodnie i poczekaj kilka minut – powiedział, gdy weszła do przestronnego salonu. – Muszę coś przygotować.

– Czy te przygotowania mają związek z obiecaną niespodzianką? – spytała z uśmiechem. – Jeśli masz zamiar podać gorącą czekoladę, to poproszę o dodatkową porcję kremu.

Pax zaklął pod nosem i potrząsnął głową.

– Jesteś bardzo niecierpliwa. Daj mi chwilę.

Wyszedł z salonu na korytarz, a ona zaczęła spacerować po wielkim wytartym dywanie. Zdała sobie sprawę, że ma teraz być może jedyną okazję, by lepiej poznać jego psychikę. Oczywiście poznała już niektóre jej obszary. Wiedziała, że Pax jest wrażliwy, ale bywa obcesowy. Że jest lojalny, bo inaczej nie próbowałby ratować podupadającego rancza. Że kocha zwierzęta i członków swojego najbliższego otoczenia.

Ignorując jego polecenie, nie usiadła na kanapie, lecz zaczęła krążyć po pokoju. Jej uwagę przyciągnęły dwa duże regały wbudowane po obu stronach kominka.

Zajmujące je książki wydały się jej mniej interesujące niż zdobiąca ściany kolekcja oprawionych mniej lub bardziej kosztownie fotografii.

Para starszych ludzi stojących na ganku nieznanego domu. Wyblakłe czarno-białe zdjęcie nie było zbyt wyraźne, ale nie ulegało wątpliwości, że uwiecznione na nim osoby bardzo się kochają. Młody człowiek obejmował roześmianą dziewczynę, nadstawiając policzek do pocałunku...

Domyślała się, że te rodzinne fotografie przedstawiają osoby mieszkające kiedyś w tym domu, ale żadna z nich nie była ani trochę podobna do Paxa.

Czyżby został adoptowany lub po prostu przygarnięty i oni go wychowywali?

Oglądając kolejne zdjęcia, odniosła wrażenie, że uwieczniona na pierwszym z nich młoda para starzeje się na jej oczach. Nadal jednak nie miała pojęcia, jaki wpływ wywarli ci ludzie na życie Paxa. Postanowiła więc przy najbliższej okazji o to go zapytać.

– Wszystko jest gotowe.

Wyrwana z zamyślenia, odwróciła się i ujrzała stojącego w progu gospodarza. Miał na sobie szlafrok kąpielowy, a drugi trzymał w rękach.

– Idź się przebrać.

– W szlafrok? – spytała ze zdumieniem. – Czy będziemy udawać, że spędzamy dzień w uzdrowisku oferującym gorące kąpiele i masaże lecznicze?

– Wejdziemy do basenu z gorącym masażem wodnym, przy którym czekać będzie na ciebie obiecana czekolada.

– Chyba żartujesz! – zawołała z radością. – Gorąca kąpiel i słodki poczęstunek? Ale… ale ja nie mam kostiumu.

– Ja też nie. Te płaszcze kąpielowe będą nas chronić przed zamarznięciem, zanim wejdziemy do wody.

W przypływie podniecenia przebiegła przez pokój i wyrwała szlafrok z jego rąk. Potem ruszyła w kierunku drzwi, ale zaraz się zatrzymała i spojrzała na niego bezradnie.

– Nie wiem, dokąd iść.

– Wyjdź na korytarz – polecił, wskazując jej kierunek. – Drugi pokój po lewej stronie to moja sypialnia. Zostaw tam ubranie, a potem idź na tyły domu. Podwójne drzwi wyprowadzą cię na patio.

Kira pobiegła do sypialni i stwierdziła ze zdumieniem, że jest ona urządzona po spartańsku i bardzo konserwatywnie. Duże łóżko przykryte białym kocem. Dwie poduszki. Komoda, na której stał antyczny zegar. Jedne drzwi prowadziły do łazienki, a drugie zapewne do garderoby.

W całym pokoju unosił się przyjemny zapach wody kolońskiej pana domu.

Szybko przebrała się w szary miękki szlafrok. Po kilku godzinach jazdy konnej była trochę obolała i lekko przemarznięta. Perspektywa kąpieli w gorącej wodzie wydawała jej się niezwykle atrakcyjna, tym bardziej że czekał tam na nią Pax.

Ciepły prysznic łagodził napięcie jego obolałych mięśni. Dotychczas nie zdawał sobie sprawy, że od przyjazdu na ranczo jest bardzo spięty. Przyczyną tego stanu był stres towarzyszący uruchamianiu firmy.

Przybywając do posiadłości Hanka, nie zamierzał poszukiwać nowych, doskonalszych metod relaksu. Chciał wystawić ją na sprzedaż i szybko wrócić do Hiszpanii, z którą związana była następna faza jego kariery. Ten plan wydawał mu się bezbłędny, wręcz idealny. Ale…

Drzwi na patio rozsunęły się i stanęła w nich Kira.

W księżycowej poświacie prezentowała się niezwykle atrakcyjnie.

To ona była niespodziewanym elementem rzeczywistości zakłócającym jego plany. Jadąc do Willowvale Springs, nie spodziewał się, że przeżyje romans, a już na pewno nie z osobą pochodzącą z zupełnie innego świata.

Nie mógł zaprzeczyć, że ich znajomość weszła w fazę, którą można nazwać romansem. Początkowe fizyczne zauroczenie przybrało formę czułego związku ciał i umysłów. Zachwycony dynamiczną żywotnością Kiry dostrzegał powody, dla których klienci darzyli ją zaufaniem i chcieli korzystać z jej usług.

On również pragnął mieć ją po swojej stronie.

– Jak tu zimno! – zawołała, zdejmując szlafrok i wieszając go na haku.

Szybko zbiegła po schodkach prowadzących do olbrzymiej wanny i wydała jęk rozkoszy, gdy zanurzyła stopy w gorącej bulgoczącej wodzie. Położyła się obok Paxa w taki sposób, że ich nogi się splotły.

W przeszłości natychmiast wykorzystałby fakt, że leży obok nagiej atrakcyjnej dziewczyny, ale znajomość z Kirą zmieniła jego poglądy na związki z kobietami. Odkrył ze zdziwieniem, że przedmiotem jego zainteresowania jest nie tylko ciało Kiry. Pragnął poznać jej umysł i zyskać możliwość rozwiązania gnębiących ją problemów.

– Powinieneś zainstalować takie urządzenia we wszystkich chatkach – wyszeptała, opierając głowę na poduszce i zamykając oczy.

Jej piersi zalewały łagodne fale, a Pax z trudem powstrzymywał się, by nie wziąć jej w ramiona.

Co się ze mną dzieje? – myślał z irytacją. Dlaczego nagle zmieniam obyczaje i zaczynam doceniać walory psychicznego, a nie tylko fizycznego kontaktu z kobietą?

Wychylił się z wanny i ulokował na specjalnej półce stanowiącej element obudowy dwa duże kubki z gorącą czekoladą. Oczy Kiry rozbłysły radośnie, gdy dostrzegła w nich duże porcje bitej śmietany.

– Co za cudowna niespodzianka! – zawołała, wypiwszy pierwszy łyk. – Tęskniłam za taką przygodą od bardzo dawna. Chłodna noc pod roziskrzonym gwiazdami niebem i nagi mężczyzna leżący obok mnie w wannie z gorącą wodą. Czy życie może być piękniejsze?

– Podpisuję się pod twoją opinią, ale chcę do niej wprowadzić poprawkę. Towarzystwo nagiej kobiety z pewnością dodaje uroku tej kąpieli, ale pod warunkiem, że tą kobietą jesteś ty. Chcę powiedzieć, że nie ma na świecie osoby, z którą wolałbym spędzić dzisiejszy wieczór. Dopóki się tu nie zjawiłaś, nie miałem pojęcia, że marzę o poznaniu właśnie takiej pani.

– Ja też nie spodziewałam się tego, co mnie spotkało – wyznała z szerokim uśmiechem. – Na stronie internetowej waszego ośrodka nie było wzmianki o tym, że zapewniacie waszym gościom tak wyszukane atrakcje.

– Przyjmij do wiadomości, że jesteś traktowana w sposób wyjątkowy. Nie nawiązuję bliskich stosunków z wszystkimi pięknymi kobietami, które odwiedzają ranczo. Powiedz mi lepiej coś o tym mieszkaniu, które chcesz kupić, jeśli właściciel zaakceptuje twoją ofertę.

Kira chwyciła oburącz duży kubek i uniosła go do ust.

– Jest trochę mniejsze niż to, które wynajmowałam poprzednio, ale ma lepszą lokalizację i cudowny widok na park. Leży daleko od centrum Portland, w spokojniejszej okolicy. Odkryłam niedawno, że lubię ciszę i zieleń.

Ja też zawsze za nimi przepadałem, pomyślał Pax, ale odcina mnie od nich nawał zajęć. Na tym etapie nie mogę sobie pozwolić na zwolnienie tempa. Zbyt ciężko walczyłem o to, aby wyrwać się z odludzia, na którym jedyną rozrywką były kłótnie rodziców.

Zawsze uważał napiętą atmosferę panującą w jego rodzinnym domu za nieodzowny element swojej młodości. Pewnego dnia, robiąc zakupy w miejscowym sklepie, usłyszał, że właściciel dużego rancza poszukuje na okres letnich wakacji pomocnika.

Wykorzystał okazję, bo chciał zarobić trochę pieniędzy i dowiedzieć się czegoś o koniach. Ten dzień zmienił nieodwracalnie jego życie. Hank i Edith pokazali mu, czym jest miłość, przywiązanie do rodziny oraz szacunek do ciężkiej pracy. Natychmiast po ukończeniu szkoły wywalczył sobie samodzielność i wyjechał, by znaleźć się jak najdalej od Willowvale Springs.

Teraz jednak zamierzał tu zostać, dopóki ranczo nie zacznie funkcjonować równie perfekcyjnie jak za czasów Hanka i Edith. Nie, jeszcze lepiej. Chciał dowieść samemu sobie, że zasłużył na ten spadek i że jego były szef wybrał na następcę właściwego człowieka.

– O czym myślisz i dlaczego nagle posmutniałeś?

Pytanie Kiry przywołało go do rzeczywistości. Zamrugał i postawił kubek na obudowie wanny.

– Czasem wracam pamięcią do dzieciństwa, które nie było zbyt szczęśliwe.

– Opowiedz mi o nim.

– To nie był najpiękniejszy okres mojego życia.

– Życie nie zawsze jest piękne, a ja chcę dowiedzieć się o tobie jak najwięcej. Poznać powody, dla których jesteś dziś takim, a nie innym człowiekiem.

Po raz pierwszy poczuł, że ma ochotę odsłonić przed kimś fragment swojej przeszłości. Kira posiadała dar zyskiwania zaufania swoich rozmówców i nakłaniania ich do zwierzeń.

– Ulubionym zajęciem moich rodziców były nieustanne kłótnie. Od rana do wieczora robili, co mogli, żeby zamienić swoje życie w piekło, a przy okazji unieszczęśliwić mnie. Dopóki nie zacząłem odwiedzać kolegów, myślałem, że tak jest w rodzinach. Jako nastolatek podjąłem pracę na tym ranczu, bo chciałem zarobić trochę pieniędzy i wynieść się stąd do wszystkich diabłów.

– A więc mieszkasz tu niemal od dzieciństwa! – zawołała ze zdumieniem. – Nic dziwnego, że ta posiadłość zajmuje w twoim sercu tak szczególne miejsce.

Wyznaj jej całą prawdę, nakazał mu wewnętrzny głos.

– Fakty wyglądają trochę inaczej – oznajmił, robiąc kolejny unik. – Zająłem się handlem nieruchomościami i przez jakiś czas mieszkałem daleko stąd.

– Ale wróciłeś i jesteś tu najwyraźniej szczęśliwy.

– Istotnie – przyznał, zdając sobie nagle sprawę, jak bardzo jest przywiązany do tego miejsca.

– Każda posada gwarantująca wewnętrzny spokój posiada wielkie plusy. Nie bez przyczyny mówi się, że pieniądze nie dają szczęścia. Zadowolenie z pracy zapewnia człowiekowi psychiczny komfort chroniący go przed zagrożeniami zewnętrznego świata.

Jej słowa działały jak cudowny balsam na jego poranioną duszę. Ale przykre doświadczenia z przeszłości powstrzymywały go przed tym, by obdarzyć ją całkowitym zaufaniem.

– Czy myślisz, że będziesz tu przyjeżdżać? – spytał pod wpływem impulsu, nie mogąc znieść podejrzenia, że więcej jej nie zobaczy.

– Tak, jeśli zainstalujesz jacuzzi we wszystkich chatkach – odparła z uśmiechem, który natchnął go wiarą w szczęśliwą przyszłość.

– Kiedy tu przyjedziesz, będziesz mieszkać ze mną, a nie w chatce – odparł i ją pocałował ją gorąco, postanawiając jednocześnie wykorzystać fakt, że są pozbawieni ubrań.

ROZDZIAŁ TRZYNASTY

Wypiła ostatni łyk kawy i postawiła pusty kubek w zlewie. Była w znakomitym nastroju, bo czekał ją miły dzień. Miała zamiar pojechać do miasteczka i kupić suknię na przyjęcie oraz kilka książek.

Zależało jej na tym, żeby dobrze wyglądać podczas sylwestrowej kolacji, w której – z wyjątkiem Paxa – miały uczestniczyć same nieznane jej osoby. Ta perspektywa wcale jej nie onieśmielała, bo lubiła poznawać nowych ludzi. Nie chciała jedynie, aby ktoś błędnie ocenił charakter jej znajomości z Paxem.

Nie miała pojęcia, co na siebie włożyć, a Pax okazał się mało pomocny, bo zapewnił ją, że będzie wyglądała oszałamiająco we wszystkim, co wybierze, a on ma zamiar i tak zedrzeć z niej suknię natychmiast po powrocie do domu.

Była więc zdana na własne siły. Wiedziała tylko, że kolacja odbędzie się na terenie należącego do Vaughna i Allie rancza i że weźmie w niej udział nieliczne grono przyjaciół.

Znalazła na stronie internetowej Willowvale Springs ten ośrodek i była zachwycona jego urodą łączącą rustykalny wdzięk z nowoczesnością. Projektant tego obiektu świetnie wywiązał się z zadania i dowiódł zamiłowania do szczegółów. Cieszyła się na myśl, że wkrótce obejrzy jego dzieło na własne oczy.

Wyjęła z gniazdka ładowarkę telefonu i ruszyła w kierunku drzwi. Dostrzegła po drodze stojącą w kącie choinkę i choć wyglądała ona bardzo skromnie, wywołała na jej twarzy czuły uśmiech.

Opadały z niej igły, czubek był wygięty pod nienaturalnym kątem, a ozdoby straciły blask, ale Kira postanowiła jeszcze jej nie wyrzucać.

To drzewko było ważnym elementem początku jej znajomości z Paxem, pomyślała ze wzruszeniem. Chciałaby wiedzieć, gdzie będzie się znajdowała w dniu, w którym opadną z niego ostatnie igły.

Perspektywa rozstania z Willowvale Springs wydała jej się przygnębiająca. Nie chciała myśleć o wyjeździe, więc postanowiła się skoncentrować na czekających ją zakupach. Miała nadzieję, że wybrana przez nią kreacja zachwyci nie tylko Paxa, lecz wszystkich uczestników przyjęcia.

Musiała więc znaleźć idealną toaletę i dobrać do niej efektowne dodatki.

Energicznym krokiem wyszła z domu i skierowała się w stronę samochodu. Otwierając jego drzwi, dostrzegła kątem oka zaparkowane obok stajni dwie wielkie ciężarówki.

Poczuła ukłucie niepokoju na myśl o tym, że ich obecność może oznaczać jakieś kłopoty związane z końmi. Natychmiast jednak uświadomiła sobie, że jest tu tylko gościem, więc nie musi, a nawet nie powinna, wtrącać się do nie swoich spraw.

Usiadła za kierownicą i włączyła podgrzewanie fotela. Na początku pobytu w Wyoming nienawidziła okropnych tutejszych mrozów, ale stopniowo zaczynała się do nich przyzwyczajać.

Piękno pokrytych śniegiem otaczających rezydencję gór i krętych wiejskich dróg coraz bardziej ją pociągało. Drewniane chaty stanowiły jakby kopie głównego budynku, tyle że zostały zbudowane w mniejszej skali. Wszystkie elementy tego miejsca stwarzały solidną podstawę do udanego przedsięwzięcia biznesowego, a Kira była pewna, że Pax, obdarzony energią i determinacją, rychło wyprowadzi tę inwestycję na właściwe tory.

Wjazd do miasteczka był równie malowniczy jak okolice rancza. Na błękitnym niebie nie widziała ani jednej chmurki i przez cały czas odnosiła wrażenie, że góry podążają jej tropem. Panowała tu atmosfera beztroskiego relaksu. Wszystkie budynki stojące przy głównych ulicach były, przynajmniej częściowo, zajęte przez butiki, księgarnie, kawiarnie i inne instytucje usługowe.

Kira gorąco popierała drobną przedsiębiorczość, ale zdała sobie sprawę, że mogłaby tu błyskawicznie przetrwonić pokaźną część swoich oszczędności.

Znalazła miejsce parkingowe tuż przed księgarnią, zgasiła silnik, uniosła kołnierz kurtki, chwyciła torebkę i wysiadła na zaśnieżoną ulicę.

Ślizgając się na posypanym solą trotuarze, dobrnęła do sklepu i z radością odkryła, że panuje w nim błogie ciepło.

– Dzień dobry. Czym mogę pani służyć?

Uniosła wzrok i ujrzała siwowłosą kobietę w średnim wieku, która stała na przenośnej drabince i zdejmowała z półki jakiś opasły tom.

– Nie mam przy sobie żadnej listy, ale nie wyjdę stąd, dopóki nie kupię co najmniej pięciu książek.

Nieznajoma roześmiała się, zeszła z drabiny i spojrzała na nią z zainteresowaniem.

– Z pewnością będę w stanie pani pomóc w realizacji tego planu. Czy ma pani ukochanego autora albo ulubiony gatunek literacki?

Kira obiegła wzrokiem przytulne wnętrze sklepu. Pod jedną ze ścian dostrzegła gruby dywan, a na nim wytartą skórzaną kanapę. Wiedziała, że mogłaby spędzić na niej wiele godzin, pogrążona w lekturze.

– Lubię wszystko, co się dzieje w małym mieście. Romanse, kryminały, powieści obyczajowe…

– W takim razie mogę pani polecić kilku naszych miejscowych autorów. Zaraz przyniosę stos interesujących pozycji. Nawiasem mówiąc, mam na imię Celeste.

– Kira.

Elegancka dama znieruchomiała na chwilę, a potem na jej twarzy pojawił się czarujący uśmiech.

– Kira. Miło mi cię poznać. Nasz stały klient kazał nam wpisać wybrane przez ciebie pozycje na jego konto.

– Na jego konto? Czy to jest bar czy księgarnia? – spytała ze śmiechem. – Kto wydał takie instrukcje?

– Pan Hart wyraźnie powiedział, że możesz wybrać, co ci się spodoba. Powinnaś to docenić. Każdy mężczyzna, który otwiera kobiecie nieograniczony rachunek na zakup książek, to prawdziwy skarb. I idealny kandydat na męża.

Kira z trudem powstrzymała kolejny wybuch śmiechu. Nie szukała kandydata na męża, bo przykład matki zniechęcił ją skutecznie do instytucji małżeństwa.

Nie chciała jednak odrzucić hojnego daru, tym bardziej że jego ofiarodawcą był miłośnik książek. Aby go nie dotknąć, postanowiła przyjąć jedną lub dwie książki, lecz nie pozwolić, by w przyszłości zasypywał ją kosztownymi prezentami.

Bądź co bądź nie są parą narzeczonych, tylko...

W tym momencie sama nie wiedziała, jak nazwać ich znajomość. Nie mogła jej uznać za przelotny romans, bo zdawała sobie sprawę, że jest coraz silniej zaangażowana uczuciowo. Na szczęście miała spędzić w Wyoming już tylko dziesięć dni, więc mogła żywić nadzieję, że do wyjazdu nie zdąży się w nim zakochać.

Musi tylko panować nad emocjami, a potem otworzyć nowy rozdział życia i rozkoszować się cudownymi wspomnieniami.

– Gotowe – oświadczyła Celeste, wracając z niewielkim stosem książek. – Przejrzyj te pozycje i sprawdź, czy zyskają twoje uznanie. Ich autorką jest mieszkanka naszego miasta, o której ci wspominałam. Ona kilka razy w roku podpisuje swoje powieści w naszym sklepie, więc wszystkie te egzemplarze są opatrzone jej autografami.

Kira usiadła wygodniej na kanapie i rozłożyła przed sobą otrzymane książki.

Zaczęła od informacji wydrukowanych na okładkach i zanim się obejrzała, była już w połowie pierwszego rozdziału jednej z opowieści. Godzinę później dostała od Celeste nową porcję lektur oraz dużą torbę z logo księgarni.

– Mam nadzieję, że weźmiesz udział w spotkaniu z autorką, które ma się odbyć w lutym – powiedziała Celeste, wręczając jej ciężki pakunek. – Chyba w dniu Świętego Walentego.

– Niestety wyjeżdżam z Wyoming w przyszłym tygodniu – odparła Kira z uśmiechem. – Ale na pewno tu wrócę, może już latem. Jestem w Willowvale Springs po raz pierwszy, ale mam zamiar często was odwiedzać.

– Mamy swoją stronę internetową i prowadzimy sprzedaż wysyłkową, więc skontaktuj się ze mną, jeśli zechcesz zamówić więcej książek.

– Z pewnością tak zrobię.

Wyszła z księgarni, wrzuciła ciężką torbę do bagażnika i ruszyła w kierunku butiku, który zwrócił na siebie jej uwagę poprzedniego dnia. Na jego wystawie dominowały kreacje wprost wymarzone na przyjęcie sylwestrowe.

Zamykając za sobą drzwi, usłyszała melodyjny sygnał dzwonka i poczuła zapach perfumowanej świecy znany jej z drewnianej chatki, którą wynajmowała. Wiedziała już, że ten aromat zawsze będzie jej się kojarzył z pobytem w Willowvale Springs.

Z głośników sączyła się subtelna klasyczna muzyka grana przez współcześnie brzmiący zespół instrumentalny. Właśnie takich utworów lubiła słuchać podczas pracy.

– Dzień dobry – powitała ją stojąca za ladą elegancko ubrana kobieta w wieku około czterdziestu lat.

Kira natychmiast obdarzyła ją zaufaniem i nabrała pewności, że właśnie ta osoba pomoże jej wybrać odpowiednią kreację.

– Dzień dobry – odparła z uśmiechem. – Poszukuję stroju na sylwestra, ale nie mam pojęcia, czy to przyjęcie będzie eleganckie czy niezobowiązujące, a poza tym znam tylko jedną osobę biorącą w nim udział. Mam nadzieję, że mogę liczyć na pani pomoc.

– Chyba będzie najlepiej, jeśli pokaże mi pani na początek kilka strojów, które się pani podobają – odparła kobieta, rozglądając się po sklepie. – To mi pozwoli poznać pani gust i zaproponować coś, w czym będzie się pani dobrze czuła.

– To się nazywa właściwy stosunek do klienta! – zawołała Kira, potakując energicznym ruchem głowy. – Już zdążyłam panią polubić.

– Bardzo mi miło. Nawiasem mówiąc, mam na imię Stella. Czy mogę pani na początek zaproponować lemoniadę?

– To świetny pomysł.

Stella ruszyła w kierunku zaplecza.

W tym samym momencie ponownie zabrzmiał sygnał zainstalowany przy drzwiach i weszły do butiku trzy młode kobiety.

– Cześć, dziewczyny! – powitała je Stella, wręczając równocześnie Kirze szklankę zimnego napoju. – Przychodzicie w samą porę. Musimy pomóc Kirze w wyborze kreacji sylwestrowej.

Kira uśmiechnęła się do trzech nowo przybyłych klientek. Wszystkie były bardzo piękne i najwyraźniej zaprzyjaźnione z właścicielką.

– My też szukamy wystrzałowych strojów na sylwestra. Czeka nas miły dzień.

– Dzień dobry! – powiedziała Kira, podchodząc do nich. – Przepraszam, że zakłócam wam plany, ale przyjechałam do tego miasta zaledwie kilka dni temu, a jestem zaproszona na przyjęcie, na którym nikogo nie będę znała, więc nie mam pojęcia, jak się ubrać.

– Czy wiesz, gdzie to przyjęcie się odbędzie? – spytała jedna z młodych kobiet.

– Chyba na jakimś ranczu turystycznym. – Kira wypiła łyk lemoniady. – Znalazłam je w internecie i wydało mi się bardzo piękne, ale nie wiem, jak się ubiorą inni goście.

Trzy młode kobiety wymieniły znaczące spojrzenia i uśmiechnęły się z rozbawieniem.

– Wygląda na to, że zostałaś zaproszona do mojego domu – oznajmiła jedna z nich. – Jestem Allie Price. Współgospodarzem będzie mój narzeczony, Vaughn Reed. A to są moje przyjaciółki, Darcy i Dray. Ich narzeczeni również przyjdą. To nieliczne zgromadzenie, ale powinno być bardzo miło. Cieszę się, że Pax cię zaprosił.

Kira wysiliła umysł, chcąc utrwalić w pamięci imiona i nazwiska nowych znajomych. Allie miała nieskazitelną śniadą karnację i ujmujący uśmiech. Darcy wyglądała jak typowa mieszkanka małego miasta – miała okulary w rogowej oprawie i koński ogon. Dray zwracała na siebie uwagę dzięki przenikliwemu spojrzeniu ogromnych ciemnych oczu.

– Czy jesteście pewne, że nie burzę wam planów? – spytała Kira. – Nie wyruszyłyście przecież do miasta po to, żeby bawić się w dobroczynność.

– Przestań gadać głupstwa! – zawołała Darcy, zbywając zastrzeżenia Kiry machnięciem ręki. – Po prostu napijemy się lemoniady i wybierzemy najbardziej atrakcyjne ciuchy, buty i dodatki, które doprowadzą naszych mężczyzn do szaleństwa.

Naszych mężczyzn. Kira zamierzała sprostować tę sugestię, ale kobiety natychmiast zaczęły wesoło szczebiotać i rozeszły się po sklepie, a Stella przyniosła następne szklanki z lemoniadą.

Po kilku minutach ukryte za kotarami przebieralnie zamieniły się w magazyny toalet, pantofli, pasków i innych dodatków.

– Czy jesteśmy już gotowe do wystąpienia w charakterze modelek? – spytała po dłuższej chwili Darcy.

– Oczywiście – potwierdziła Dray, wyglądając zza kotary. – Z pewnością będziemy się prezentowały bardzo atrakcyjnie.

– Ty jesteś tak cholernie ładna, że na pewno będziesz wyglądać świetnie we wszystkim, co na siebie włożysz – mruknęła Allie, zwracając się do Kiry.

– Bardzo ci dziękuję – odparła Kira z uśmiechem. – A ja właśnie się martwiłam, że wypadnę fatalnie na tle trzech obecnych tu pięknych kobiet.

– Przestań gadać głupstwa – warknęła z przewrotnym uśmiechem Dray. – Wszystkie jesteśmy czarujące i mamy silną osobowość. A teraz zmierz na początek tę obcisłą, wyszywaną cekinami suknię. Wiem, że będzie ci w niej do twarzy.

Kira poczuła niezwykłą więź łączącą ją z tymi trzema młodymi damami. Nigdy w życiu nie odniosła wrażenia, że jest tak lubiana i akceptowana bez zastrzeżeń jak w ciągu tych niewielu dni, które upłynęły od jej przyjazdu do Willowvale Springs.

Wszyscy nowo poznani mieszkańcy miasteczka traktowali ją jak członka rodziny. Wszyscy... sklepikarze, właściciele kawiarni, klientki butiku dawali jej do zrozumienia, że ma prawo czuć się tu u siebie, że jest cennym członkiem miejscowej społeczności.

A Pax...?

Gdy wkroczyła w jego życie, dał jej wyraźnie do poznania, że nie szuka ani stałej, ani przelotnej partnerki. Ona też nie rozglądała się za mężczyzną, ale teraz, po upływie zaledwie kilku dni, nie była już tego taka pewna. Bała się rozczarowania związanego z nieudanym związkiem, ale z drugiej strony zaczynała wierzyć, że wcale nie przypadkiem poznała właśnie tego mężczyznę właśnie w tym momencie swojego życia.

Mogła zostać w Willowvale Springs trochę dłużej i przekonać się, jak będzie wyglądał dalszy ciąg ich znajomości, ale nie wiedziała, czy Pax sobie tego życzy, czy też z utęsknieniem czeka na dzień jej wyjazdu.

Mimo wszystko trudno jej było uwierzyć, że została potraktowana jako przypadkowa kochanka.

– Czy jesteście gotowe? – zawołała Allie zza kotary.

Kira obciągnęła na sobie krótką, obszytą cekinami suknię i weszła do przymierzalni, której wszystkie ściany wyłożone były wielkimi lustrami.

– Nie jestem pewna, czy ta suknia… – zaczęła i zaniemówiła na widok trzech pozostałych kobiet.

Allie miała na sobie srebrzyste obcisłe spodnium i seksowne sandały na wysokich obcasach. Dray demonstrowała czerwoną fantazyjną koszulę i złote bryczesy, a Darcy – długą białą suknię podkreślającą wszystkie zalety jej figury.

– Do diabła! – zawołała Dray z zachwytem. – Chyba nie wyglądamy źle.

– Widzę, że będę musiała wyrzucić manekiny i postawić waszą trójkę na wystawie – oznajmiła Stella, klaszcząc w dłonie.

– Nadal nie jestem pewna… – wymamrotała Kira.

– Przestań pleść głupstwa – zgromiła ją Allie. – Wyglądasz zachwycająco. Pax będzie musiał wysłać esemesa do Vaughna i przeprosić go za to, że spóźnicie się na przyjęcie. Kiedy zobaczy cię w tej sukni, na pewno nie wypuści cię z domu.

– Nie jestem przyzwyczajona do tak śmiałych kreacji – zaczęła znów nieśmiało Kira, ale została zagłuszona przez chór czterech oczarowanych jej wyglądem kobiet.

Podbudowana psychicznie ich bezinteresowną życzliwością postanowiła utrzymać z nimi kontakt po wyjeździe z Wyoming. Doszła do wniosku, że nawet nauczycielka życia potrzebuje od czasu do czasu zastrzyku optymizmu mającego swoje źródło w objawach bezkrytycznej aprobaty.

ROZDZIAŁ CZTERNASTY

Po kolejnym objeździe posiadłości Pax był przemarznięty do kości, ale po raz pierwszy od przyjazdu do Willowvale Springs miał już jasną koncepcję rewitalizacji posiadłości.

Spodziewał się następnych gości już za miesiąc, więc musiał przyspieszyć wstępny etap przygotowań. Wiedział, że powinien kupić kilka koni i uzupełnić wyposażenie stajni, a potem przygotować jej uroczyste otwarcie.

Miał zamiar też wyremontować wszystkie chatki i zainstalować na tarasach obiecane Kirze wanny z jacuzzi oraz wznieść ścianki działowe zapewniające ich użytkownikom dyskrecję.

Nie wiedział jeszcze, czy sam zamieszka na ranczu. Ponieważ byli tam zakwaterowani pracownicy, pomysł ten wydał mu się początkowo dość dziwny, ale w miarę upływu czasu zaczął dostrzegać jego dobre strony.

Wszedł do saloniku rezydencji i dostrzegł stojące obok wytartej kanapy dwie walizki.

Chwilę później ujrzał Kirę, która stanęła w progu jednej z sypialni. Nie tej, w której spędzili upojną noc.

– Czyżbyś zamierzała tu zamieszkać? – spytał, zastanawiając się, dlaczego nie rozpakowała rzeczy.

– Właśnie miałam się do tego zabrać, ale jestem roztrzęsiona. Spędziłam cudowny dzień na zakupach z twoimi przyjaciółkami i byłam w świetnym nastroju, ale potem odebrałam telefon od agentki. Ktoś przebił naszą ofertę, a właściciel domu zgodził się go sprzedać, nie dając mi szansy na udział w licytacji.

Tak się dzieje, kiedy ktoś zatrudnia początkującego agenta, pomyślał Pax.

Wiedział, że w tej sytuacji nie może pomóc Kirze, więc podszedł do niej i spojrzał jej w oczy.

– Nie muszę ci mówić, że znajdziemy korzystniejszą ofertę. Tak to się dzieje na rynku nieruchomości. Bądź dobrej myśli i nie upadaj na duchu.

– Mam nadzieję, że się nie mylisz. Nie chciałabym być skazana po powrocie do Portland na korzystanie z czyjejś kanapy. W tej sytuacji chyba dobrze się stało, że postanowiłam zostać w Wyoming trochę dłużej. Wolę wynajmować od waszej firmy chatkę lub pokój, niż pędzić w Portland życie bezdomnej. Po telefonie tej pośredniczki byłam tak sfrustrowana, że po prostu wrzuciłam wszystkie rzeczy do walizek i przyjechałam tutaj. Zostawiłam tam tylko trochę jedzenia i to nieszczęsne drzewko. Ono chyba nie przeżyłoby podróży – dodała z uśmiechem.

– Kochanie, ono nie dożyło do Bożego Narodzenia.

– Czy możesz to powtórzyć? – spytała, otwierając szeroko oczy.

– O co ci chodzi?

– Powiedziałeś do mnie „kochanie". Nigdy nie usłyszałam tego słowa od nikogo. Bardzo mi się to spodobało.

– Czy naprawdę nikt tak do ciebie nie mówił?

– A niby kto miałby się tak do mnie zwracać? Pod moimi drzwiami nie tłoczy się gromada adoratorów. Szczerze powiedziawszy, nie pamiętam już poprzedniego spotkania z mężczyzną.

Ona musi być bardzo samotna, pomyślał Pax. Podobnie jak ja. Przecież po raz pierwszy od spotkania Hanka i Edith poznałem kogoś, w czyim towarzystwie nie myślę tylko o sobie i o pracy…

A w dodatku ona postanowiła zostać tutaj, dopóki nie ureguluje swojej sytuacji mieszkaniowej w Portland. To przecież doskonała wiadomość!

Kira oparła głowę na jego piersi i wydała jęk zawodu.

– Bardzo mi zależało na tym domu w Portland – wyszeptała przez łzy. – Nienawidzę takich sytuacji. Przecież nie popełniłam żadnego błędu, zaplanowałam wszystko znakomicie. Zawsze doradzam takie postępowanie klientom, a teraz sama czuję się jak bezdomny nieudacznik.

– Nikt nie musi o tym wiedzieć – mruknął, kładąc dłonie na jej policzkach. – A w tej branży często dochodzi do zerwania negocjacji.

– Jestem pewna, że ty nie przegrywasz przetargów.

Miała rację. Ale zdarzało mu się to w początkach kariery i jeszcze bardziej przekonało go o wartości sukcesu.

– Ja w ogóle nie lubię przegrywać – odparł z uśmiechem. – A ty wcale nie jesteś nieudacznikiem. Masz naturę wojownika. Nie potrafisz się rozstać z martwą choinką.

– Nigdy nie rezygnuję z tego, na czym mi naprawdę zależy. A teraz muszę zasiąść do komputera i wznowić poszukiwania. Nie mam pojęcia, czy znajdę w odpowiedniej części miasta jakiś dom, na który będę mogła sobie pozwolić. Samotna kobieta musi ograniczać wybór do dzielnic, w których będzie czuła się bezpieczna.

Pax poczuł, że ma zamęt w głowie.

Nigdy dotąd nie brał pod uwagę tego, że nieodpowiednia lokalizacja wiąże się niekiedy z zagrożeniem. Sama myśl o tym, że Kira może być narażona na jakiś akt przemocy oraz pomysł zamieszkania z nią pod jednym dachem również napawały go lękiem. Wiedział, że prędzej czy później będzie musiał odbyć z nią szczerą rozmowę, ale jeszcze do niej nie dojrzał.

Sytuację pogarszało to, że dotąd nie ujawnił przed nią swojego statusu posiadacza, a ona najwyraźniej uważała go za biedaka rozpaczliwie walczącego o utrzymanie rancza.

W odróżnieniu od jego byłej żony nie miała obsesji na punkcie pieniędzy, więc zasługiwała na poznanie prawdy.

– Kira…

Cofnęła się o krok, wyjęła z kieszeni komórkę, zerknęła na wyświetlacz i wydała cichy jęk.

– Przepraszam, ale muszę odebrać. Dzwoni moja matka, a ja przez cały dzień byłam dla niej nieosiągalna, bo musiałam się wyplątać z tych negocjacji dotyczących kupna domu.

Pax kiwnął głową, a potem chwycił jej walizki i zaniósł je do swojej sypialni. Niechętnie nazywał ją swoją, bo jej umeblowanie i wystrój daleko odbiegały od jego upodobań.

Teraz jednak miał w kieszeni akt własności i był wyłącznym właścicielem całej posiadłości. Mógł z nią zrobić, co chciał, ale nie bardzo wiedział, czego chce. Odkąd poznał Kirę, wszystkie jego starannie przemyślane plany zamieniły się w znaki zapytania.

Kira usiadła wygodnie na kanapie i przygotowała się na najgorsze. Matka nadal łkała do słuchawki, wyliczając powody, dla których jej ślub nie dojdzie do skutku.

– Czy możesz w to uwierzyć? – pytała między kolejnymi atakami szlochu i nerwowej czkawki. – On naprawdę myślał, że zamieszkamy w Kansas. A poza tym wydaje mi się, że znalazł kogoś innego.

Kira powstrzymała się od komentarza. Nie chciała przypominać matce, że postanowiła poślubić wspomnianego mężczyznę po kilku zaledwie miesiącach znajomości, a w dodatku nie uzgodniła z nim tak ważnych szczegółów jak miejsce zamieszkania przed podjęciem decyzji o małżeństwie.

Ale jakie ja mam prawo kogokolwiek oceniać? – spytała się w duchu, opierając stopy na stoliku do kawy. Sama zadurzyłam się w mężczyźnie, który nie traktuje naszej znajomości poważnie. Znam go o wiele krócej niż mama swojego narzeczonego, więc właściwie dlaczego jestem sfrustrowana?

– Czy ty mnie słuchasz? – spytała pani Leith.

– Oczywiście, mamo. Przykro mi, że twoje małżeństwo nie wypaliło. Czy mogę ci w czymś pomóc?

W słuchawce zapadła cisza. Kira spojrzała na ekran, aby się upewnić, że połączenie nie zostało przerwane.

– Mamo?

– Przepraszam cię, kochanie. Ja po prostu zaniemówiłam z wrażenia. Nie spodziewałam się, że będziesz mi współczuła.

– Może najwyższy czas, żebyśmy zaczęły okazywać sobie trochę więcej empatii. Tak czy owak, daj mi znać, jeśli będę mogła coś dla ciebie zrobić.

– Wystarczy mi odrobina zrozumienia – oznajmiła Diane, a Kira zdała sobie sprawę, że być może ich wzajemne stosunki również wymagają rewitalizacji.

Chciała zdobyć się na jakieś serdeczne pożegnanie, ale w tym momencie wszedł do pokoju Pax. Jego obecność uświadomiła Kirze, że stoi w obliczu decyzji, która może mieć decydujący wpływ na jej życie.

Na razie nie wiedziała jednak, czy jest on równie jak ona zaangażowany uczuciowo w ich związek. Miała nadzieję, że odpowiedź na to pytanie brzmi twierdząco, bo nie chciała opuszczać Wyoming ze złamanym sercem.

ROZDZIAŁ PIĘTNASTY

– Więc co dzisiaj robimy? – spytała Kira, układając się wygodniej obok Paxa, tak by poczuć na pośladkach dotyk jego palców.

– Muszę pójść do stajni i omówić z Tate'em plany rekonstrukcji rancza. Wczoraj uzgodniłem szczegóły dotyczące kupna koni. Ranczo nie może funkcjonować bez modernizacji i dopływu świeżej krwi.

– W takim razie ja zostanę w domu, przyniosę resztę swoich rzeczy z chatki i dokładnie ją wysprzątam.

– Nawet o tym nie myśl. Ja przyniosę wszystko, co trzeba, a potem sprowadzimy kogoś, kto zrobi tam porządek. Czy naprawdę podejrzewasz, że mógłbym tego od ciebie wymagać?

– Nie mówię, że czegoś ode mnie wymagasz. Po prostu staram się być pomocna.

– Doceniam to, ale nie mam zamiaru zlecać ci żadnych pracochłonnych zajęć. Lepiej wybierz się na przejażdżkę albo przeczytaj jedną ze swoich nowych książek.

– No właśnie, chcę o nich z tobą porozmawiać. Otwarcie tego rachunku w księgarni było najbardziej ujmującym gestem, jaki mnie kiedykolwiek spotkał ze strony mężczyzny.

– Naprawdę? Widocznie zadawałaś się z dupkami.

Roześmiała się głośno, a on przyjął jej reakcję z zadowoleniem. Chciał, żeby dobrze się czuła w jego domu i pokochała uroki tutejszej przyrody.

Im dłużej sobie wyobrażał ich wspólny pobyt pod jego dachem, tym bardziej nękała go pokusa odsłonięcia przed nią całej prawdy.

Postanowił wtajemniczyć ją we wszystkie sekrety i zaproponować, by przeniosła resztę swoich rzeczy w dniu Nowego Roku, zaraz po przyjęciu sylwestrowym. Chciał też nakłonić ją do spędzenia kilku tygodni w jego domu, by przekonać się, czy uda im się zamieszkać pod jednym dachem.

– O czym myślisz? – spytała, marszcząc brwi. – Masz dziwną minę. Czy to ma coś wspólnego z tym, co chciałeś mi wczoraj wyznać?

– Owszem, ale chodzi o ważną sprawę i wolałbym przedtem porozmawiać z Tate'em, więc umówmy się na wieczór.

– O której masz się z nim spotkać? – spytała, wyciągając ramiona nad głowę. – Chyba nie chcesz zostawić mnie teraz samej?

Objął ją w pasie, błyskawicznym ruchem położył się na plecach i posadził ją na sobie.

– Nie musimy się spieszyć – mruknął jej do ucha. – Przecież wiesz, że jesteś dla mnie najważniejsza.

Gdy jej ciało zaczęło poruszać się miarowo, stracił kontakt z rzeczywistością i przeniósł się do krainy zapomnienia. Doszedł do wniosku, że może rozważyć swoje następne kroki trochę później, o wiele później…

Naciągnęła na uszy wełnianą czapkę i weszła do stajni. Po rozkosznym erotycznym interludium Pax poprosił ją, aby powiedziała Tate'owi, że on przyjdzie tam za chwilę, bo musi odebrać ważny telefon od Brandona.

Chętnie spełniła jego życzenie, bo dawało jej to okazję do ponownego obejrzenia pięknych koni.

Po nadejściu Paxa zamierzała pójść do chatki i zabrać z niej resztę swoich rzeczy oraz jedzenie. Chciała mu pokazać, że wbrew jego opinii potrafi sprzątać i zmywać naczynia. Z każdym dniem czuła się coraz bardziej mieszkanką rancza, współodpowiedzialną za jego wygląd.

– Dzień dobry, panno Lee – powitał ją Tate, wychodząc z magazynu. – Chyba na dworze robi się trochę cieplej.

– Zdarzało mi się już mieszkać w cieplejszych miejscach – odparła ze śmiechem. – Pax przyjdzie tu za chwilę. Musiał odebrać jakiś pilny telefon.

– Nic nie szkodzi. W stajni zawsze jest mnóstwo roboty.

Zdjął widły ze ściany, na której wisiały też różne inne narzędzia, i ruszył w kierunku jednego z pustych boksów.

– Wszyscy się cieszymy, że pani tu przyjechała – dodał, atakując stalowymi zębami stos siana. – Pan Hart zasługuje na odrobinę szczęścia. Wiele ostatnio wycierpiał. Śmierć Hanka… konieczność powrotu na ranczo… formalności spadkowe… To był dla nas wszystkich trudny czas.

Hank… To musiał być jego dziadek, pomyślała Kira, usiłując powiązać z sobą zdobyte dotąd informacje.

Pax zapewne odziedziczył po nim upadające ranczo, a teraz usiłuje tchnąć w nie nowe życie.

– Wciąż nie wiem, co sobie właściwie myślał Hank – ciągnął Tate, zgarniając siano na taczki. – Żeby zostawić wszystkie swoje rancza i domy bogatym ludziom, którzy nawet nie mieszkają w tym miasteczku! Musiał się domyślić, że mają dość pieniędzy i energii, aby przywrócić tym majątkom dawną świetność. Jeśli idzie o mnie, to cieszę się, że zostałem na miejscu i mogę pomóc Paxowi.

W głowie Kiry kłębiły się pytania. Pieniądze? Więc Pax ma pieniądze na rewitalizację rancza? Kim są ci wszyscy zamożni ludzie? Czy pozna ich na przyjęciu?

Czego się jeszcze dowie o człowieku, który nosi nazwisko Hart?

– Nie znam się na tego rodzaju sprawach – powiedziała, postanawiając udawać kompletną ignorantkę. – Ile może kosztować ponowne rozkręcenie takiego rancza jak Willowvale Springs?

– Pax mówił, że zainwestuje na początek milion, a potem zastanowi się nad dalszymi krokami.

Kira poczuła zawrót głowy i oparła się o framugę. Wysokość wymienionej sumy była dla niej szokiem.

Milion dolarów? Pax nie był zamożny, był po prostu bardzo bogaty. Nie miało to dla niej wielkiego znaczenia, ale zapragnęła nagle, aby okazał jej odrobinę zaufania i trochę się przed nią otworzył.

– Teraz wszyscy się zastanawiają, czy Pax tu zostanie, czy pogna z powrotem do Hiszpanii – ciągnął Tate. – On musi zwolnić tempo i zacząć korzystać z życia, bo inaczej zapracuje się na śmierć. Zadziwiał nas swoim rozmachem już wtedy, kiedy pracował tu jako młody chłopak. Było widać, że został stworzony do większych rzeczy niż hodowla koni na prowincji.

Kira poczuła, że uginają się pod nią kolana. Miała wrażenie, że zatapia ją strumień informacji. Była oburzona, że Pax zataił przed nią tak ważne szczegóły dotyczące swojego życia. Z drugiej jednak strony rodziło się w niej przekonanie, że pragnął otworzyć przed nią swoją duszę, tylko czekał na odpowiedni moment.

– Hiszpania leży bardzo daleko od Wyoming – wyszeptała niepewnie.

– Ja tam za żadne skarby świata nie wyniósłbym się z tych okolic. Nie ma na kuli ziemskiej miejsca, do którego byłbym bardziej przywiązany. Jeśli Pax postanowi stąd wyjechać, to mogę mu tylko życzyć, żeby znalazł sprawnego zarządcę.

Kira słuchała jego gadaniny jednym uchem, gdyż ujrzała nagle całą sytuację w zupełnie nowym świetle.

Odkryła, że jej związek z Paxem nie był oparty na dwustronnym zaangażowaniu. On najwyraźniej nie traktował go tak poważnie jak ona. Nie mogła mieć o to pretensji. Nigdy jej niczego nie obiecywał, nigdy nie dał do zrozumienia, że pragnie czegoś więcej. Ona zaś opierała swoje założenia tylko na domysłach…

– Przepraszam, że kazałem na siebie czekać.

Słysząc ten dźwięczny niski głos, odetchnęła głęboko i napięła mięśnie ramion.

– Nic nie szkodzi – odparł Tate, nie przerywając pracy. – Panna Lee dotrzymywała mi towarzystwa. Właśnie jej opowiadałem o tym, że inwestujesz w to ranczo mnóstwo pieniędzy. Nie każdy człowiek, który odziedziczył ten bałagan, chciałby podjąć takie ryzyko. To dowodzi, że zachowałeś skromność mieszkańca Wyoming, choć stałeś się właścicielem fortuny.

Pax nerwowo wciągnął powietrze i spojrzał na Kirę, ale odwróciła wzrok.

– No właśnie – mruknęła z podziwem. – To niezwykłe, że inwestujesz własne pieniądze z powodu przywiązania do

Willowvale Springs. Milion dolarów? Taka suma budzi szacunek.

– Kira…

– Muszę wrócić do domu i odbyć kilka rozmów telefonicznych, bo wygląda na to, że straciłam nadzieję na dach nad głową. Do zobaczenia później.

Pax ponownie wymówił jej imię, ale ona ruszyła w kierunku wrót stajni, powstrzymując wybuch płaczu.

ROZDZIAŁ SZESNASTY

W pierwszym odruchu chciał pobiec za Kirą w kierunku rezydencji, ale rozsądek powstrzymał go od pochopnego działania. Skrócił jednak spotkanie z Tate'em, sięgając po nieprzekonującą wymówkę i powołując się na złe samopoczucie. Jeśli jego pracownik domyślił się, że szef kłamie, był na tyle rozsądny, aby tego nie komentować.

Widok twarzy Kiry przekonał Paxa, że popełnił błąd, nie wyznając jej prawdy i nie ujawniając przed nią swojej sytuacji materialnej. Nie powinien był z tym zwlekać, bo teraz ona przestała darzyć go zaufaniem albo zaczęła podejrzewać, że on nie ufa jej.

Tak czy owak, ukrywając fakty, zniszczył jakiś cenny element ich relacji, choć nie miał takich intencji.

Teraz mógł jedynie żywić nadzieję, że nie zburzył tego, co z takim trudem oboje zaczęli budować. Może nie wiedział, do czego zmierza i nie był pewny, czy ich znajomość czeka jakakolwiek przyszłość, ale wiedział dobrze, że szanuje Kirę i nie chce jej zranić.

Przyjechała do Wyoming, aby uciec od bólu i stresu, na jakie narażał ją pobyt w Portland oraz dotychczasowy tryb życia, a on... zachował się jak tchórz i egoista.

Bał się bolesnego niepowodzenia związku z tą niezwykłą kobietą i dlatego zataił przed nią szczegóły swojego statusu społecznego.

Kiedy szedł przez dziedziniec w stronę bocznego wejścia do budynku, pod jego stopami chrzęścił świeży śnieg.

Pierwszą rzeczą, jaka rzuciła mu się w oczy na zadaszonym tarasie, była wanna jacuzzi. Każdy szczegół kojarzył mu się z Kirą, a na duchu podtrzymywała go jedynie nadzieja, że zdoła ją w jakiś sposób przebłagać i przeprosić za swój błąd. Na razie nie miał pojęcia, co jej powie, ale zdawał sobie sprawę, że musi zburzyć barierę nieufności, którą sam bezsensownie wzniósł.

Wszedł do sypialni, w której spędził z nią minioną noc, i stwierdził, że jej bagaże zniknęły, a łóżko do tej pory nie zostało pościelone. Zajrzał do łazienki i odkrył z przerażeniem, że nie ma w niej damskich kosmetyków.

Czyżby Kira wróciła do chatki? Czy może opuściła ranczo na zawsze?

Spędził w towarzystwie Tate'a około trzydziestu minut, więc miała dość czasu, żeby się spakować i wyjechać. Nie może mieć o to do niej pretensji. Kira od początku grała z nim w otwarte karty, a on ze strachu przed zaangażowaniem ukrywał przed nią prawdę.

Przeklinając swoją głupotę, opuścił dom i ruszył w kierunku furgonetki. Chciał odbyć szczerą rozmowę z Kirą, choć w tym momencie jego linia obrony wydawała mu się mało przekonująca. Nadal jednak liczył na to, że kiedy wszystko jej wyjaśni, ona zmieni zdanie… a może nawet mu wybaczy.

Gdy dojrzał przed chatką numer pięć jej samochód, zaświtała mu iskierka nadziei. Odetchnął głęboko, zaparkował tuż za nim i wyłączył silnik. Mimo wszystko liczył na to, że Kira nie wyśle go do wszystkich diabłów i przynajmniej go wysłucha.

Drzwi chatki otworzyły się gwałtownie i stanęła w nich Kira. Obrzuciła go nieprzychylnym spojrzeniem, w którym dostrzegł mieszankę bólu, gniewu i smutku. Skrzyżowała ręce na piersi i ustawiła się na progu w taki sposób, by dać mu do zrozumienia, że nie jest tu mile widziany.

– Nie mamy sobie nic więcej do powiedzenia – oznajmiła lodowatym tonem.

– Jestem innego zdania. Przygotowałem sobie długą mowę obrończą i chcę, żebyś jej wysłuchała.

– Nie musisz mi niczego tłumaczyć, Pax! – zawołała, potrząsając głową. – Sam mówiłeś, że nasz związek to tylko przygoda, więc wypchaj się swoim poczuciem winy i wracaj do pracy albo znajdź sobie jakąś inną rozrywkę.

– Nie ruszę się z miejsca, dopóki mnie nie wysłuchasz.

Patrzyła na niego przez kilka sekund, nie otwierając ust, a potem opuściła ręce i cofnęła się o kilka kroków. Był przygotowany na to, że zatrzaśnie mu drzwi przed nosem, więc uznał jej zachowanie za milczące zaproszenie.

Gdy przekroczył próg, stanęła tyłem do niego i zdejmowała świąteczne ozdoby z obudowy kominka. Widok ten z niepojętych dla niego przyczyn bardzo go wzruszył. Nigdy nie dekorował domu z okazji Bożego Narodzenia, ale wszystkie światła i girlandy obudziły w nim wspomnienia z dzieciństwa. Zdawał sobie sprawę, że jego reakcja jest absurdalna, ale widok pozbawionej ozdób chatki działał na niego przygnębiająco.

– Znalazłam cię w internecie.

Zaczęła mówić, nie przerywając pracy, a on słuchał jej uważnie, wsunąwszy dłonie do kieszeni kurtki.

– Nie miałam pojęcia, że jesteś miliarderem. – Zerknęła na niego przez ramię. – Nie wyglądasz na bogacza, więc mogę ci pogratulować talentu aktorskiego.

– Nie grałem żadnej roli.

Wzruszyła ramionami i zdjęła z obudowy kominka kolejną lampkę.

– Tak czy owak wygląda na to, że zbiłeś fortunę i zdobyłeś rozgłos, co będzie korzystne dla tego miejsca. Jestem pewna, że kiedy włożysz w tę posiadłość trochę pieniędzy, klienci ponownie zaczną bić się o miejsca. Lokalizacja jest cudowna.

– Wszystko usiłowałem powiedzieć ci ubiegłej nocy i chciałem dokończyć dziś wieczorem.

Wrzuciła ozdoby do stojącego na podłodze pudła, a potem odwróciła się w stronę Paxa i wsparła dłonie na biodrach.

– Jak już mówiłam, nie jesteś mi winien żadnych wyjaśnień, ale skoro już tu przyszedłeś, oberwiesz, bo jestem wściekła.

– Zasłużyłem na to – przyznał, kiwając głową.

Wciągnęła głęboko powietrze i rozejrzała się po chatce, a potem spojrzała mu w oczy.

– Czeka mnie tu jeszcze mnóstwo roboty, więc powiedz, co masz do powiedzenia, i znikaj.

– Zostań – poprosił niemal błagalnym tonem. – A przynajmniej zostań w tej chatce i nie wracaj do Portland. Nie masz tam dachu nad głową.

– Wysłałam ponaglające zlecenie do agentki. Kazałam jej szukać nie tylko domu, ale także mieszkania na wynajem. To mi pozwoli zyskać na czasie.

– Jeśli się upierasz, chętnie pomogę ci w poszukiwaniach. Nie ruszaj się stąd, dopóki nie znajdziemy jakiejś budzącej zaufanie oferty.

– A czy nasz związek jest dla mnie korzystny i godny zaufania? – spytała z gorzkim uśmiechem. – Przyznaję, że na początku miał on charakter czysto fizyczny, ale odniosłam wrażenie, że zaczynamy budować coś, co może okazać się trwałe. Kiedy mi zaproponowałeś, żebym wprowadziła się do ciebie, byłam pewna, że odwzajemniasz moje uczucia.

– Bo tak jest.

– Twoje postępowanie świadczy o czymś wręcz przeciwnym.

Musiał przyznać jej rację i właśnie dlatego tak bardzo pragnął wszystko jej powiedzieć.

– Pracowałem na tym ranczu jako nastolatek – zaczął.

Usiadł na jednym ze stołków barowych ustawionych wokół wyspy oddzielającej kuchnię od saloniku.

– Hank i Edith byli nie tylko moimi pracodawcami. Zastępowali mi ojca i matkę. Moi prawdziwi rodzice... funkcjonowali we własnym świecie i zatruwali sobie życie. Nie byliśmy prawdziwą rodziną, więc ta posiadłość stała się moim domem. Poświęcałem jej moją energię i każdą wolną chwilę. Nie robiłem tego dla pieniędzy... po prostu czułem się z nią związany i to było moją motywacją. Kiedy skończyłem gimnazjum, zdałem sobie sprawę, że pragnę czegoś więcej, i trafiłem do branży pośrednictwa nieruchomości. Chciałem pomagać ludziom, którzy szukali bezpiecznego dachu nad głową.

Milczał przez chwilę, a nie doczekawszy się reakcji, podjął:

– Kilka lat temu zaręczyłem się z pewną kobietą. Wszyscy współpracownicy zawsze przyprowadzali żony na przyjęcia, więc doszedłem do wniosku, że powinienem mieć przy sobie jakąś partnerkę, godną zaufania partnerkę. Kilka dni przed ślubem odkryłem, że mnie okradała. Wpadłem w szał i przysiągłem sobie, że nigdy więcej nie pozwolę nikomu tak bardzo się do mnie zbliżyć.

Cisza, jaka zapadła w małym wnętrzu chatki, była naładowana ważnymi treściami. Pax nie wiedział, czy Kirę przekonał jego wywód, czy czeka na bardziej przekonujące argumenty.

– Moja postawa nie miała nic wspólnego z tobą – dodał pospiesznie. – Musiałem dotrzymać słowa i zostać wierny swoim zasadom. Nigdy nie ukrywałem, że zależy mi tylko na romansie.

– To nie ulega wątpliwości, a ja popełniłam głupstwo, licząc na coś więcej. Ty od początku postępowałeś uczciwie. – Zrobiła krok w jego kierunku i skrzyżowała ręce na piersi. – Ale musisz zrozumieć mój punkt widzenia. Chyba przyznasz, że kiedy zaproponowałeś mi przenosiny do ciebie, miałam prawo poczuć się zdezorientowana.

– Ja po prostu chciałem mieć cię przy sobie przez cały czas, aż do końca twojego pobytu w Willowvale Springs. Myślałem, że w tej dużej rezydencji będzie ci wygodniej niż w małej chatce. Wszystko działo się bardzo szybko, a ja czekałem z ujawnieniem prawdy na właściwy moment, który jakoś nigdy nie nadszedł.

Przerwał na chwilę, a potem spytał:

– Czy Allie, Darcy i Dray nie powiedziały ci nic o mnie, kiedy robiłyście zakupy?

– Byłyśmy zbyt zajęte szukaniem strojów na przyjęcie. One najwyraźniej chciały się dowiedzieć czegoś o mnie, więc rozmowa nie dotyczyła ciebie. – Zamilkła na moment i zmarszczyła brwi. – Wyślę do nich esemesy z wiadomością, że musiałam opuścić miasteczko.

– Nie musisz wyjeżdżać. – Kiedy otworzyła usta, najwyraźniej chcąc zaoponować, uniósł rękę, aby ją uciszyć. – Wysłuchaj tego, co mam do powiedzenia. Zostań w tej chatce. Obiecuję, że nie będę ci się narzucał. Podam ci numer telefonu Tate'a na wypadek, gdybyś czegoś potrzebowała. Zostań, jak długo chcesz… dopóki nie znajdziesz mieszkania w Portland.

– Nie mogę tego zrobić – oświadczyła, ale już bez dawnego przekonania.

Wydawała się zagubiona i załamana.

– Powinnam podjąć próbę…

Westchnęła głęboko, odwróciła się do niego tyłem i zaczęła ponownie demontować świąteczne dekoracje, mamrocząc jakieś słowa, których nie dosłyszał.

Zrobił krok w jej kierunku, ale zatrzymał się wysiłkiem woli. Miał ochotę do niej podejść i podtrzymać ją na duchu, ale wydało mu się to absurdalne. Przecież to on naraził ją na ból i cierpienie. Nie miał prawa oczekiwać, że Kira dobrowolnie rzuci się w jego ramiona.

Uznał się za pokonanego i ruszył w stronę drzwi, ale zatrzymało go jej niespodziewane pytanie.

– Czy planując przyszłość, wybiegałeś myślami poza okres tych kilku tygodni, które mieliśmy spędzić razem?

– Sam nie wiem, czego się spodziewałem – odparł zgodnie z prawdą. – Nie jestem nawet pewny, czy zostanę w Wyoming na stałe.

Kiwnęła głową i wróciła do układania ozdób choinkowych w kartonowym pudle. Chciał powiedzieć jej coś więcej, porozmawiać o wspólnej przyszłości, ale jak mógł to zrobić, skoro nie znał własnej?

Składając jakiekolwiek propozycje, postąpiłby nieuczciwie i egoistycznie.

Być może rozstanie będzie istotnie dla obojga najbardziej korzystnym wyjściem, pomyślał z rozpaczą. Przedstawił jej swój punkt widzenia, a ona go wysłuchała, więc na tym etapie nie mógł zrobić nic więcej.

– Powiadomię Tate'a, że może zostaniesz w chatce i podam mu twój numer telefonu – oznajmił rzeczowym tonem, ruszając ponownie w stronę drzwi. – Będziemy się z sobą porozumiewali wyłącznie przez niego… ale wiesz, gdzie mnie znaleźć, gdybyś czegoś potrzebowała.

ROZDZIAŁ SIEDEMNASTY

– Wyglądasz okropnie.

Pax spojrzał na Masona, trzymając kufel z piwem. Został zaproszony przez przyjaciół na lunch w Kryjówce. Ich partnerki przygotowywały się tymczasem do przyjęcia.

Przyjęcia, na którym miał wystąpić w roli singla.

– Istotnie, miewam się dość kiepsko – przyznał, wypiwszy duży łyk ulubionego piwa.

– Co ci dolega? – spytał Kahlil, rozsiadając się wygodniej w obszernej narożnej loży. – Czy to ma jakiś związek z ranczem?

Gdyby to było takie proste, pomyślał z goryczą Pax. Tego rodzaju problemy można zawsze rozwiązać przy pomocy gotówki. Niestety sprawy uczuciowe nie leżały w jego kompetencji, więc żadna suma nie ułatwi mu ich rozwiązania.

– Ranczo powoli nabiera rozpędu. – Postawił na stole oszroniony kufel i oparł się o obite skórą siedzenie. – Osiągnie pełną sprawność wiosną, ale już teraz je rozkręcam. Kupuję nowe zwierzęta, remontuję stajnie oraz chatki i ściągam dawnych pracowników.

– To wspaniale. – Mason kiwnął z uznaniem głową. – Więc powiedz nam w takim razie, dlaczego wyglądasz tak, jakbyś wolał być gdzie indziej.

Pax nie wiedział, czy jego stary przyjaciel ma na myśli Kryjówkę, czy miasteczko Willovale Springs, ale wcale nie chciał przebywać w żadnym innym miejscu. Przecież tu właśnie pokonał jako nastolatek poważną depresję, której nabawił się w domu rodzinnym.

Wiedział jednak, że nigdy w przeszłości nie odczuwał takiego bólu jak obecnie. Nie miał pojęcia, w jaki sposób Kira zdominowała jego życie w tak krótkim czasie. Zmieniła diametralnie jego pogląd na świat, a mimo to nadal nie mógł powiedzieć jej tego, co chciałaby usłyszeć. Nie był pewny, czy pragnie się zaangażować w trwały związek z kobietą, a szczerze mówiąc, nie miał nawet pojęcia, jak taki związek powinien wyglądać.

– Problemy sercowe... – westchnął Vaughn. – Wszyscy to kiedyś przeżywaliśmy.

– Nie mam żadnych problemów sercowych – mruknął Pax.

– Niech to diabli wezmą. – Mason uderzył dłonią w blat stołu. – Tylko mi nie mów, że zerwaliście z sobą. Nasze dziewczyny są naprawdę zachwycone Kirą.

Zerwaliśmy z sobą? – pomyślał ze złością Pax. Nie byliśmy w sobie zakochani i nie składaliśmy żadnych deklaracji, więc nie mogliśmy z sobą zerwać.

– W takim razie powiedz nam, do cholery, co się stało! – zażądał Vaughn. – Allie będzie bardzo rozczarowana. Wiem, że wszystkie nasze damy cieszyły się na dzisiejsze przyjęcie i że od razu polubiły Kirę. Ja też niecierpliwie czekałem na chwilę, w której nas sobie przedstawisz.

Ja też niecierpliwie czekałem na chwilę, w której wprowadzę ją pod rękę na to przyjęcie, pomyślał Pax.

Był pewny, że Kira będzie pasować do jego świata i bez trudu zdobędzie sympatię najbliższych mu przyjaciół. Do pewnego momentu sprawy układały się po jego myśli…

Dopóki nie nadużył jej zaufania...

– Ona zapewne wyjeżdża właśnie z miasteczka – stwierdził posępnym tonem, wpatrując się w swój kufel. – Albo zrobi to jutro. Sam nie wiem kiedy. Uznała naszą znajomość za zakończoną.

– Co się stało? – spytał Kahlil.

– Spieprzyłem sprawę – wyznał, nie usiłując ukrywać prawdy. – Popełniłem błąd.

– Więc go napraw, zamiast użalać się nad swoim losem – poradził mu Mason.

Pax spojrzał na niego z wściekłością, ale były gwiazdor koszykówki spokojnie wypił łyk wody mineralnej.

– Nasz życzliwy przyjaciel usiłuje powiedzieć, że jeśli zależy ci na tej kobiecie, musisz o nią walczyć.

Przy stole zapadła cisza, ale do loży nadal docierały dźwięki muzyki płynące z ukrytych głośników. Pax miał wrażenie, że wszyscy klienci są zadowoleni i szczęśliwi, a tylko jego świat się wali.

– Chcesz, żeby Kira wróciła? – spytał Mason. – Czy ona przeżywa wasze rozstanie tak ciężko jak ty?

– Szczerze mówiąc, nie mam pojęcia – odparł Pax, wzruszając ramionami. – Wiem, że ją zraniłem, ale nie miałem takiego zamiaru. Ja po prostu… nie mogłem jej powiedzieć tego, co chciała usłyszeć.

– Czy kiedyś będziesz gotowy jej to wyznać? – spytał Mason. – Bo jeśli nie, to musisz pogodzić się z rozstaniem.

– Kiedy ja wcale tego nie chcę – oznajmił Pax. – Obiecałem, że nie będę się jej narzucał, jeśli tu zostanie, ale…

– Posłuchaj – przerwał mu Mason, uderzając go lekko w plecy. – Odegrałeś bezbłędnie rolę człowieka zawiedzionego w miłości, ale teraz musisz zachować się jak mężczyzna i walczyć o to, co chcesz zdobyć. Jeśli tą upragnioną zdobyczą jest Kira, to rusz tyłek ze stołka i zacznij działać.

Vaughn i Kahlil unieśli kufle na znak solidarności, a Pax musiał przyznać, że na ich miejscu zachowałby się tak samo.

„Przestań się nad sobą litować i walcz o to, na czym ci zależy" – taka zasada przyświecała mu zawsze w karierze zawodowej. Musi się więc sprawdzić teraz, kiedy ma przed sobą najważniejszą transakcję w życiu.

Na szczęście wiedział dokładnie, jak powinien postąpić i po jakie sięgnąć argumenty. Ale nie mógł zrobić tego o własnych siłach.

– Będę potrzebował waszej pomocy.

Jego przyjaciele kiwnęli głowami, a on poczuł pewność, że korzystając z ich poparcia, zdoła przekonać Kirę do pozostania w miasteczku.

– Sama nie wiem, dlaczego daję się na to namówić.

Wygładziła atłasowy obrus i odwróciła się w kierunku swoich nowych przyjaciółek… których nie miała nigdy więcej zobaczyć od dnia wyjazdu z Willowvale Springs. Pokochała to miasteczko, ale nie zamierzała go odwiedzać, gdyż groziło to spotkaniem z Paxem. A tego ryzyka za wszelką cenę pragnęła uniknąć.

– Bo możemy ci obiecać, że Paxa tam nie będzie – odparła Allie, stawiając na jednym ze stołów wazon z białymi różami. – Mason, Kahlil i Vaughn mówią, że jest przygnębiony i nie ma ochoty na udział w życiu towarzyskim.

Przygnębiony. Taki właśnie wydał jej się podczas ostatniego spotkania. Teraz, sięgając pamięcią wstecz, zdała sobie sprawę, że musiał być narażony na ogromny stres związany z porządkowaniem formalności spadkowych, rewitalizacją rancza i rozbudową agencji będącej potentatem na globalnym rynku nieruchomości.

Dziś dopiero zaczęła sobie uświadamiać, że w tym stanie psychicznego braku równowagi nie mógł i nie chciał się angażować w żaden trwały związek. Sam wyraźnie jej to powiedział, ale ona zignorowała sygnały ostrzegawcze i dążyła zbyt pospiesznie, zbyt uparcie, do podniesienia ich relacji na wyższy poziom.

– Ja też chyba nie jestem w nastroju towarzyskim – przyznała, odwracając się do Darcy i Dray, które nadal ustawiały butelki szampana na długiej ladzie przylegającej do ceglanej ściany wielkiej sali.

– Samotność tylko pogorszy ci samopoczucie – zauważyła Darcy. – A jeśli przyjdziesz na przyjęcie, będziesz przynajmniej mogła powitać nowy rok w gronie ludzi, którzy za tobą przepadają i będą cię rozpieszczać przy pomocy smakołyków oraz pysznych drinków.

Nie potrafiła oprzeć się urokowi tych zdumiewających kobiet. Każda z nich poprosiła ją esemesem o pomoc w dekorowaniu wnętrza. Musiała przyznać, że pomysłowość, z jaką Vaughn i Allie przebudowali cały obiekt, zrobiła na niej ogromne wrażenie.

Szklana ściana największej sali wychodziła na olbrzymi basen, który w lecie stanowił zapewne główną atrakcję tego miejsca. Ale bardziej zachwycił ją widok ośnieżonych szczytów gór, które były wymarzonym, namalowanym przez naturę tłem wydarzeń organizowanych w kurorcie.

– Przecież wiesz, że musisz być obecna, bo wyglądasz w tym stroju świetnie – dodała Allie, poprawiając okulary. – Obiecuję ci, że to będzie niezapomniany wieczór.

– No dobrze, cieszę się, że podtrzymujecie zaproszenie, ale i tak nie mogłabym przyjść, gdyby obecność zapowiedział Pax.

– Jego możemy widywać przy wielu okazjach. – Allie klasnęła w dłonie i rozejrzała się po wielkiej sali, jakby szukając następnego zadania. – Chcemy wykorzystać maksymalnie cały okres twojego pobytu w miasteczku.

– Kiedy wyjeżdżasz? – spytała Dray. – Nie myśl, że chcemy się ciebie pozbyć. Musimy zorganizować co najmniej jedno spotkanie, zanim nas opuścisz.

Kira usiadła na białym ozdobnym krześle. Czuła się fizycznie i psychicznie wyczerpana, więc chciała chwilę odpocząć. Była wdzięczna nowym przyjaciółkom za zaproszenie, bo wiedziała, że gdyby nie ich inicjatywa, siedziałaby teraz w chatce numer pięć, wyglądając przez okno i zastanawiając się, co robi Pax.

– Miałam zamiar wyjechać dzisiaj, ale chyba zostanę jeszcze kilka dni. Pax powiedział, że mogę zajmować tę chatkę, jak długo chcę, i obiecał, że nie będzie mi się narzucał, ale szczerze mówiąc, nie wiem, co robić.

– Jestem pewna, że on ciężko przeżywa to rozstanie – wtrąciła Allie. – Moim zdaniem jesteście dla siebie stworzeni.

– Ja też tak myślałam – przyznała Kira. – A teraz wyszłam na desperatkę.

– Nic podobnego – zaoponowała Dray. – Po prostu się zakochałaś, a teraz jesteś bezbronna i obrażona na cały świat. Każda z nas to kiedyś przeżywała.

– Nigdy wam nie mówiłam, że jestem zakochana.

Trzy przyjaciółki spojrzały na siebie znacząco, a potem wybuchnęły śmiechem.

– Możesz oszukiwać samą siebie, jak długo zechcesz, ale wszystkie przeżywałyśmy niedawno wzloty i upadki miłości – oznajmiła Allie. – Nie ma się czego wstydzić, ale jeśli Pax jest równie nieszczęśliwy jak ty, to przeczuwam, że ta historia zmierza do happy endu.

Kira otworzyła usta, aby zaprotestować, ale Allie uciszyła ją ruchem ręki.

– Skończmy dekorować salę, żebyśmy mogły pomyśleć o makijażu. Musimy dziś wieczorem wyglądać znakomicie.

ROZDZIAŁ OSIEMNASTY

Pax nie miał pojęcia, co zrobi, jeśli jego plan się nie powiedzie. Nigdy dotąd nie czuł się tak zdezorientowany i bezbronny. Wiedział jednak, że nie pozwoli Kirze zniknąć ze swojego życia.

Szeroko otwarte podwójne drzwi niedawno wyremontowanego ośrodka prowadziły do wielkiej sali balowej. Obiekt nie był jeszcze dostępny dla klientów, ale już za kilka miesięcy miał roić się od turystów i przyciągać wielu gości.

Pax dostrzegał liczne nowe elementy wystroju sali, ale nie był w stanie skupić na nich uwagi. Jego serce biło zbyt szybko, a nerwy były napięte do granic wytrzymałości.

Z głośników sączyła się dyskretnie muzyka rozrywkowa. Obsługa lokalu stała na tle olbrzymich okien, z których widać było całą posiadłość i majaczące w oddali góry. Na tarasie migotały kolorowe lampki podkreślające odświętną atmosferę. Złote ozdoby ustawione na stołach harmonizowały z białymi różami i złocistymi balonikami wypełniającymi wolną przestrzeń nad głowami gości.

Najmocniejszym akcentem wizualnym były odświętne kreacje kobiet.

On poszukiwał wzrokiem tylko jednej z nich. Dostrzegł ją dopiero po chwili w grupie gości zgromadzonych wokół Kahlila. Choć stała do niego tyłem, wydała mu się cudowna. Miała na sobie krótką czarną sukienkę odsłaniającą zabójczo zgrabne nogi, na których widok poczuł ucisk w żołądku. Gdy zaś odwróciła głowę i przelotnie na niego spojrzała, omal nie stracił kontroli nad sobą i nie podbiegł do niej z radosnym uśmiechem.

Gdy jej oczy prześliznęły się po nim, nie zmieniła wyrazu twarzy, ale on mimo odległości kilku metrów zauważył, że zacisnęła palce na trzymanym w ręku kieliszku szampana.

Prosząc kolegów, aby sprowadzili ją na to przyjęcie za wszelką cenę, chciał, żeby od pierwszej chwili poczuła się na nim swobodnie i komfortowo. Dlatego właśnie spóźnił się kilka minut. Nie chciał, by jego obecność wzbudziła w niej obawy i zepsuła nastrój.

Był gotowy odłożyć na bok swoją dumę i błagać ją o wybaczenie, ale liczył na wsparcie ze strony wszystkich obecnych pracowników ośrodka.

Gdy ponownie odwróciła się do niego plecami, pozornie nie zwróciwszy na niego uwagi, poczuł ukłucie lęku. Ale wiedział przecież, że to spotkanie nie będzie łatwe i wcale na to nie liczył. Pragnął pokazać Kirze, że potrafi walczyć o jej względy, gdyż uważa je za najcenniejszy skarb.

Gdy Vaughn dostrzegł Paxa, trącił łokciem Allie i oboje oddalili się od Kiry. Za ich przykładem poszli stopniowo inni członkowie grupy, więc Kira została sama, a on uświadomił sobie, że jest to jego jedyna szansa.

Nie mógł odwrócić biegu wydarzeń, ale miał nadzieję, że zdoła wynagrodzić Kirze jej przygnębienie i nakłonić ją do zakopania topora wojennego. Gdy stanął obok niej, nie oderwała wzroku od rozgwieżdżonego nieba i wypiła ostatni łyk szampana, zachowując kamienny wyraz twarzy.

– Wszyscy twoi przyjaciele zachowali się wobec ciebie lojalnie, zapewniając mnie, że cię tu nie będzie – mruknęła chłodnym tonem, nie patrząc w jego stronę.

– Nie miej im tego za złe. Potrzebowałem wsparcia.

– A ja potrzebuję dolewki szampana – odparła, podając mu pusty kieliszek.

Sięgnął po niego, ale zamiast chwycić za szkło, zacisnął palce wokół jej dłoni. Puścił ją dopiero wtedy, kiedy Kira na niego spojrzała.

– Wszystko popsułem – przyznał, patrząc jej w oczy. – Nie pamiętam, żebym kiedyś kogoś za coś przepraszał, a przynajmniej robił to w dobrej wierze, ale podobno zawsze musi być ten pierwszy raz. Przepraszam cię, Kira. Nie byłem wobec ciebie zupełnie szczery… to znaczy, prawdę mówiąc, próbowałem cię wprowadzić w błąd. Nie chciałem ujawnić prawdy o tym, co łączyło mnie z Hankiem i Edith. Uważałem, że moja pozycja nie ma żadnego znaczenia, bo i tak miałaś wyjechać, zanim się lepiej poznamy.

– W tej sprawie nic się nie zmieniło – oznajmiła, uwalniając dłoń z jego uścisku.

– Mylisz się. – Odwróciła się ponownie w stronę okna, ale stanął przed nią w taki sposób, by musiała go widzieć. – Nie pozwolę, żebyś wróciła do Portland… do życia, którego przecież wcale nie chcesz.

– Przecież ty nawet nie wiesz, czego chcę.

– Owszem, wiem. Pragniesz szczęścia, radosnego życia, wielkiej kuchni, w której będziesz mogła kontynuować eksperymenty z pieczeniem ciast. Lubisz brzydkie choinki i zapach drewna w kominku. Lubisz gorące kąpiele pod gwiazdami. Pragniesz mieć rodzinę. A ja pragnę miłości.

Szeroko otworzyła oczy i lekko rozchyliła usta. Jej wargi wprost błagały o pocałunek, ale postanowił grać na zwłokę. Dążył do czegoś, co miało znacznie głębszy i ważniejszy wymiar niż fizyczna bliskość.

Wiedział, że ona też pragnie podnieść ich znajomość na wyższy poziom zażyłości, bo inaczej nie przejmowałaby się tak bardzo jego brakiem zaufania.

– Sam powiedziałeś, że nie wiesz, co możesz mi dać – powiedziała cicho. – Zasługuję na więcej. Zasługuję na kogoś, kto doceni moją wartość.

Nie potrafił wytrzymać braku kontaktu fizycznego ani sekundy dłużej. Objął rękami jej twarz i ponownie spojrzał jej głęboko w oczy.

– Znam twoją wartość i wiem, że nie okazałem ci należytego szacunku. Żałuję tego i zdaję sobie sprawę, że oboje nigdy o tym nie zapomnimy. Ale twój wyjazd byłby największym nieszczęściem, jakie na mnie kiedykolwiek spadło. Nie mam pojęcia, w jaki sposób stałaś się dla mnie tak ważna, ale wiem, że nie potrafię bez ciebie żyć. Jeśli dasz mi jeszcze jedną szansę, to przysięgam, że pozwolę ci podczas świąt ustawić brzydkie choinki we wszystkich pokojach naszego wspólnego domu.

Kąciki jej ust lekko zadrgały.

Widać było, że z trudem powstrzymuje wybuch śmiechu, a on uznał to za dobry znak.

– Jeśli chcesz zatrzymać swoją chatkę, możesz to zrobić. Tylko proszę cię, nie wyjeżdżaj. Daj nam szansę.

– Nam... – powtórzyła drżącym głosem. – To zabrzmiało tak, jakbyśmy stanowili jedną drużynę.

Przesunął dłonie na jej ramiona i podszedł bliżej.

– Będziemy drużyną, jeśli dasz mi szansę. Nigdy nie prosiłem nikogo o litość, więc jeśli robię to teraz, to znaczy, że naprawdę mi na tobie zależy. Wiem, że masz w Portland przyjaciół i swoje sprawy zawodowe, ale…

– …ale nie mam domu – wyznała z uśmiechem. – Nie potrafiłam się zmusić do nowych poszukiwań.

– Wspaniale! To znaczy, że za mną tęskniłaś.

– To znaczy, że byłam na ciebie wściekła i nie potrafiłam logicznie myśleć.

– A teraz? – spytał.

– Nadal jestem wściekła – wyszeptała, a potem wzruszyła ramionami. – Ale doceniam to, że mnie przeprosiłeś i wciągnąłeś do udziału w tym spisku przyjaciół. Twoje ego musiało mocno ucierpieć.

– Nawet nie wiesz, jak bardzo – przyznał z niechęcią, a ona obrzuciła go badawczym spojrzeniem.

– Co będzie z nami, jeśli postanowię zostać? – spytała, marszcząc brwi.

– Co tylko zechcesz. Pragnę, żebyś zamieszkała w moim domu, ale on jest daleko. Możemy do siebie dojeżdżać albo zbudować coś nowego na terenie posiadłości. Możemy też, jeśli wyrazisz chęć, reanimować główną rezydencję. Zgadzam się z góry na wszystko, bylebyś została. Hank wiele dla mnie zrobił i zasłużył na to, żebym przejął ranczo i zamienił je w doskonale prosperujący kurort. Zdaję sobie sprawę, że moje miejsce jest w Willowvale Springs. Moje miejsce jest przy tobie.

– Ja też pokochałam te strony. Tak bardzo, że mogę sobie wyobrazić życie tutaj.

– Mam nadzieję, że je polubisz, bo ja zakochałem się w tobie. Nie zdawałem sobie z tego sprawy, dopóki nie zagroziłaś mi wyjazdem.

– A ja straciłam dla ciebie głowę już podczas pierwszego spotkania, więc chyba jednak zostanę. – Uniosła kieliszek. – Musimy wznieść toast za nasze pojednanie, a potem powiadomić przyjaciół, że twój przebiegły plan okazał się skuteczny.

Pax objął ją mocno i przytulił do siebie.

– Wyglądasz w tej sukience tak seksownie, że doprowadzasz mnie do szaleństwa. To, co przeżywam, można nazwać wizualną grą wstępną.

– Miło mi to słyszeć. Mam nadzieję, że sprawia ci to przyjemność.

Zamiast odpowiedzi zrobił to, o czym marzył od dłuższej chwili: przywarł wargami do jej ust.

– Czy ta scena oznacza, że możemy już wznieść toast za powodzenie naszej akcji? – spytał Mason.

Pax odsunął się od Kiry, odwrócił głowę i dostrzegł sześć osób śledzących z zainteresowaniem tę miłosną scenę. Kira wybuchnęła śmiechem, objęła Paxa w pasie i przytuliła głowę do jego piersi.

– Owszem, możemy oficjalnie ogłosić zwycięstwo i powitać wspólnie Nowy Rok. Zostaję z wami.

– Byliśmy pewni, że ta sprawa skończy się happy endem! – zawołała z uśmiechem Darcy. – Nie mogę się doczekać chwili, w której zobaczę waszą odnowioną posiadłość.

– A ja jestem przekonany, że Hank i Edith byliby z nas dumni – stwierdził Mason. – Chyba tak właśnie wyobrażali sobie zmianę pokoleniową, kiedy zapisywali nam w testamencie swój majątek.

Darcy i Dray podeszły do lady, przy której serwowano napoje, i przyniosły pięć napełnionych kieliszków oraz szklankę wody przeznaczoną dla Masona.

– Za nowe początki i stare przyjaźnie! – zawołał Pax, unosząc kieliszek, a potem spojrzał w oczy Kiry i dodał szeptem: – Oraz za naszą miłość, która jest dla mnie najważniejsza na świecie.

Linda Thomas-Sundstrom

Gorączka świątecznej nocy

ROZDZIAŁ PIERWSZY

Chaz Monroe potrafił ocenić kobietę jednym rzutem oka. Blondynce z kołyszącym się kucykiem, która szła przed nim korytarzem, dałby prawie dziesięć punktów.

Szczupłe biodra poruszały się w rytm jej kroków schowane ponad linią obcisłej czarnej spódnicy, która uwydatniała nogi – długie i zgrabne, w cieniutkich czarnych rajstopach. Miała na sobie niebieski miękki sweterek, który podkreślał smukłe ciało, a na stopach czarne skórzane baleriny, które lekko obniżały ogólną ocenę. Do takiej kobiety pasowałyby czerwone satynowe albo zamszowe szpilki, pomyślał Chaz.

Tak czy owak ich właścicielka budziła zachwyt, choć to nie był czas ani miejsce na tego rodzaju fantazje. Przecież chodzi o podwładną.

Szła energicznie, prawie wyzywająco. Podeszwy delikatnie uderzały o podłogę, nie robiąc dużo hałasu. Szedł za nią, aż skręciła w prawo, w stronę otwartej przestrzeni biurowej. Tymczasem on skręcił w lewo, i gdy szedł do swojego gabinetu, nadal czuł jej zapach, subtelny i prawie słodki, choć pozbawiony typowej dla damskich perfum kwiatowej nuty.

Niestety musi myśleć i zachowywać się jak nowy właściciel agencji reklamowej w sercu Manhattanu. Przejęcie firmy wyklucza związki, randki i flirty. Od dwóch miesięcy żył niczym mnich, jego kalendarz nie przewidywał czasu na rozrywki. W stosunkowo krótkim czasie musi usprawnić firmę. To priorytet. Od tego zależy jego przyszłość. W kupno tej agencji zainwestował bowiem cały swój kapitał.

Pogwizdując, minął Alice Brody, swoją sekretarkę, energiczną kobietę w średnim wieku o dużych oczach i kędzierzawych włosach. Wszedł do gabinetu przez drzwi opatrzone tabliczką z nazwiskiem byłego wiceprezesa, który sprawił, że agencja z grona najlepszych spadła do grupy średniaków. Nijakość w zarządzaniu była nie do zaakceptowania w firmie, gdzie praca reszty zespołu wydawała się bez zarzutu.

– Planowałeś na dziś jeszcze jedno spotkanie! – krzyknęła za nim Alice.

– Potrzebuję trochę czasu – odparł Chaz przez ramię. – Możesz mi przynieść dokumenty, o które prosiłem?

– Już po nie idę.

Ton głosu Alice sprawił, że zaczął się zastanawiać, o czym mogła myśleć. Czuł na sobie jej spojrzenie. Gdy się odwrócił, uśmiechała się do niego. Był przyzwyczajony do tego, że podoba się kobietom, choć to starszy brat Rory był prawdziwym ciachem. To on stał się sławny i bogaty, panny więc sunęły za nim sznurem. Chaz musiał wiele jeszcze zrobić, by dorównać bratu.

Po pierwsze należy uporządkować sprawy związane z umowami o pracę i zmotywować wszystkich do szybkiego wdrożenia nowego planu rozwoju.

Musi też postanowić, jak rozmawiać z Kim McKinley, powszechnie rekomendowaną na stanowisko wiceprezesa, które on czasowo zajmował, nie ujawniając, że jest nowym właścicielem. Przede wszystkim chciał ustalić, dlaczego Kim ma w kontrakcie klauzulę wyłączającą ją z kampanii reklamowych prowadzonych w okresie Bożego Narodzenia. Nie mógł tego zrozumieć i postanowił dowiedzieć się więcej o Kim, która prowadziła czerech najważniejszych klientów firmy.

Ludzie inteligentni, tym bardziej tacy, którzy aspirują do wysokich stanowisk, muszą być elastyczni. Głupio byłoby, gdyby musiał postawić ultimatum. Ale pewnie spotkanie potoczy się dobrze. Kontakty z personelem były jego działką, gdy wcześniej w imieniu rodziny dokonywał przejęć firm.

Chęć rozwiązania problemów agencji i zwiększenia dochodów spowodowały, że kupił tę firmę. Desperacko chciał też pokazać bratu, na co go stać. Agencja funkcjonowała całkiem dobrze, brakowało jej tylko opiekuna, dlatego zmienił się w nowego wiceprezesa. Wydawało mu się bowiem, że pracownikom łatwiej będzie współpracować z wiceprezesem niż z właścicielem.

Odwrócił się na dźwięk otwieranych drzwi. To była Alice z teczką opasaną grubą gumką.

Podziękował jej i poczekał, aż wyjdzie. Potem zdjął gumkę, otworzył teczkę i przeczytał: „Kimberly McKinley, lat dwadzieścia cztery, ukończyła z wyróżnieniem studia na Uniwersytecie Nowojorskim". To już wiedział. Pobieżnie przejrzał pochwały. Pracowita, uczciwa, inteligenta, pomysłowa i przedsiębiorcza, z dobrą bazą klientów. Wspaniały pracownik rekomendowany do stanowisk kierowniczych. Odręczny zapisek na marginesie: „Warta swojej pensji".

Chciał jeszcze sprawdzić jeden szczegół: stan cywilny. Kobiety niezamężne przeważnie bardziej angażują się w pracę. Szybki awans McKinley wiązał się pewnie nie tylko z jej talentem zawodowym, ale także z brakiem innych zobowiązań.

Spojrzał przelotnie na puste krzesło i z powrotem utkwił wzrok w papierach. Bębnił palcami o biurko.

„Jak bardzo zależy ci na awansie, Kim?", mógłby ją zapytać. Gdyby go dostała, byłaby najmłodszym wiceprezesem w historii reklamy. On nie miał z tym problemu, wydawało się też, że McKinley jest naprawdę godna przezwiska nadanego przez współpracowników: Wonder Woman.

Jej klienci nie chcieli z nikim innym pracować, o czym na pewno wiedziała i co użyje jako argumentu przy próbie narzucenia jej świątecznych kampanii, które wyraźnie jej nie odpowiadały. Czy klienci odeszliby, gdyby zbyt mocno naciskał i spowodował jej rezygnację? Plotka głosiła, że trzech z nich miało nadzieję, że zajmie się też kampaniami bożonarodzeniowymi.

Podniósł wzrok i zobaczył stojącą w drzwiach Alice – zupełnie jakby wyczuła, że jej potrzebuje.

– Jak Kim reaguje na to, że pominięto ją przy awansie?

– Obiecano jej to stanowisko. Jest rozczarowana – wycedziła Alice.

– Jak bardzo?

– Bardzo. Jest cenionym pracownikiem. Szkoda byłoby ją stracić.

Pokiwał głową zamyślony.

– Myślisz, że mogłaby odejść?

Alice wzruszyła ramionami.

– Możliwe. Mogę wymienić kilka agencji w mieście, które chętnie by ją zatrudniły.

W tej sytuacji przypuszczalnie będzie musiał obchodzić się z nią jak z jajkiem.

Pokiwał głową. Tylko Alice wiedziała, że jest właścicielem agencji.

– Dlaczego nie bierze świątecznych kampanii?

– Nie mam pojęcia. To musi być coś osobistego.

– Dlaczego sądzisz, że chodzi o sprawy osobiste? – drążył Chaz.

– Popatrz na jej stanowisko pracy.

– A co ono ma do rzeczy?

– Do świąt zostały dwa tygodnie, a nie ma na nim żadnego świątecznego akcentu z wyjątkiem czerwono-zielonego długopisu – odparła Alice.

Obraz blondynki z korytarza wciąż tkwił mu w głowie. Zastanawiał się też, czy Kim McKinley okaże się taka, jak myślał, czyli stanowcza i zasadnicza. Może nosi okulary lub tweedową garsonkę, by sprawiać wrażenie starszej i poważniejszej.

– Dziękuję, Alice.

– Cała przyjemność po mojej stronie – odrzekła, zamykając za sobą drzwi.

Chaz usiadł w fotelu i rozejrzał się po gabinecie. Wolałby nie działać w ukryciu. Udawanie nie było jego mocną stroną. Kilka lat temu był kierownikiem w agencji, jeszcze zanim związał się z rodzinnymi interesami, nieraz więc przeżywał trudne chwile jako pracownik.

Jednak gdy już ujawni, że jest właścicielem, kandydat na wiceprezesa będzie musiał wykazać się czymś więcej niż tylko pochlebnymi ocenami i grupą zadowolonych klientów.

Nie był przekonany, że osoba na tym stanowisku może unikać kampanii, które przynoszą tak duże dochody. Obrócił się w stronę okna, skąd miał widok z lotu ptaka na ulicę. Na dworze już zapadł zmierzch, wstał i wyjrzał przez okno. W dole wśród świątecznych dekoracji czterech mikołajów prowadziło zbiórkę pieniędzy na cele charytatywne.

Rozległo się pukanie do drzwi. Nie była to Alice, która wchodziła bez pukania. Z kolei myśl, że ktoś mógłby przemknąć się obok niej niezauważony, wydawała się śmieszna. Ostre pukanie powtórzyło się, a potem klamka w drzwiach się poruszyła.

Wyglądało na to, że osoba za drzwiami nie zamierza czekać na zaproszenie. Drzwi z impetem otworzyły się. Na progu stała kobieta we władczej pozie.

– Chciał się pan ze mną widzieć?

Domyślił się, że może to być tylko owa straszna McKinley, gdyż tylko ona pozostała na jego dzisiejszej liście spotkań. Gdy zrozumiał, że wcale nie zamierza wejść do środka, wypuścił powietrze z płuc i stłumił śmiech. Kobieta w drzwiach to blondynka napotkana w korytarzu.

– Czyżby Kim McKinley? – zapytał stojący przy oknie mężczyzna.

Była tak zła, że kontrolowanie emocji przychodziło jej z trudem.

– Chciał się pan ze mną widzieć? – powtórzyła.

– Tak, proszę wejść i usiąść.

Potrząsnęła głową.

– Wątpię, że zabawię tu aż tak długo.

Zabrzmiało to dość dwuznacznie. Spodziewała się, że Chaz Monroe albo będzie się podlizywać, albo jako konkurentce wręczy jej wymówienie.

– Mam pilne spotkanie – dodała.

– To nie potrwa długo. Proszę wejść, panno McKinley.

Nie dała się zbić z tropu.

– Mam dziś napięty grafik, panie Monroe. Przyszłam spytać, czy moglibyśmy odbyć to spotkanie innego dnia?

Spodziewała się przebiegu rozmowy, ale zupełnie nie była przygotowana na spojrzenia rzucane przez nowego wiceprezesa. Szok związany ze spotkania twarzą w twarz z wrogiem sprawił, że zamarła. Nawet gdyby chciała, nie była w stanie ruszyć się z miejsca.

Chociaż raz plotki nie są przesadzone.

Chaz Monroe niewątpliwie jest przystojny. Młodszy niż sobie wyobrażała i niezwykle atrakcyjny, chociaż, przypomniała sobie, znajdował się w jej gabinecie.

Dostał stanowisko, które jej obiecano, i wezwał ją, jakby była na jego zawołanie. Stał teraz za mahoniowym biurkiem niczym król, nieskazitelnie ubrany i wcale nie taki sztywny, jak zakładała. Wyglądał, jakby czuł się tu jak w domu.

Otwarcie mu się przyjrzała. Potargane czarne włosy otaczały wyrazistą twarz. Niebieskie oczy pasowały do jego błękitnej koszuli. Zmysłowy uśmiech odsłaniał białe zęby. Uśmiech ten jednak musi być fałszywy. Jeśli zasięgnął języka, wiedział, co jest grane. Na pewno zechce poruszyć temat klauzuli. Można założyć się, że jest dobry w rozstawianiu innych po kątach. To drań w stylowym przebraniu, więc jeśli nie wejdzie w przeznaczoną dla niej rolę, to ani się obejrzy, a zostanie bez pracy.

– Czy chodzi o coś szczególnego? – zapytała.

– Chciałem panią poznać. Wiele o pani słyszałem i mam kilka pytań – odparł, przenikliwie na nią patrząc.

Najwyraźniej ją oceniał. Może szuka jakiegoś słabego punktu? Strużka potu spłynęła Kim po plecach. Może to nie jego wina, że nie awansowała, ale nie musi wyglądać na tak zadowolonego.

A jeśli naprawdę chce renegocjować kontrakt? Monroe jest tu dopiero od dwóch dni, a jej poczucie winy związane ze świętami trwa od lat. Matka zmarła zaledwie pół roku temu. To za mało czasu, aby uwolnić się od bagażu przeszłości.

Kim na moment zamknęła oczy, żeby się pozbierać. Niezręczna cisza trwała kilka sekund.

– Proszę wejść. Jeśli się pani spieszy, porozmawiajmy krótko na temat świątecznej kampanii – powiedział, potwierdzając jej najgorsze przeczucia.

– Jeśli chodzi o dokumentację, to proszę się zwrócić do Brendy Chang – odparła chłodno. – Znajdzie ją pan w biurze na tym samym piętrze. Jej boks jest pełen czerwonego papieru, girland, błyskotek, płyt z kolędami. Trudno nie zauważyć. Brenda prowadzi niektóre z kampanii świątecznych.

Patrzyła na Chaza, który usiadł na skraju biurka i wskazał ręką wolny fotel, jakby to była przyjacielska pogawędka. Nie ulegając jego poleceniu, Kim została przy drzwiach, gdzie niespokojnie wdeptywała podeszwę w drogi beżowy dywan berberyjski.

Chaz cały czas utrzymywał kontakt wzrokowy, a ona czuła się lekko oszołomiona jego intensywnym spojrzeniem.

– A pani nie prowadzi kampanii świątecznych. Właściwie dlaczego? Jeśli jest pani jednym z najlepszych pracowników, czy nie powinna pani doglądać najbardziej intratnych kontraktów?

– Dziękuję za komplement, ale tymi świętami akurat się nie zajmuję. To na pewno znajduje się w kontrakcie. Mogę pomóc Alice go odnaleźć, jeśli pan sobie tego życzy.

Twarz Chaza pozostała niezmieniona.

– Może mogłaby pani sama to wyjaśnić. Naprawdę chciałbym wiedzieć.

– To sprawa osobista. Poza tym zajmuję się innymi kampaniami. – Kim uniosła rękę. – Proszę posłuchać, naprawdę chciałabym z panem porozmawiać, ale czekają na mnie – wycedziła.

– Już prawie piąta. To spotkanie służbowe?

Już miała wypalić, że to nie jego sprawa, ale potem pomyślała, by lepiej trzymać język za zębami. Czy jej się to podoba, czy nie, jest szefem, więc to jego sprawa.

Zgodziła się na szybkiego drinka z przyjaciółmi na dole w barze, by zdążyć do domu, zanim rozbłysną w oknach świąteczne lampki i sprawią, że znów będzie rozważać, czy ma prawo hańbić pamięć matki. Matka nie obchodziła świąt. Oznaczały dla niej smutek, trudne wspomnienia o mężu, który opuścił ją i pięcioletnią córkę w wigilię Bożego Narodzenia dla innej kobiety.

Kim nadal patrzyła na szefa. Za nic mu nie powie, nie będzie podawać bolesnych szczegółów. Już raz to zrobiła, gdy negocjowała kontrakt.

– Oczywiście, może być później. Może około ósmej?

– Dobrze, zwykle jestem tu o siódmej, więc możemy wrócić do rozmowy z samego rana – rzekła Kim.

– Miałem na myśli dzisiejszy wieczór – wyjaśnił. – O ile to nie będzie dla pani zbyt dużym kłopotem. Może nieformalne spotkanie w barze na dole?

– W barze? – zapytała.

– Tak, w barże – odrzekł z uroczym, prawie chłopięcym uśmiechem.

Niech go szlag! Co za ładny uśmiech.

– Mówiono mi, że to miejsce spotkań pracowników. Może uda nam się zdobyć jakiś spokojny stolik?

A co mieliby tam robić? Wypić przyjacielskiego drinka, zanim wykopią topory wojenne?

– Będzie już pani wtedy wolna? – zapytał.

Zdając sobie sprawę z tego, że nie może skłamać – w barze będą przecież inni pracownicy agencji, odrzekła:

– Tak, do tego czasu skończę.

Słowa te zawisły w powietrzu, a Chaz Monroe wstał i podszedł do niej. Skrzywiła się, ale nie cofnęła. Znalazł się naprawdę blisko.

Na pewno nie miał zamiaru naruszać jej przestrzeni osobistej, ale to zrobił. I do diabła, z bliska wyglądał jeszcze lepiej.

– Nie chodzi o randkę, prawda? – zapytał głosem, który nie brzmiał profesjonalnie.

Poczuła się bezradna wobec przystojnego mężczyzny, który był jej szefem. Aby nie ulec jego hipnotycznemu urokowi, musiałaby mieć doświadczenie z mężczyznami tego kalibru. Nikt taki w jej randkowej przeszłości nie występował.

Zanim się zorientowała, bezwiednie zrobiła krok do przodu.

– Dziś wieczorem to nie randka – wykrztusiła.

Słowa „naganne" i „molestowanie" zadźwięczały jej w głowie. Znajdował się tak blisko, zarówno w zasięgu dotyku, jak i ciosu, choć jakoś się nie zamachnęła.

Był od niej o głowę wyższy i zapewne używał dobrej wody kolońskiej. Emanował zmysłowym urokiem i luzem, epatował niedbałą elegancją. Nie miał marynarki i krawata, ale czuł się pewnie.

Jego swobodny styl przejawiał się tym, że miał pod szyją rozpiętą koszulę, która odsłaniała fragment opalonej skóry. Jego ciało przykuło na dłuższą chwilę jej uwagę, potem spojrzała w górę... i napotkała niebieskie oczy.

W tym momencie usłyszała muzykę. Z niedowierzaniem potrząsnęła głową, ale melodia nie ustała. W końcu zdała sobie sprawę, że to kolęda dobiegająca z korytarza, oznaczająca dla większości pracowników koniec pracy.

Właśnie tego chciała uniknąć, ale wbrew własnej woli utknęła w gabinecie wiceprezesa.

– Dobra. Więc widzimy się o ósmej – odezwał się Chaz Monroe, kończąc rozmowę.

Pod wpływem ciepłego oddechu poczuła, że jak kretynka czerwienieje, co on niestety zauważył. Jakim był szefem? Takim, co nie waha się łamać prawo i w łóżku prowadzi rozmowy kwalifikacyjne? Czyżby matka miała rację co do atrakcyjnych facetów?

Odwróciła wzrok i zatrzepotała rzęsami.

– O ósmej, w barze – powtórzył.

Miała do siebie pretensje z powodu własnych reakcji. Powietrze wokół niej drgało. Miała ochotę krzyknąć, by poszedł sobie do diabła. A jednak stała nieruchomo, bezbronna, oniemiała. Potem zrobiła krok do tyłu, gwałtownie się odwróciła i odeszła.

Wiedziała, że Chaz się jej przygląda, czuła na sobie jego spojrzenie. A ten wzrok był tak gorący, że naszła ją absurdalna chęć, by wrócić i pocałować go w usta.

Na tę myśl wybuchnęła histerycznym śmiechem. Przedziwny przebłysk intuicji mówił jej również, że on chce tego samego. Wiedziała też, że wieczorne spotkanie w barze to zdecydowanie zły pomysł.

ROZDZIAŁ DRUGI

Zdał sobie sprawę, że znalazł się w niebezpieczeństwie, zanim Kim opuściła gabinet. Złamał prawie wszystkie zasady z księgi dobrych manier. Dobrze, że przynajmniej zdawał sobie z tego sprawę.

Oparł się pokusie rozpięcia kolejnych guzików koszuli, odchrząknął i spojrzał na Alice, która patrzyła na niego z uniesionymi brwiami. Tylko lata praktyki sprawiły, że zachował neutralny wyraz twarzy.

Skinął głową w stronę Alice i wszedł z powrotem do gabinetu.

– Niech to szlag!

Wszedł w osobistą relację z pracownikiem. Chęć wytrącenia z równowagi wyniosłej Kim przyniosła całkowicie odwrotny skutek. Nie tylko jej ciało i odurzający zapach były pociągające, także twarz i głos robiły wrażenie. Mówiła z lekkim południowym akcentem, przeciągając sylaby. Miała głęboki zmysłowy głos, który przypominał ciche wibracje. Miała też twarz anioła o gładkiej skórze i dziecięcym owalu. Przed oczami nadal widział jej różowe półprzymknięte usta, wilgotne i błyszczące, jakby oczekiwały na pocałunek.

W roztargnieniu dotknął czoła. Do diabła, gdyby nie kwestia świątecznych kampanii, gdyby polegał tylko na pierwszym wrażeniu, miałby ochotę tu i teraz dać jej to stanowisko – cokolwiek, by znaleźć się bliżej niej. Cokolwiek, żeby poczuć jej usta.

Ależ wpadł w pułapkę. Chciał się śmiać z zaistniałej sytuacji i z samego siebie. Jednak chodziło o coś więcej. Jeśli ma regularnie widywać Kim, musi myśleć w kategoriach zawodowych, co było nie lada wyczynem, biorąc pod uwagę zarys piersi widoczny pod kaszmirem.

Niech to szlag, dlaczego nikt mu o tym nie powiedział? Usiadłszy przy biurku, wyjął zza ucha ołówek i na żółtej samoprzylepnej kartce napisał: „W przyszłości akta osobowe powinny zawierać pełne informacje o pracownikach".

Uderzając ołówkiem o teczkę Kim, przysiągł sobie nie fantazjować na temat jej lekko wydętych ust i przyjąć do wiadomości, że na „myśli dla dorosłych" nie ma miejsca przy negocjowaniu kontraktu. Potrząsnął głową, ale nie przestał uśmiechać się, gdy ponownie spojrzał na drzwi, w których przed chwilą stała Kim i próbowała go wyprowadzić z równowagi.

Wyglądało na to, że tak łatwo nie odpuści utraty stanowiska. Była zła i próbowała przejąć kontrolę nad sytuacją. Być może dopóki będzie przekonana, że on zajmuje „jej" stanowisko, postara się go unikać.

Może jest piękna i dobra w pracy, ale nikt nie jest niezastąpiony. Udało jej się, przynajmniej w pewnym sensie, rozwścieczyć nowego szefa w ciągu sześćdziesięciu sekund od chwili poznania.

Ponownie otworzył jej teczkę. Poczuł mrowienie na karku, jak zawsze przy nowym wyzwaniu. Podobnie się czuł, gdy za dziesięć milionów dolarów kupował tę agencję i postanowił udowodnić bratu, że również ma żyłkę do interesów. Naprawdę nie mógł sobie teraz pozwolić na rozpraszanie.

Gapił się na drzwi, przy których stała Kim McKinley. Może z pomocą powłóczystych spojrzeń osiągała to, co chciała? Może wierzyła, że jest tak cennym pracownikiem, że ochroni swą prywatność?

Albo że oprze się jego awansom? Do diabła! Awanse są wykluczone.

Położył ręce na biurku, zażenowany tym, że został zaskoczony. Zupełnie inaczej ją sobie wyobrażał, to wszystko. Wciąż stukając ołówkiem w teczkę, zastanowił się nad tym, w jaki sposób wybrnęła z ich pierwszego spotkania. Czy uznała to za swoje zwycięstwo?

Mrowienie nie ustawało. Zapiął koszulę i postanowił rozwiązać zagadkę Kim McKinley. Wonder Woman myli się, jeśli sądzi, że ma do czynienia z głupkiem. Spotka się z nią wieczorem i ustawi ją do pionu. Da jej jednak fory i za wszelką cenę zatrzyma w firmie.

– Twój kontrakt. Zero pytań. Zero negocjacji.

Wypowiedział te słowa na głos, powtórzył łagodniejszym tonem i zanotował je w pamięci.

Spotkają się za trzy godziny. Odbędą przyjacielską pogawędkę i przejdą do spraw służbowych. Może Kim okaże się jego sojuszniczką. A jeśli chodzi o fantazje... Cierpko zaśmiał się, zdawszy sobie sprawę, ile czasu poświęcił na roztrząsanie tej kwestii. Najwyraźniej nie jest odporny na ten typ kobiety.

Naprawdę musi uważać, ponieważ w tej chwili, myśląc o zalotnym akcencie Kim i czekającym go z nią spotkaniu, potrzebował... bardzo zimnego prysznica.

Opadła na fotel i położyła głowę na biurku. W polu jej widzenia znalazła się złota tabliczka, prezent od Brendy. „Kim McKinley, wiceprezes ds. reklamy".

– Ale żart!

Uderzyła ręką w tabliczkę, a ta poszybowała w górę. Kogo chciała oszukać? Dwudziestoczteroletnia wiceprezes? W najbliższej przyszłości nie będzie wielkiego gabinetu ani drewnianych półek na rośliny doniczkowe, ani możliwości wdrożenia jej planów i pomysłów. Złota tabliczka z głuchym łoskotem wylądowała na podłodze jej niewielkiego boksu.

Czyżby płakała? To niedopuszczalne. Profesjonalistki nie beczą, gdy spotyka je rozczarowanie albo gdy zostaną pominięte lub niedocenione. Żadnych łez.

Była wściekła, to wszystko. Będzie smutna, jeśli zostanie zmuszona do odejścia z pracy, porzucając wszystko, co od pięciu lat tworzyła.

– Dlaczego wszyscy napierają w sprawie kontraktu? – wymamrotała, zastanawiając się, czy siedząca w boksie obok Brenda ją słyszy. – Przecież pracuję jak wół nad każdą cholerną kampanią. Tylko tu nie sypiam, ale mam ubrania na zmianę. Czy to fair, żeby wyciągać ten jeden punkt?

Ponownie oparła głowę o biurko i wydała z siebie słabe „och". Szybkie uśmierzenie złości nie wchodziło w rachubę. Najwyraźniej potrzebowała większej samodyscypliny.

– Wszystko w porządku? – z tyłu dobiegł do niej głos. – Słyszałam jakiś hałas.

Kim zamrugała oczami.

– Kim, w porządku?

– Nie. – Nawet nie pofatygowała się, by usiąść.

– Potrzebujesz lekarza?

Z trudem poruszała ustami, do których przyczepił się skrawek papieru.

– Dożylne serum sukcesu by się przydało. Masz może?

– Nie, ale mam coś lepszego.

– Valium? Cykutę? Tanie mieszkanie do wynajęcia?

– Zaproszenie na drinka od nowego szefa. Wieczorem w barze. Właśnie przyszło mejlem.

Kim wydała z siebie stłumiony okrzyk. Czy obie mają spotkać się z Chazem Monroe? Czy ten drań zaprosił jeszcze inne osoby na świadków jej maglowania i być może zwolnienia?

– To nie jest najlepszy pomysł, Bren – odparła. Posiadanie najlepszej przyjaciółki za współpracowniczkę ma czasem złe strony.

– Wprost przeciwnie – zapewniła Brenda. – Możemy razem odkryć, jaki jest ten nowy facet.

– Powiem ci, kim jest. To Brutus!

Brenda wystawiła głowę ponad oddzielające je przepierzenie.

– A więc wasze spotkanie nie przebiegło najlepiej?

Kim podniosła głowę, zmrużyła oczy i się odwróciła.

– Nie przestraszysz mnie tym spojrzeniem – odezwała się Brenda.

– I tu leży problem. Jego też mi się nie udało.

– Naprawdę myślałaś, że kwestia tej cholernej klauzuli któregoś dnia nie powróci?

Kim uniosła rękę, sugerując że jeśli Brenda powie jeszcze jedno słowo, pożałuje tego.

– Chyba straciłam pracę marzeń, Bren. Uważa się mnie za potomka starego Scrooge'a, a tak przy okazji, czy przyjaciele nie powinni być wsparciem w trudnych chwilach?

Niewiele wyższa od przepierzenia Brenda, która zazwyczaj chodziła w swoim boksie bez butów, była ledwo widoczna. Wystawał zaledwie fragment jej błyszczących czarnych włosów i podkreślone kredką oczy w kształcie migdałów.

W oczach tych rozbłysły wesołe iskierki. Niewykluczone, że w pasemko włosów koło czoła miała wpleciony kawałek choinkowego łańcucha.

Niski wzrost Brenda nadrabiała uporem.

– Raczej nikt nie uwierzy, że można nienawidzić świąt, Kim, może więc wymyśl jakiś dobry powód. Na przykład... kwestie religijne.

– Poważnie? – Sarkazmowi w głosie Kim towarzyszyło spojrzenie, które mówiło, by Benda zostawiła ją w spokoju.

Jednak ta tylko potrząsnęła błyszczącymi włosami.

– Nadal się ciebie nie boję.

Kim wstała i obciągnęła spódnicę.

– Myślę, że na pomoc jest już za późno.

– Opowiedz mi o tym – poprosiła Brenda. – Ale najpierw zdradź, czy Monroe ma naprawdę ładny tyłek?

Kim za pomocą gestu próbowała oddać ból oczu.

– Nie jest przystojny? – pytała Brenda. – Wszyscy mówią: przy-stoj-ny że oczy bolą.

– Czyżby? A doszły cię słuchy, że jest to arogancki idiota? – spytała Kim.

– Nie. Moje źródła na ten temat milczą.

– Naprawdę nic mnie nie obchodzi jego tyłek, Bren. Wolę nie zauważać miejsca, którego nie zamierzam całować.

– Nie zachowuj się dziecinnie, Kim. To nieprofesjonalne. Co się stało?

– Będę musiała zacząć wszystko od zera w nowym miejscu. Monroe nie odpuści. Chce znać szczegóły. Chce, żebym ustąpiła. Nie mogę mu powiedzieć.

– Mnie powiedziałaś.

– To co innego, ty jesteś moją najlepszą przyjaciółką. To, jak dorastałam, to tylko moja sprawa.

– Ale przecież od jakiegoś czasu próbujesz o tym zapomnieć? Może to jest dobry moment?

Kim nie wiedziała, co odpowiedzieć. Zastanawiała się, czy ktoś, kto tego nie przeżył, może wiedzieć, jak głęboko sprawy rodzinne potrafią w człowieku siedzieć.

Miała w sobie ranę, która potrzebowała dużo czasu, by się zabliźnić. Matka stale przypominała, jak bardzo zostały skrzywdzone, jak bardzo mężczyźni są nieuczciwi. Nie posłuchała rad i nie udała się po pomoc, by uleczyć traumę, zamiast tego w swój mroczny świat wciągnęła Kim. Dużo o tym myślała po śmierci matki. Musi przyzwyczaić się do tego, że matka odeszła, a potem ona się zmieni. Chyba nie jest jeszcze gotowa, by już teraz ustąpić w kwestii świąt.

Brenda pośpiesznie dodała:

– Jeśli nie chcesz powiedzieć prawdy, to masz godzinę, żeby wymyślić przekonujący powód. W końcu zawodowo zajmujemy się tworzeniem iluzji, prawda? Sprawiamy, że ludzie chcą kupować rzeczy.

Brenda odczekała chwilę, by dać Kim trochę czasu na przemyślenie tego, co powiedziała, po czym ciągnęła:

– Nazwij mnie egoistką, ale chcę, żebyś tu nadal pracowała i była szczęśliwa. Wątpię, żeby wiceprezes naprawdę cię zwolnił. Nie ma powodu. Znajdziesz jakieś rozwiązanie. Możesz też spróbować powiedzieć prawdę.

Kim pokręciła głową. Brenda nie była świadkiem pokazówki odegranej przez Chaza.

Zagrał męską kartą, by ją sobie podporządkować i onieśmielić, co mu się udało. Nie ma mowy, żeby mu się zwierzała. Mogłaby zostać wyśmiana albo, co gorsza, da sobie wyperswadować, że jej problemy są błahe i dziecinne.

– Jeśli prawda jest zbyt bolesna, możesz wybrnąć w inny sposób. – Brenda parsknęła śmiechem. – Na przykład powiedzieć, że masz obsesję na punkcie Mikołaja.

Kim rzuciła jej przeciągłe spojrzenie.

– Że według terapeuty widzisz w nim ojca, którego straciłaś, ideał, do którego się bardzo przywiązałaś.

Kim bezbłędnie rozpoznała podstęp, który miał ją rozweselić.

– Bren, stać cię na więcej.

– Pomysł nie ma znaczenia, ważne jest tylko słowo „terapeuta". Monroe będzie bał się pozwu za zwolnienie ze względu na zdrowie psychiczne.

Brenda odważyła się żartować mimo powagi tematu.

– Podświadomie tęsknisz za kimś, kto posiada siły magiczne, i to pragnienie sprawia, że w święta ci odbija. To zbyt żenujące, żeby w tym okresie pracować.

– Brenda, posłuchaj siebie. Sugerujesz, żebym powiedziała szefowi, że rajcuje mnie facet, któremu trzęsie się brzuch niczym galareta i ma renifery o głupich imionach?!

– Żarty na bok, ale czy nie na to właśnie czekasz? Czy nie pragniesz faceta, który pomógłby ci w rozwiązaniu problemów? Chciałabyś przecież znaleźć kogoś, kto zadałby kłam przekonaniom matki na temat związków.

Kim potarła czoło. Brenda ma rację. Naprawdę pragnęła mężczyzny o magicznych cechach. Kogoś troskliwego, wyrozumiałego, silnego, a przede wszystkim lojalnego. Problem polegał na tym, że umawiała się na randki z facetami, którzy żadnej z tych cech nie posiadali. Każdemu z jej dotychczasowych towarzyszy daleko było do ideału.

Może podświadomie dokonywała wyborów potwierdzających przekonanie matki na temat niestabilnych związków. Miała tego świadomość i nie chciała skończyć samotnie jak ona.

Oparła się o ścianę.

– W twoim rozumowaniu tkwi błąd, Bren. Jeśli pragnę Świętego Mikołaja, dlaczego miałabym unikać świątecznych kampanii? Przecież powinnam kochać święta. Ale częściowo masz rację.

Kim odgarnęła włosy z twarzy i kontynuowała:

– Zawsze, odkąd sięgam pamięcią, chciałam odciąć się od przeszłości i cieszyć świętami.

Została pozbawiona części dzieciństwa, ponieważ matka je zaanektowała. Święty Mikołaj był potajemnym marzeniem, promieniem światła w mrocznym świecie, w którym dorastała. Nikomu nie zwierzyła się z tej tajemnicy.

Poczucie winy było wyniszczającą emocją, jej macki głęboko sięgały i mocno trzymały. Jednak w przeciwieństwie do matki nigdy nie nienawidziła ojca za to, że je unieszczęśliwił. Odczuwała tylko smutek.

Rosła z pragnieniem oswojenia bólu i przejścia nad nim do porządku dziennego. Chciała czymś wypełnić wewnętrzną pustkę. Tym dla niej była kreatywność, tym stała się dla niej ta praca. Sprawiała, że ludzkie fantazje zmieniały się w rzeczywistość.

– Chciałabym uczestniczyć w świętach i być naprawdę szczęśliwa – zwierzyła się przyjaciółce. – Po prostu nie wiem, jak się do tego zabrać. Boję się, że matka przewróci się w grobie, gdy to zrobię.

Co do teorii o mężczyznach oszustach... obraz ten zdaje się pasować do nowego szefa.

W jego obecności przechodziły ją ciarki i serce szybciej biło, co świadczy o tym, że nadal ma skłonność do niewłaściwych mężczyzn. Pociągali ją skoncentrowani na sobie faceci. Jeśli ulegnie urokowi Chaza, pożałuje tego.

– Rozważam terapię szokową – dodała.

– Wydaje mi się, że mała terapia teraz pozwoli ci uniknąć większych kłopotów w przyszłości – stwierdziła Brenda. – Proszę, nie miej mi za złe, że to mówię. Przyjaciele mają wobec siebie zobowiązania.

Zdecydowanie zbyt długo to omawiają. Kim prawie słyszała tykanie zegarka.

Brenda westchnęła.

– Jest zawsze plan B. Możesz odwrócić jego uwagę: włóż seksowny strój i zabójczo wysokie obcasy. Przynajmniej zyskasz dzień lub dwa na zastanowienie się, co robić.

– Nie wiedziałam, że buty mogą tyle zdziałać.

– O ile są to czerwone szpilki z witryny sąsiedniego sklepu.

– Te buty są droższe niż mój czynsz.

– Czy nie będą tyle warte, jeśli zadziałają? – spytała Brenda.

– A jeśli nie, to zapłacisz moje rachunki?

– Dysponuję niewielkimi oszczędnościami – przyznała z uśmiechem Brenda.

Kim starała się nie udusić od zapachu pachnących drzewek dolatującego z sąsiedniego boksu.

Nie chciała zabierać przyjaciółki na spotkanie. Nowy szef prawdopodobnie zagra nieczysto, a ona będzie musiała lawirować, by zachować pracę.

Chaz nie sprawiał wrażenia skłonnego do kompromisów. Czy jest palantem? Może. Chciał, by poczuła się skrępowana, i jego metoda okazała się skuteczna. A nawet gorzej: zawstydził ją.

Jednak jeśli znajdzie się blisko niej w miejscu publicznym, Kim może protestować przy świadkach. O tak, ten playboy na pewno będzie sprawiał kłopoty.

– Ma duże niebieskie oczy – rzekła melancholijnie. Potem popatrzyła na Brendę, mając nadzieję, że nie powiedziała tego na głos.

– Nie ma się czym martwić – podsumowała Brenda – bo prawdziwe demony mają czerwone oczy oraz ogon.

Chłód przeszedł Kim po plecach, łącząc się z ciepłem wywołanym niedawnym spotkaniem. Pomijając zmysłowe doznania, pytanie brzmiało, czy chce tu pracować. Odpowiedź brzmiała: tak. Nikt nie chce sprawdzać, jak długie są kolejki bezrobotnych w grudniu. Poza tym naprawdę lubiła większość kolegów.

Czy może sobie pozwolić na to, by z powodu klauzuli stracić pracę?

– A więc seksowna sukienka i buty? – powtórzyła.

Brenda pokiwała głową.

– Może to troszkę agresywne, ale działa od stuleci. Na przykład Mata Hari.

Kim przekrzywiła głowę.

– Och, nie podoba mi się to, co widzę w twoich oczach – stwierdziła Brenda.

– Nie mam pojęcia, o czym mówisz.

– Nie zrobisz nic głupiego, prawda? Jak próba pozbycia się Monroe'a, oskarżając go o molestowanie? – Brenda zrobiła krok naprzód. – To byłby okropny plan, Kim, akt desperacji, zupełnie nie w twoim stylu.

Kim przytaknęła.

– W każdym razie muszę się napić przed spotkaniem.

– Przecież nie pijesz.

– Właśnie.

– Jak uważasz – rzekła z powątpiewaniem Brenda. – Ale jeśli coś pójdzie nie tak, to zapisz mi proszę w testamencie czerwone szpilki i ten wygodny fotel, który stoi u ciebie przy oknie.

Kim złapała torebkę i ruszyła do wyjścia. Brenda ma rację, zemsta nie leży w jej naturze.

Jednak jeśli Chaz zachowa się jak grający nieczysto przeciwnik, będzie zmuszona przejść do planu C.

– Zabezpieczaj tyły, Bren! – zawołała przez ramię. – Idę na zakupy.

– Niech moc Maty Hari będzie z tobą – odkrzyknęła konspiracyjnie Brenda, gdy Kim dochodziła do drzwi.

ROZDZIAŁ TRZECI

Chaz ocenił ludzi przy barze. Młodzi mężczyźni w drogich garniturach i elegancko ubrane kobiety z kolorowymi drinkami.

On z trzydziestoma dwoma latami na karku, w sportowej kurtce, czuł się nieco nie na miejscu, choć kobiety patrzyły na niego z zainteresowaniem.

Przypuszczalnie połowa z nich dla niego pracowała, ale jeszcze go nie rozpoznawała. Do końca miesiąca pozna wszystkich pracowników, ale teraz chciał być incognito i po prostu obserwować otoczenie.

Wybrał stolik w nieoświetlonym kącie sali, usiadł na taborecie, oparł się plecami o ścianę i utkwił wzrok w drzwiach.

– Wielki Brat patrzy – rzekł pod nosem.

Nie lubił ekskluzywnych barów, gdzie króluje szpan. Wolał kawiarnie, bo tam toczyły się prawdziwe rozmowy. Jednak pewnie Kim uważa bar za bardziej neutralne miejsce. Zaletą był też brak intymnej atmosfery, która mogłaby mu przysporzyć kłopotów.

Zamówił piwo i dalej obserwował drzwi. Nie chciał przegapić momentu wejścia Kim.

Zastanawiał się, z którym z kręcących się wokół facetów chadza na randki. Ta myśl wprawiła go w zakłopotanie, bo wyobraził sobie, że ktoś inny może ją całować.

Wiedział, że zbyt dużą wagę przykłada do przelotnej wymiany zdań między nimi i na wyrost obsadza Kim w roli femme fatale. Zaraz się zresztą o tym przekona. Nikt nie lubi wyzywających kobiet, a Kim cieszyła się powszechną sympatią.

Dostał piwo wraz z numerem telefonu nabazgranym na serwetce. Rozejrzał się. Ładna brunetka przy stoliku obok uniosła kieliszek i uśmiechała się do niego. Odwzajemnił uśmiech. Najpierw interesy.

Wypił trochę piwa i nagle zamarł z butelką w ręce. Oto ona. Po raz trzeci tego dnia nie mógł od niej oderwać oczu. Stanowiła ucieleśnienie zmysłowości.

Obcisła krótka czerwona sukienka pulsowała słowem „seks". Wycięty dekolt odsłaniał szyję i kawałek ciała w kolorze kości słoniowej. Patrzył – nie tylko on zresztą – jak idzie przez tłum. Rozpuściła włosy, złotawe pasemka kołysały się poniżej linii brody i sprawiały wrażenie aureoli, choć żaden anioł nie śmiałby się tak ubrać.

Towarzyszyła jej brunetka. Dobrze się stało, że zaprosił Brendę Chang, która może zdołała przemówić Kim do rozsądku w kwestii zakresu obowiązków.

Pomógł mu kolejny duży łyk piwa. Chciał przekonać się, czy Kim McKinley podejdzie do niego, czy będzie oczekiwać na zaproszenie. Na jej pięknej twarzy nie gościł uśmiech. Kiedy wreszcie go dojrzała, skinął głową, odstawił na stół butelkę i wstał.

Gdy się zbliżała, objął wzrokiem jej postać. Wyglądała teraz na wyższą z powodu niebezpiecznie wysokich obcasów w rodzaju tych, jakie wyobrażał sobie na jej nogach. Błyszczące szpilki w odcieniu szkarłatu.

Nie mógł się powstrzymać i zagwizdał cicho. Ta kobieta wie, jak zrobić wejście.

Uniósł butelkę w geście powitania. Na pewno seksowny strój był przeznaczony dla jakiegoś szczęśliwego głupka, który z rozkoszą będzie go zdejmować. Możliwe, że skłamała w kwestii randki.

– Witam, panie Monroe – rzekła.

– Dobry wieczór – odparł i skinął głową.

Przebiegła między nimi iskra. Tego się nie spodziewał. Niezaprzeczalnie zadziałała chemia, najwyraźniej coś ich do siebie przyciągało.

– Przyprowadziłam kogoś, kogo powinien pan poznać – odezwała się, seksownie przeciągając samogłoski. – To Brenda Chang.

– Miło mi cię poznać osobiście, Brenda – powiedział.

– Dziękuję za zaproszenie – odrzekła Brenda.

– Słyszałem, że tworzycie zgrany zespół.

– Tak, to prawda – zgodziła się Brenda.

Była młodą i atrakcyjną kobietą o jasnej skórze, ciemnych oczach i szczupłej sylwetce, ubraną w gustowną niebieską sukienkę.

– Usiądźcie, proszę.

Kim usiadła na taborecie i skrzyżowała nogi, tak że jedna z jej ostrych jak sztylet szpilek znalazła się zaledwie kilka centymetrów od jego prawej łydki. Chaz zaczął się zastanawiać, na co miałaby ochotę, gdyby wylądowała z nim w łóżku.

Była to myśl z rodzaju tych, których przysiągł sobie nie mieć.

– Więc... – Celowo unikał patrzenia w miejsce, gdzie kształtne kolano Kim znikało pod barwnym jedwabiem. – Dzięki za spotkanie.

– Możemy od razu przejść do sedna? – zapytała Kim.

Jej reakcja go zaskoczyła, ale przytaknął.

– Domyślam się, że chciał pan porozmawiać na temat kampanii świątecznych?

Brenda posłała jej spojrzenie pełne zainteresowania.

– Tak – odparł. – Przeczytałem pani kontrakt. Ale może najpierw napijecie się czegoś?

– Może kieliszek chardonnay – oświadczyła Brenda lekko ochrypłym głosem i uśmiechnęła się do niego.

– Martini – powiedziała Kim.

– O rany – mruknęła Brenda, gdy usłyszała, co zamówiła przyjaciółka, i znów posłała Chazowi ujmujący uśmiech.

Oczywiście Kim wybrała koktajl obecnie modny wśród młodych ludzi sukcesu. Jednak z jakiegoś powodu Chaz oczekiwał, że zamówi wodę z cytryną.

Trochę rozczarowany z powodu pomyłki pomachał do kelnerki.

– Jakie martini? – spytał.

Dziwna rzecz, ale to proste pytanie chyba zbiło ją z tropu. Rzuciła bowiem Brendzie przelotnie spojrzenie.

– Zawsze zamawiasz tu appletini – rzekła Brenda.

– Tak, właśnie o to mi chodziło – stwierdziła Kim. Odwracając się do Chaza, dodała: – Więc na czym stanęliśmy?

Może się mylił, ale odniósł wrażenie, że nie miała pojęcia, co to jest appletini.

Był prawie pewien, że Brenda właśnie uratowała Kim od wpadki przy zamówieniu.

– Przeczytałem pani kontrakt i chciałbym, żeby zgodziła się go pani zmienić. Mam nadzieję, że potraktuje to pani w kategoriach przysługi dla firmy i klientów.

– Ma pan na myśli moich stałych klientów? – zapytała.

Chaz wzruszył ramionami. Sukienka Kim i jej chłodny ton zupełnie do siebie nie pasowały.

– Wiceprezes musi pilotować wszystkie projekty – dodał tytułem wyjaśnienia.

– No tak, fakt, musi – odparła Kim, akcentując słowo „musi".

– Jestem tu nowy i potrzebuję pomocy. Może stworzylibyśmy małą grupę wsparcia i zobaczyli, co z tego wyniknie?

– Zamieniam się w słuch i oddaję do pana dyspozycji. – Nie spojrzała na zegarek, ale dodała: – Przez następne dziesięć minut.

– Mówmy sobie po imieniu. Jestem Chaz.

Mimochodem zdał sobie sprawę, że Kim szybko oddycha. Sprawiała wrażenie spokojnej i opanowanej, ale w środku była spięta.

– Poproszono nas o zorganizowanie przyjęcia dla potencjalnego klienta. Brenda jest zawalona pracą, więc chciałem prosić cię o pomoc.

Spojrzał na Brendę, ta z kolei popatrzyła na Kim.

– Przykro mi. – Kim sięgnęła po kieliszek z drinkiem, który właśnie przyniesiono. – Od jutrzejszego południa jestem na urlopie.

– Podwoję premię świąteczną – odrzekł, chcąc sprawdzić, czy Kim zareaguje na pieniądze. – Do kwestii klauzuli możemy wrócić kiedy indziej.

Brenda upiła łyk wina i znad kieliszka patrzyła na Kim. Wydawała się zdenerwowana rozmową, a Chaz chciał zostać z Kim sam na sam.

– Przykro mi, ale nie mogę pomóc – powtórzyła Kim. Złotawe kosmyki włosów dotykały jej twarzy, gdy potrząsnęła głową. – Już mam określone plany.

Chazowi ta gra zaczynała się podobać. Ciekawe, jak daleko Kim się posunie... i jak daleko on będzie musiał posunąć się, by dopiąć swego.

– Może mała zmiana wchodziłaby w rachubę?

– Niestety, już za późno.

– A jeśli powiem „proszę"?

Przez chwilę siedziała nieruchomo, potem zaczęła kieliszkiem rysować na stoliku kółka. Chaz oczywiście zauważył, że kieliszek jest prawie pełen.

– Chodzi o potencjalnego klienta – odezwał się.

Upłynęło trochę czasu, zanim doczekał się odpowiedzi.

– Czy nie wspomniałeś, że czytałeś mój kontrakt? – rzekła w końcu z lekkim rozczarowaniem w głosie.

Był ciekaw, jak Kim zamierza to rozegrać. Z pewnością zdawała sobie sprawę, że ta decyzja może mieć wpływ na jej karierę. Wypił trochę piwa.

– Naprawdę mi przykro – odparła kilka sekund później. – Z chęcią pomogę kiedy indziej, pomogłabym i teraz, gdyby nie moja sytuacja.

– Sytuacja? – Nie mógł się doczekać dalszego ciągu. Według Alice Kim nie była zaangażowana w żaden poważny związek.

– Jestem... – zaczęła.

– To jest niezgodne z jej religią – dokończyła za nią Brenda i od razu zrobiła się czerwona.

Kim zaczęła wiercić się na taborecie. Nagle lewym ramieniem przypadkiem dotknęła barku Chaza.

Odruchowo się odsunął i wstrzymał oddech.

– Och, a więc dlatego nie pracujesz przy kampaniach świątecznych? – wykrztusił.

Powtórnie założyła nogę na nogę i zamrugała.

– Więc...

Nie zdołała dokończyć. Uroczy rumieniec pokrył jej szyję, tworząc ponętny obrazek. Ale w tej chwili Chaz miał ochotę przerzucić ją przez kolano i spuścić jej porządne lanie. A może powinien tylko pocałować te skrzywione usta i sprawdzić, czy to ją wytrąci z równowagi. Może wtedy powiedziałaby prawdę.

Równie dobrze mogła jednak wymierzyć mu policzek i wyjść z baru. Mogłaby nawet odejść z pracy, zabierając z sobą klientów.

Tymczasem nachyliła się nad stołem. Jego oczy powędrowały ku jej piersiom. Zdał sobie sprawę, że pod sukienką niczego nie ma. Choć to, co widział, przyspieszyło bicie jego serca, przyszło mu też do głowy, że ta nagła zmiana zachowania może być celowa. Kim pewnie chce go wytrącić z równowagi.

Byłoby to rozczarowujące, gdyż liczył na gorący spór w oparciu o argumenty, a nie gierki kobiety, która uważa, że coś jej się należy z powodu wyglądu.

– Jak mówiłem, chodzi o specjalną imprezę. Opowiem, jeśli zechcesz mnie wysłuchać.

Nie odpowiedziała od razu, nadal w zamyśleniu głaskała delikatną nóżkę kieliszka.

Zaczął się irytować. Zauważył, że Brenda przygląda mu się znacząco, co pozwoliło mu się uspokoić.

– Znajdę ci kogoś do pomocy – zaproponowała w końcu Kim.

– Kogo masz na myśli?

– Czy mogę was przeprosić na moment? – wtrąciła się Brenda. – Muszę, wiecie...

Jej wyjście było raptowne. Wydawało się, że Kim nie zauważyła odejścia przyjaciółki.

– No dobra – rzekła. – Proszę, mów, co to za projekt. Potem zasugeruję kogoś do pomocy.

Chaz z trudem powstrzymywał uśmiech. Kim trochę ustąpiła, znakomicie.

– Chodzi o przyjęcie świąteczne. Nic wielkiego, naprawdę, coś w rodzaju rodzinnej imprezy. Udekorowane drzewka, muzyka na żywo i kilka elfów.

– Elfów? – powtórzyła z sarkazmem w głosie.

Chaz przytaknął.

– Bez elfów święta się nie liczą. Poza tym będziemy potrzebować paczek. Dużych i małych, ozdobionych czerwonymi kokardami. I śniegu.

– Śniegu? – To zdziwiło Kim bardziej niż elfy.

– Oczywiście. Możemy wnieść śnieg do budynku, użyć maszyn lub wykorzystać rzeźby z lodu.

Grymas, który pojawił się na jej twarzy, mówił jasno, że jest idiotą, proponując coś takiego. Naprawdę wiele ją kosztowało, by go nie skrytykować.

– Nie jesteśmy organizatorami imprez – oznajmiła. – Wiesz, że to szanowana agencja reklamowa, prawda?

W tym przypadku Chaz nie zaprotestował. To był test. Nie mógł wyznać, że chodzi o przyjęcie dla jego rodziny, które zamierza przygotować, jeśli Kim zgodzi się mu pomóc.

Podczas przygotowań spróbuje dowiedzieć się, co ją tak bardzo drażni w świętach.

– Sterty biało-czerwonych lizaków – ciągnął. – A także inne dodatki dla stworzenia atmosfery.

Kim przymknęła oczy. Dłoń przestała gładzić kieliszek. Zdawało się, że wstrzymała oddech.

– To musi być ważny projekt – w końcu się odezwała.

– Rzeczywiście, bardzo ważny. Dla ciebie.

Wyraz twarzy Kim zmienił się w okamgnieniu. Wyprostowała się, a gdy to zrobiła, wraz z nią oddalił się cudowny leśny zapach perfum.

Chaz przestał się uśmiechać. Do licha, czy ostatnia uwaga nie miała przypadkiem podtekstu seksualnego? Na pewno nie chciał, by to tak zabrzmiało.

– To może być ogromny kontrakt – dodał, postanawiając, że jedno małe „tak" z jej strony, a dostanie swój upragniony gabinet.

Nie musi zjawiać się w jego mieszkaniu ani szeptać mu czułych słówek. To były tylko jego fantazje. Pobożne życzenia, którymi nakręca się większość mężczyzn. Kim powinna ustąpić tylko w tym jednym punkcie. Jednak, by oddać jej sprawiedliwość, przynajmniej nie uciekła.

– Kim jest klient? – zapytała uprzejmie.

– Nie wolno mi powiedzieć, chyba że zgodzisz się pomóc.

– Czy wspomniałam, że w przyszłym tygodniu jestem na urlopie?

– Dam ci dłuższy urlop w innym terminie.

– Nie mogę ci pomóc – oznajmiła.

Ale w miejscu samozadowolenia z powodu niezłomnej postawy Chaz wychwycił w jej głosie coś innego. Smutek? Żal?

Popatrzył na nią w zamyśleniu.

– Czy naprawdę chodzi o kwestie religijne?

Zaprzeczyła ruchem głowy.

– Jestem stuprocentową Irlandką. Od trzech pokoleń.

– Aha.

Wstrzymał oddech, gdy lekko dotknęła jego leżącej na stole ręki. Poczuł dotyk skóry, chłodnej od kieliszka. I chciał rozpiąć kołnierzyk.

– Będę z tobą szczera.

Gdy napotkał jej wzrok, odniósł wrażenie, że w nim tonie, a tłum wokół znika.

– Byłbym wdzięczny – odrzekł, lekko wytrącony z równowagi tym intymnym gestem.

Kobiece gierki na niego nie działały. Do realizacji swych fantazji też jej nie potrzebował. Ponętna brunetka z sąsiedniego stolika stale zerkała w jego stronę.

– Lepiej by było, gdybyś mnie do tego nie zmuszał – powiedziała.

– Wyjaśnij mi, co się za tym kryje, a może przestanę. Mam ludzkie odruchy, wiesz?

Gdy zmarszczyła brwi, jej delikatna skóra wokół oczu pokryła się zmarszczkami.

– Mam problem – wyznała.

Palce Kim rytmicznie poruszały się po jego ręce, akcentując słowa. Chaz zamienił się w słuch.

Tymczasem ona prowokacyjnie zwilżyła wargi koniuszkiem języka.

– Czuję się zawstydzona, mówiąc o tym – zaczęła. – Jeśli zwolnisz mnie z powodu tego wyznania, nie wiem, co zrobię. Bo to jest wyznanie bardzo osobiste.

Nadal nie cofnęła ręki. On zaś nie mógł oderwać spojrzenia od jej ust.

– Mam problem z Gwiazdką, ale nie chodzi o same święta. Sprzeciw wobec komercjalizacji świąt byłby śmieszny w przypadku kogoś z naszej branży, prawda?

Mizerny uśmiech sprawił, że uniosły się kąciki jej ust.

– Naprawdę chciałbym wiedzieć, o co chodzi – oświadczył Chaz.

Zaskoczyła go, bo przesunęła taboret bliżej i nachyliła się. Prawie dotykając jego ucha, wyszeptała:

– Mam problem ze Świętym Mikołajem.

Gdy odwrócił głowę, ich usta prawie się zetknęły. Czuł na skórze jej delikatny oddech.

– Mikołajem? – powtórzył zaskoczony.

– Tak – odparła zmienionym głosem.

Czy stroi sobie z niego żarty?

– Jak Mikołaj może być problemem? – spytał.

– Pragnę go – wyszeptała.

Zaczekał, aż dotarło do niego to, co usłyszał. I wtedy zaczął się śmiać. Kim McKinley zasługuje na nagrodę specjalną. Oczywiście nabija się z niego, i to od dłuższej chwili. Jej zdolności aktorskie warte są gromkich braw. Zdecydowanie kolejny punkt dla niej.

Nagle przestała się uśmiechać i zbladła. Orzechowe oczy zaszły mgłą, zupełnie jakby zdradziła jakiś straszny sekret.

Dochodząc szybko do siebie, powiedział:

– Przepraszam. Proszę, wybacz. Musiałem cię źle zrozumieć. W jakim sensie go pragniesz?

– Więc widzisz... ja...

Jej oczy patrzyły błagalnie. Nie mogła znaleźć słów. Teraz w mniejszym stopniu przypominała ognistą kobietę, a bardziej młodą zagubioną dziewczynę.

Ta zmiana go poruszyła. W odruchu empatii ujął w dłonie jej twarz. Czuł, że faktycznie chodzi o poważny problem. Patrzyła mu w oczy, a on nie odwrócił wzroku. Gdy rozchyliła usta, dostrzegł, że drżą.

To nie była ani gra, ani żarty.

Chcąc złagodzić ból malujący się w oczach Kim, dotknął ustami jej warg, zanim zdał sobie z tego sprawę. Jej usta były delikatne, o wiele przyjemniejsze, niż sobie wyobrażał. Jednak co najdziwniejsze, nie pocałował jej z powodu pożądania, lecz dlatego, by ją chronić.

Dostrzegł w Kim coś smutnego, co kryło się pod atrakcyjną powierzchownością. Chciał zwierzeń, a stłumił je pocałunkiem. Nie poruszał się, nie cofał, nie próbował niczego tłumaczyć. Podejrzewał, że Kim może zacząć krzyczeć, gdy ją puści.

Na pewno zasługiwał na policzek, choć w tych okolicznościach jego intencje były szlachetne.

Usta Kim, jej oddech i smak fascynowały, a kosmyki jasnych włosów go łaskotały. Szkoda już została wyrządzona, więc pocałował ją goręcej. Po chwili usta Kim rozchyliły się. Nie wycofała się. Uderzenie w policzek, którego Chaz się spodziewał, nie nastąpiło.

Ich ciała pozostały nieruchome, oddalone od siebie o zaledwie kilka centymetrów. Jej oddech był gorący i zmysłowy. Zaskoczony tymi doznaniami Chaz wsunął język do jej ust. Niespodziewanie Kim dołączyła do tego nieoczekiwanego faux pas.

Przez chwilę nie było już pracodawcy i pracownika, tylko mężczyzna i kobieta ulegający sile, którą próbowali daremnie ignorować. Chaz wyrzucił z głowy myśli na temat możliwych konsekwencji tego publicznego pokazu i poszedł na całość.

ROZDZIAŁ CZWARTY

Chwyciła się rękami stołu. Słyszała, jak kieliszek przewraca się, ale nie była w stanie zapobiec temu, by spadł na podłogę. Unieruchomiona prowadziła z nowym szefem rozgrywkę, tym razem w naganny sposób.

Wrażenia były cudowne, nie do opisania. Usta Chaza miały przyjemny smak piwa zmieszanego z pożądaniem. Z zamkniętymi oczami intensywniej czuła jego ciało. Po chwili, jakby niezależnie od niej, dłonie powoli uniosły się i powędrowały do kołnierzyka jego koszuli.

Wydawało się, że chwila ta trwa wiecznie. Jakaś część jej mózgu wysyłała ostrzegawcze sygnały. Natychmiast powinna nad sobą zapanować. Ten pocałunek mógł okazać się zgubny dla niej i dla niego. Jednak jej piersi stwardniały. Sukienka stała się ciasna i krępowała ruchy. Ciało drżało od nowych wrażeń.

Do diabła, naprawdę nie trawi tego faceta! Musi odzyskać kontrolę nad sytuacją. Plany A i B nie wypaliły, choć paradoksalnie powiodły się znakomicie.

Jego język ponaglająco dotykał jej zębów i dolnej wargi. Pocałunek, który zaczął się czule, szybko przybrał na sile. Przyciągnęła go bliżej.

Chaz Monroe uosabia męskość i siłę, nie mówiąc już o talencie do całowania. Nie podporządkowywał jej, nie obezwładniał. Choć to oburzające i niestosowane, chciała, by popchnął ją na stół i dotykał jej ciała.

Jednak nie posunął się do żadnych niedozwolonych pieszczot, do niczego, za co można by go spoliczkować i ostro przywołać do porządku.

Tak właśnie powinien wyglądać prawdziwy pocałunek, którego nigdy nie doświadczyła. Nikt tak jej nie całował, nie sprawiał, że chciała się zapomnieć. I właśnie gdy jej wola zaczęła jeszcze bardziej słabnąć, nacisk na jej usta zelżał. Wolno, jakby wbrew sobie, Chaz odsunął ręce, a w miejscach, gdzie jej dotykał, poczuła chłód.

Pozostał jednak blisko. Patrzył na nią pytająco i jakby ze zrozumieniem, co dla niej było czymś tak obcym, że błędnie odczytała to jako współczucie.

Oddalony o zaledwie kilka centymetrów zapytał:

– Więc o co konkretnie chodzi z tym Mikołajem?

Oczekiwała błysku rozbawienia w jego oczach i poczuła ucisk w żołądku. Czy Monroe właśnie udowadnia, że jest doświadczonym playboyem, który dostaje to, co chce? Drań! Prawie straciła dla niego głowę z powodu tego pocałunku. I to nie ona w końcu go przerwała.

– Kim? – Wypowiedział jej imię pieszczotliwie.

– Przepraszam – odezwała się z trudem. – Po prostu nie mogę.

Słowa te wypowiedziała sztywno, ze złością. Potem wstała. Nogi miała jak z waty.

– Kim – powtórzył Chaz, stając obok niej. Użył jej imienia, jakby pocałunek dał mu do tego prawo. – Proszę, pomóż mi, daj jakąś wskazówkę.

– To zabawne – odparła. – Właśnie to zrobiłam.

Było za późno na zwierzenia i wyjaśnienia. Atak paniki był tak silny, że rozbolał ją brzuch.

Potem przyszło zakłopotanie. Miała na sobie tę sukienkę i buty, które zgodnie z prognozą Brendy zdziałały cuda. Teraz jednak wyglądało na to, że Chaz zdołał ją zmanipulować. Gdyż po tym, co się wydarzyło, wszedł na nowo w rolę szefa i dalej zamierzał drążyć temat świąt.

Aby utrzymać równowagę, przytrzymała się krawędzi stołu. W tej chwili nie była w stanie powiedzieć mu prawdy, tak samo jak nie mogła pozostać w jego towarzystwie choćby chwili dłużej.

Idiotyczny pomysł z molestowaniem powrócił. Całowali się w barze wśród ludzi, w tym kolegów z pracy. Może nikt nie zauważył, że nie odepchnęła Chaza.

Po tym zmysłowym hipnotycznym pocałunku tylko tak zdoła wybrnąć z sytuacji – odegra rolę „ofiary", by uratować swój tyłek. Było to niskie, budzące pogardę rozwiązanie, ale to on w tej grze był prawdziwym mistrzem.

Nadał czując smak jego ust, uniosła rękę i uderzyła go w policzek, mówiąc głośno:

– Co pan sobie myśli, panie Monroe? Że skorzystam z okazji i wskoczę panu do łóżka?

Kołysząc się z wdziękiem w swoich absurdalnie drogich szpilkach, ruszyła w stronę drzwi.

Czuła na sobie zaciekawione spojrzenie Chaza i myślała, że o ile wcześniej chciała krzyczeć z frustracji, o tyle teraz z całkiem innego powodu.

Zszokowany Chaz uśmiechnął się do ludzi z sąsiedniego stolika i wzruszył ramionami. Nie mógł uwierzyć w to, co się stało. Nie potrafił oprzeć się Kim. Pocałował ją w publiczny miejscu.

Wiedział, co to oznacza. Odczekał kilka sekund, rzucił pieniądze na stół i ruszył za nią, postanawiając, że gdy ją dogoni, to jej nie przeprosi, bo sprowokowała ten cholerny pocałunek. Ta sukienka, te buty, to budzące litość spojrzenie...

Nie będzie też lepszego momentu, by dowiedzieć się, co Kim ukrywa. A że coś ukrywa, to pewne.

Połknął haczyk i wpadł w pułapkę. Możliwe, że zbliżenie w miejscu publicznym było od początku celem Kim. Jeśli tak, to byłaby prawdziwą mistrzynią manipulacji. W czasie pocałunku był pewien, że sprawia on jej tyle samo przyjemności co jemu. Uwierzył jej. Stał się ofiarą smutnego spojrzenia, które przesłoniło zalotne zachowanie. Był pewien, że pociąga Kim.

Co za frajer z niego, pomyślał, gdy odkrył prawdziwy powód jej zachowania. Uwiodła go, bo teraz może go oskarżyć o molestowanie albo szantażować. Pocałunek za klauzulę.

Nie podobało mu się jednak to, że zachował się jak głupek. Ludzie w barze gapili się na niego. Brunetka, która przekazała mu swój numer telefonu, znacząco mrugała. Jak mógł tak bardzo się pomylić?

Przysiągłby, że Kim spontanicznie zareagowała na jego pocałunek. O tak, była w tym cholernie dobra. Co za wspaniałe perfekcyjne przedstawienie.

– Ale to nie koniec – wycedził przez zęby, przeciskając się przez tłum.

Wypadła z baru na korytarz, który prowadził do wyłożonego marmurem holu. Gdy dotarła do wind, nacisnęła guzik i zniesmaczona tupnęła kilka razy nogą. Czuła się okropnie, była wręcz chora.

Śnieg, elfy, prezenty, lizaki działały na wyobraźnię. Nienawidziła tej prowokacyjnej czerwonej sukienki i butów, których nie mogła zwrócić.

Trudno, nie ma już odwrotu. Wykorzysta zaistniały incydent, jeśli Chaz będzie nadal drążył kwestię kontraktu. Do diabła z tym, że czuje się winna, bo uciekła się do podstępu.

Ogarnęło ją rozgoryczenie. Kiedyś chciała zaufać pewnemu mężczyźnie znanemu z dobrego charakteru i magicznych zdolności. Tak bardzo prosiła Świętego Mikołaja, by ściągnął ojca do domu. W każdą rocznicę jego odejścia modliła się, by matka przestała rozpaczać.

Kiedyś w tajemnicy napisała i wysłała do Świętego Mikołaja list. Ale on nie zadał sobie trudu, by odpowiedzieć lub spełnić jej życzenie.

Ojciec nie wrócił, a depresja matki tak się pogłębiła, że krewni chcieli zabrać Kim do siebie.

Pustka, której doświadczała, była podszyta młodzieńczym lękiem i samotnością. Matczyne tyrady i monologi wszędzie jej towarzyszyły, a poczucie winy sprawiało, że zawsze trzymała się blisko rodzicielki, która, jak jej się zdawało, nie wytrzymałaby kolejnego rozczarowania.

Tak było, zanim poszła do college'u, ale i wtedy poczucie winy jej nie opuściło. Z nią było wszystko w porządku, a matka nadal chorowała. Dziś dopadła ją ta sama choroba. Chciała komuś zaufać i dostała nauczkę. Chciała więc zranić Chaza, aby jej przeszłość pozostała sekretem.

– Kim? – usłyszała niski znajomy głos.

Na miękkich nogach odwróciła się. Co za nieustępliwy facet! Pochylił się nad nią i zanim zdołała zaprotestować, oparł się rękami o ścianę.

Potem przez chwilę milczał.

– Nie trzeba uciekać. – Jego głos był zbyt spokojny w porównaniu z wyrazem twarzy.

Uwięził ją między ramionami, jakby wiedział, że przy pierwszej okazji rzuci się do ucieczki.

Milczała. Nic mądrego nie przychodziło jej do głowy.

– Naprawdę nie widzę sensu prowadzenia tej otwartej wojny – powiedział. – Poprosiłem o spotkanie w dobrej wierze, żeby przedyskutować czekające nas wyzwania. Starałem się znaleźć jakieś rozwiązanie.

Spróbowała nacisnąć przycisk windy łokciem. Choć na dworze było zimno, w korytarzu było duszno.

– Wierzę, że możemy coś wymyślić – ciągnął. – Jeszcze chwilę temu sądziłem, że tego chcesz.

Z trudem oddychała. Bliskość Chaza przypominała jej, że popełniła błąd. Ten publiczny pocałunek może okazać się gwoździem do jej kariery.

W przeciwieństwie do Chaza ona nie zajmowała gabinetu wiceprezesa.

Chciała dotknąć warg, by zetrzeć z nich jego smak, ale nie mogła podnieść rąk. Emanujące z Chaza ciepło otoczyło ją, rozpaliło w środku.

– Próbowałam ci to wytłumaczyć – wykrztusiła.

Jego usta znajdowały się o kilka centymetrów od jej twarzy. Niebezpiecznie blisko.

– Ale tego nie zrobiłaś. Nie całkiem – odparł. – Nic z tego nie było prawdą?

– Więcej, niż ci się wydaje.

– Możesz to naprawić, Kim.

Potrząsnęła głową.

– Nie tylko ja pragnąłem tego pocałunku – zmienił temat.

– Więc mówisz, że wiesz, czego pragnę?

– No cóż, przynajmniej jedno z nas jest uczciwe. Przyznaję, że mi się podobało. Nawet bardzo.

– To dla mnie zawodowe samobójstwo i dobrze o tym wiesz.

– Więc wykorzystasz ten pocałunek przeciwko mnie?

– Mam wybór?

– Jeśli chodzi o pozew sądowy, możemy go nieco rozbudować. I nie musisz mnie policzkować. Po co, skoro nie ma świadków?

Przy każdym wdechu Kim czuła koszulę Chaza ocierającą się o jej sukienkę. Im bliżej się znajdował, tym bardziej obezwładniał ją jego zapach.

Pragnęła pocałunku, który obiecywały jego usta. Kolejnego, szczególnie że, jak zauważył, nie było wokół świadków. Znów znalazła się w tarapatach.

Chaz Monroe to nie tylko bystry łajdak, jego działania też są bardzo podejrzane.

Gdy jego usta wyznaczyły ślad na jej prawej skroni, podniosła głowę i napotkała jego spojrzenie. Musi go odepchnąć, jest jej szefem. Nikt w firmie by nie zaakceptował tego związku. Plotki są w tym biznesie plagą. Gdyby w najbliższej przyszłości awansowała, mówiono by, że stanowisko zdobyła przez łóżko. Niech cię licho, Monroe!

– Dlaczego nie zostawisz mnie w spokoju?

– Najwyraźniej ten kontrakt ociera się o kwestie osobiste, czego nie brałem wcześniej pod uwagę.

– Za tę konkluzję należą ci się brawa.

– Nie będę wiedzieć, o co chodzi, dopóki mi nie powiesz.

– To nie twój interes. Zostaw to, Monroe. Proszę.

– Albo co? Mały szantażyk dla wzmocnienia prośby? – westchnął. – Martwię się, to wszystko. Nie musimy prowadzić wojny, możemy zostać przyjaciółmi. Naprawdę umiem słuchać. Znajdźmy jakieś spokojne miejsce i przegadajmy to.

– Na przykład twój apartament?

Potrząsnął głową.

– Ale masz ochotę mnie tam zabrać – stwierdziła.

– Tylko głupiec by nie chciał.

– Poprosiłam, żebyś się odsunął.

Dotknął miejsca, gdzie został spoliczkowany.

– Tak, zrozumiałem.

– Odmawiasz?

– Tak, bo twoje zachowanie w barze mówiło coś innego.

– Skończmy tę rozmowę jutro – odparła – gdy przemyślimy wszystko i nabierzemy dystansu.

– Nie, sądzę, że lepiej dokończyć tę rozmowę teraz – odparował. – Naprawdę chcę wiedzieć, co cię gnębi. Wydawało mi się, że zaraz się rozpłaczesz.

Miał cudowne oczy. Jasnoniebieskie z drobinkami złota. Prawie nic się przed nimi nie ukryje. Teraz jego spojrzenie wyrażało potrzebę zrozumienia.

A może chce tylko dowiedzieć się czegoś więcej na temat jej kontraktu? Jest zbyt przystojny, zbyt chętny, by ją poznać. Mężczyźni tacy jak on często wykorzystują kobiety, tak mówiła jej matka. Jeśli powierzysz im sekret, zdradzą go, jeśli dasz im miłość, zniszczą ją.

Kim rozpaczliwie chciała uciszyć głos matki. Zakryłaby uszy, gdyby Chaz jej na to pozwolił.

– Jeśli masz zamiar mnie zwolnić za to, że cię uderzyłam, proszę bardzo – odezwała się nieco zbyt nerwowo. – Nie ma potrzeby, żebyśmy dalej wzajemnie się upokarzali.

– Zwolnić cię? Upokorzyć? Chciałem się z tobą spotkać poza biurem, żeby tego uniknąć.

– A więc przyznajesz, że chcesz mnie zwolnić?

– Wcale nie mam takiego zamiaru, Kim. Musisz mi uwierzyć.

– Więc dlaczego nie zostawisz mnie w spokoju? Wszystko było dobrze, zanim się tu nie pojawiłeś.

– Dobrze? Firma zaczęła mieć kłopoty, o ile znasz wyniki finansowe za zeszły rok. Przyszedłem, żeby pomóc agencji wyjść na prostą. Sukces firmy jest dla mnie ważny, ponieważ mam w niej udziały. Wszyscy muszą się zabrać do pracy, ty też. Jeśli jesteś jedną z najlepszych pracownic, twoja pomoc jest potrzebna we wszystkich działaniach.

– To, co robię, znacznie wykracza poza zakres moich obowiązków.

– Wiem, ale i tak muszę cię prosić o rzeczy, które niekoniecznie chcesz robić. Wyłącznie dla dobra firmy.

– Nie dlatego, że masz ochotę mnie znów pocałować?

– Tak, do licha, mam na to ochotę. Ale wierz lub nie, potrafię nad sobą zapanować.

W miarę mówienia zbliżył się do niej jeszcze bardziej, Kim czuła ciepło jego ciała. Jednak to jego usta przede wszystkim przykuwały jej uwagę.

– Masz szansę na awans – oznajmił. – Oczekuję tylko, że zrobisz to, o co proszę, lub że wytłumaczysz, dlaczego nie możesz tego zrobić. Zrób to dla mnie, a porozmawiamy o twoim awansie.

Kim zamknęła oczy. Podobnie jak poprzedni wiceprezes Chaz Monroe obiecuje jej gruszki na wierzbie, nie mając możliwości spełnia obietnicy. Gdyby miała zostać wiceprezesem, on musiałby odejść.

– Chcę, żebyś zostawił mnie w spokoju – powtórzyła.

– Firma cię potrzebuje.

– Tak. Przytulasz się do mnie w miejscu publicznym, a ja naprawdę czuję, jak bardzo mnie potrzebujesz.

I to zamykało sprawę. Koniec podchodów i gierek. Właśnie się pogrążył. Z ponurym uśmiechem Kim sięgnęła po torebkę. Odepchnęła Chaza, wyjęła dyktafon i wystudiowanym ruchem wyłączyła urządzenie.

Popatrzył na nią ze zdziwieniem, jakby do końca nie wierzył w to, co widzi.

– Jutro mój prawnik skontaktuje się z twoim, jeśli jeszcze raz napomkniesz o kontrakcie – oznajmiła, wysuwając się spod jego ramienia. – Temat molestowania jest ci obcy, szefowi numer jeden?

Teraz patrzył na nią, jakby poczuł się zdradzony i zraniony. Opuścił ręce, wyraz jego twarzy stał się trudny do odczytania.

Winda w końcu nadjechała i Kim do niej wsiadła. Była kłębkiem nerwów, ręce jej drżały. Chciała cisnąć dyktafonem w Chaza. Czuła, że chwieje się na nogach.

On zaś stał nieruchomo. Nie był zły, tylko rozczarowany. Zastawiono na niego zasadzkę, zaatakowano go.

A ona myślała, że wykorzystał swą pozycję. Facet, bez względu na to, jak jest przystojny i uroczy, nie powinien sobie pozwalać na takie rzeczy. Wiceprezes powinien o tym wiedzieć.

Mocno przygryzając wargę, Kim nacisnęła torebką przycisk w windzie. Czy jest dumna z tego, co zrobiła? Nie. Szczęśliwa? Wprost przeciwnie. Czuła się brudna. Zrobiła, co musiała, i Chaz Monroe jej nie pokona.

Nic dobrego z pozwu nie wyniknie, więc miała nadzieję, że Chaz zda sobie z tego sprawę i przestanie ją nękać.

Czarne chmury, które tak bardzo starała się rozproszyć, znów nad nią zawisły. Wyobraziła sobie uśmiechającą się matkę i poczuła, że blednie. Wieczór dobiega końca i jest zbyt późno, by się wycofać.

– Dobranoc – powiedziała ze ściśniętym gardłem.

Tymczasem on bez ruchu stał w korytarzu, patrząc jej w oczy do czasu, aż drzwi windy się zamknęły.

ROZDZIAŁ PIĄTY

No proszę, co za blef.

Kim wykazała się wytrwałością i sporą kreatywnością, a jednak rezultat go rozczarował. Nie zakładał, że Kim aż tak daleko się posunie.

Gdy winda odjechała, wzruszył ramionami. Wiedział, że Kim na pewno czuje się choć trochę winna po tym, co jej na koniec powiedział. Nie jest tępa.

Słysząc stukot zbliżających się obcasów, odwrócił się i odezwał:

– Zupełnie co innego ustaliliśmy.

Brenda podeszła do niego ze zmarszczonym czołem.

– Czuję się, jakbym właśnie wbiła nóż w plecy najlepszej przyjaciółki.

– Zostawiłaś nas z dobroci serca?

– Tak, ale nie zapłaciłeś mi wystarczająco dużo, żebym ją zdradziła.

– W ogóle ci nie zapłaciłem.

– O tym właśnie mówię.

– Chciałem koniecznie do niej dotrzeć. – Chaz potrząsnął głową, zerkając na windę.

– Nie masz pojęcia, jak bardzo chciałaby skapitulować. Po prostu nie jest na to jeszcze gotowa – stwierdziła Brenda.

– Naprawdę nie możesz powiedzieć, na czym polega jej problem?

– Nie, dopóki ona się nie zgodzi.

Znów w roztargnieniu spojrzał na windę.

– Co teraz? – Głos Brendy był przygaszony.

– Mam związane ręce. Chce, żebym zostawił ją w spokoju.

– To wiedziałeś wcześniej.

Rzucił jej wystarczająco wyraźne spojrzenie, by zrozumiała, że nie jest w nastroju do dyskusji.

– W porządku – odrzekła. – Ale lepiej, żebyś okazał się porządnym facetem, bo inaczej będziesz miał dodatkowe problemy. Jestem tego pewna.

Chaz odchylił się do tyłu, by odczytać numery pięter wyświetlające się ponad drzwiami windy.

– Jeśli wróciła do biura, zostanie tam długo?

Brenda wzruszyła ramionami.

– Potrzebuje cię? – zapytał.

– Wątpię. Zresztą pewnie wjechała piętro wyżej i zeszła schodami przeciwpożarowymi, żeby nikt jej nie zauważył.

Oczy Brendy rozszerzyły się, gdy dotarło do niej, że powiedziała za dużo.

– Taka jest sprytna?

Brenda westchnęła.

– Każda kobieta by tak zrobiła. Uniki są wpisane w nasze DNA.

– To co zrobi potem?

– Powścieka się, a potem zacznie myśleć.

– W gruncie rzeczy nie ma nad czym – orzekł. – Nikt mnie nie wyrzuci ani nie pogrozi palcem.

Brenda przytaknęła.

– Wiem, kim jesteś. Mogłeś zmienić nazwisko, jeśli nie chciałeś się ujawniać.

– Sprawdzałaś mnie?

– Internet to przydatne narzędzie – wyjaśniła Brenda.

– Więc wiesz, co tu robię?

– Hm.

– Powiesz jej?

– Już bym to zrobiła, gdybyś za nią nie poszedł.

– Kiedy się dowie, odejdzie z pracy?

– Nie zdziwiłabym się. Ja bym tak zrobiła, gdybym dowiedziała się, że facet, którego postanowiłam szantażować, jest właścicielem firmy.

– Ja bym zgodził się na świąteczną fuchę i pracował dalej – odparł Chaz.

– Tak, ale ty śpisz na milionach i nie masz kobiecych hormonów. Kim mieszka w malutkim mieszkaniu, na które ledwo ją stać, za to blisko biura, bo i tak większość czasu spędza w pracy.

Chaz zerknął na nią z ukosa.

– Wszystko jasne.

– Na pewno? Ona nie robi sobie z ciebie żartów. Prowadzi naprawdę ważne i trudne projekty.

Spojrzał ponownie na windę, która faktycznie zatrzymała się dwa piętra wyżej.

– Pewnie nie powiesz mi, gdzie mieszka?

– Nazywam się Chang, nie Judasz.

– Chcę ją zatrzymać, Brenda. Chcę powiedzieć jej, kim jestem, zanim zrobi coś głupiego.

– Więc chcesz do niej wpaść do domu?

– Masz lepszy pomysł?

– Myślę, że to wykracza poza zawodowy obowiązek.

Chaz stwierdził, że Brenda ma rację. Był zainteresowany czymś więcej.

Nie mógł przejść do porządku dziennego nad istniejącym między nimi napięciem, które doprowadziło do pocałunku i w jego przypadku wcale nie osłabło. Ale jak zawsze są dwie strony medalu. Jeśli chce zatrzymać Kim w agencji, jego zachowanie może zaszkodzić jej opinii. Z kolei jeśli Kim odejdzie, zabierając z sobą ważnych klientów, agencja może na tym bardzo ucierpieć.

Sytuacja, którą próbował naprawić, nagle wydała mu się beznadziejna.

– Masz rację, Brenda. Kim sama musi zadecydować, co zrobi. Nie ma tu miejsca na uczucia.

Brenda przekrzywiła głowę i badawczo na niego spojrzała.

– Uczucia, mówisz?

Wzruszył ramionami.

Westchnęła głośno i otworzyła torebkę. Wyjęła kawałek papieru i długopis, nabazgrała coś i podała mu kartkę.

– Jeśli powiesz jej, że masz to ode mnie, powiem, że kłamiesz. Możemy założyć się, komu uwierzy.

Po chwili wahania podała mu coś jeszcze. Malutki dyktafon podobny do tego, którego Kim użyła do nagrania ich rozmowy.

Chaz spojrzał na nią pytająco.

– Nagrałam coś na wypadek, gdybyśmy z Kim chciały się kiedyś pośmiać – oznajmiła. – Może posłuchasz, zanim ją odnajdziesz? To zaoszczędzi wszystkim poważniejszych kłopotów.

Chaz schował magnetofon do kieszeni.

– Mam rozumieć, że mi ufasz?

– Do diabła, nie. To łapówka, żebyś nie prosił mnie więcej o pomoc.

Uznał, że naprawdę lubi Brendę Chang.

– Czy mnie zabije, jak się u niej zjawię? – zapytał.

– Ja bym tak zrobiła.

Uśmiechnął się.

– Czyli to beznadziejne przedsięwzięcie?

– Zdecydowanie!

– Dobra, w takim razie życz mi szczęścia.

– Szefie, będziesz go naprawdę potrzebować – zadeklarowała.

Kim strasznie bolały nogi. Szpilki nadają się na stojące imprezy, a nie na włóczenie się po nowojorskich chodnikach – w przeciwieństwie do tego, co sugerują seriale telewizyjne. Szpilki szczególnie nie nadają się do chodzenia po oblodzonych powierzchniach.

Obcasy nieprzyjemnie stukały o chodnik, gdy przeciskała się między przechodniami. Wyszła z biura bez płaszcza, czerwona sukienka zwróciła uwagę kilku mężczyzn i wywołała gwizdy. Idioci. Przecież musiała jak najszybciej wyjść z budynku.

Chaz ruszył za nią korytarzem. Gdyby wsiadł z nią do windy, nie wiadomo, co mogłoby się zdarzyć.

Zatrzymała taksówkę, a gdy ta stanęła, przebiegła przed jej maską przez ulicę, wykorzystując chwilę, w której ruch został zablokowany. Kierowca zaklął pod nosem i może nawet wystawił środkowy palec.

Nie zatrzymała się, by to sprawdzić. Na szczęście jej mieszkanie znajdowało się za rogiem.

Szła ze spuszczonym wzrokiem, unikając widoku świątecznie udekorowanych witryn. Celowe odwracanie od nich wzroku wydawało się szczególnie ważne teraz, po rozmowie z Chazem. I tak była na skraju załamania nerwowego. Poczuła ulgę, nie widząc nikogo w stroju Mikołaja. Ten widok nie tylko przywołałby stare żale, ale przypomniał jej własne słowa. Pragnęła Mikołaja...

Tak, powiedziała to. No dobra, w chwili paniki wykorzystała śmieszną wymówkę Brendy. Poczuła się jeszcze gorzej.

Skinęła głową na powitanie dozorcy domu i przemknęła się do windy bez zwyczajowej wymiany kilku zdań.

Gdy znalazła się mieszkaniu, oparła się o drzwi i głęboko odetchnęła. Naprawdę czuła się źle.

Dziś wieczorem padła ofiarą nauk matki. Przez użycie dyktafonu cofnęła się o kilka lat. Poczucie winy się zwiększyło. Z małego frontowego pokoju wyczuwała zapach ciastek, które odważyła się upiec poprzedniego wieczoru. Świątecznych ciasteczek!

To pierwszy przejaw nielojalności wobec matki.

Jej nowy szef mówił o cudownych rzeczach – elfach, śniegu, obwiązanych czerwoną wstążką prezentach. Dałaby sobie odciąć kawałek palca, by włączyć się we wszystko, co się wokół niej działo.

A potem pocałowała Chaza.

Opuściła głowę. Prawda była taka, że pragnęła partnera, seksu, kolorowych świąt, tego wszystkiego, co matka negowała. Teraz, gdy jej już nie ma, odrzucenie balastu przeszłości powinno być łatwiejsze.

Chaz to wariat. Na pewno.

Bo jeśli nie on, to ona jest wariatką.

Rzuciła torebkę na podłogę, dotarła do kanapy i opadła na nią, słysząc, jak w sukience puszcza szew.

Chaz popatrzył na wysoki blok z cegły. Tu mieszka Kim McKinley, a on zamierza naruszyć jej prywatność, ponieważ nie może się od tego powstrzymać.

Kim ma apartament w domu, który z zewnątrz przypomina miejsce, w którym on sam mieszka. Nie znał Kim na tyle dobrze, by ocenić jej zdolności dekoracyjne, ale zakładał, że kieliszki do martini nie są rzucającym się w oczy elementem wnętrza.

Właściwie w ogóle jej nie znał i to fizyczny pociąg popychał go dziś do robienia rzeczy, na które nigdy wcześniej by się nie odważył.

Skinął dozorcy uprzejmie głową i wszedł do środka. Dozorca podniósł słuchawkę i wykręcił numer.

– Słucham? – odezwała się Kim po dłuższej chwili.

Po krótkiej wymianie zdań dozorca podał mu słuchawkę.

Słysząc jej głos, przez chwilę czuł pustkę w głowie. Miał świadomość, że zachowuje się jak szaleniec lub desperat, ktoś, kto nie chce pogodzić się z przegraną. Uprzytomnienie sobie tego tylko go rozwścieczyło.

– Dostawa dla Kim McKinley, królowej reklamy – odezwał się neutralnym tonem. – Nie jestem pewien, ale po widoku paczki wnioskuję, że może ona zawierać przeprosiny.

W słuchawce zapadła cisza, a jego serce zaczęło mocniej bić.

– To tylko pogorszy sprawę molestowania – w końcu powiedziała. – Nękanie jest chyba poważnym przestępstwem.

– Tak, ale co znaczy rok dłużej za kratkami, kiedy tak wiele jest do stracenia?

– To nie jest śmieszne, Monroe.

– Fakt. W końcu w jakiejś sprawie się zgadzamy.

– Nie możesz wejść na górę.

– To może zeszłabyś na dół?

– Przykro mi.

– Jest ci przykro?

Po chwili wahania zaprzeczyła.

– Nie zabrzmiało to zbyt przekonująco – zauważył. – Jest przepaść między tym, co mówisz, a tym, czego nie mówisz, zastanawiam się więc, co naprawdę myślisz.

Tym razem cisza zapadła na dłużej. Opuścił słuchawkę, by nie usłyszała jego westchnienia, choć teraz może z kolei usłyszeć, jak szybko bije mu serce.

– Po prostu nie rozumiesz sytuacji – rzekła oskarżycielskim tonem. – W ogóle cię nie znam.

– Znasz mnie na tyle, żeby wnieść przeciwko mnie oskarżenie za chwilę nierozwagi. Stwierdziłem też, że mogę posiedzieć o rok dłużej, jeśli będziesz uważała to za stosowne, ale najpierw, proszę, omówmy całą sprawę.

– Czy mogę to dostać na piśmie?

– Nie mam przy sobie długopisu.

– To było do przewidzenia.

– Ale przecież masz dyktafon – przypomniał jej.

Cisza.

– Potrafię być nieustępliwy, Kim. Pozew, szantaż czy coś innego, nadal muszę zajmować się firmą, bo jej los leży w moich rękach. Nie masz w sobie odrobiny empatii? Nie możesz postawić się na moim miejscu?

– Powinnam być na twoim miejscu!

– Było, minęło. Jak długo będziesz żywić do mnie urazę?

Nastąpiła kolejna chwila ciszy. Wstrzymał oddech.

– Chcę porozmawiać z Samem – oznajmiła w końcu.

– Samem?

– Dozorcą.

Chaz zawołał go i przekazał mu słuchawkę.

– Się rozumie – powiedział Sam do telefonu, kiwając głową. – Oczywiście, panno McKinley.

Potem zakończył połączenie.

– Co powiedziała? – zapytał Chaz.

– Mam coś od pana zabrać tytułem zabezpieczenia i wpuścić na górę.

– Przepraszam?

– Panna McKinley chce, żebym wziął jakiś okup. Odbierze go pan przy wyjściu. Mam zadzwonić na policję, jeśli w ciągu godziny to nie nastąpi.

– Ale co mam panu dać? Portfel?

– Wartość okupu zależy od tego, co jest w środku – ciągnął Sam.

– Do kogo mam zadzwonić, jeśli po powrocie okaże się, że nie ma ani pana, ani mojego portfela?

Sam osłupiał, słysząc tę sugestię.

– Mam szufladę zamykaną na klucz.

– Jakim dozorcą pan jest?

Sam wyciągnął rękę.

– Takim, który troszczy się o podopiecznych.

Chaz sięgnął po portfel, wyjął pieniądze i karty kredytowe, potem podał portfel i dwudziestodolarowy banknot ochroniarzowi.

Resztę pieniędzy zatrzymał dla siebie.

– To na wypadek, gdybym w drodze na górę musiał jeszcze komuś się opłacić.

Sam uśmiechnął się szeroko i nacisnął guzik windy.

– Mieszkanie sześćset dwanaście. Miłego wieczoru.

Winda jechała wolno, była chybotliwa.

Chaz wysiadł na szóstym piętrze. Odnalazł drewniane drzwi z numerem 612, które lśniły w świetle wiszącego w pobliżu kinkietu. Zanim zapukał, wciąż zastanawiał się nad tym, jak może wyglądać mieszkanie Kim.

Pokaż mi swoje mieszkanie, a powiem, ci kim jesteś. Jeśli Kim uwielbia obite perkalem krzesła, poduchy w hurtowych ilościach i kotary obszyte frędzlami, nie był pewien, co zrobi. Może weźmie nogi za pas. Choć ostatecznie nie ma zamiaru się z nią żenić.

Chciał tylko... Było jasne, że te idiotyczne spekulacje miały go uspokoić przed spotkaniem.

Włączając nagrywarkę w dyktafonie, który spoczywał w jego kieszeni, cicho zapukał.

– Tak? – zawołała.

– Monroe. Dodam, że nie do końca spłukany, bo Sam okazał mi litość. Myślę, że poznał twoje prawdziwe intencje, czyli to, że chcesz mi pokazać, gdzie jest moje miejsce.

– Mów, co masz do powiedzenia, i odejdź.

– Stojąc za drzwiami? Co pomyślą sąsiedzi?

Drzwi otworzyły się na centymetr. Twarz Kim pojawiła się za mosiężnym łańcuchem.

– Nie mamy sobie dziś nic więcej do powiedzenia.

– Więc dlaczego wpuściłaś mnie na górę?

– Żeby powiedzieć ci to w oczy.

Od razu zauważył, że jest niższa. Zdjęła szpilki, ale nadal miała na sobie czerwoną sukienkę, która błyszczała w świetle lampy.

– Więc dlaczego przyszedłeś?

– Lubię wyzwania.

– To ma być komplement, czy musisz wygrać za wszelką cenę?

– Zwycięstwo to nie wszystko – odparował. – Przyszedłem, bo chcę cię zrozumieć.

– Których słów z „to nie twój interes" nie rozumiesz?

– Pocałowałaś mnie – powiedział, zastanawiając się, po co poruszył ten drażliwy temat.

– Więc?

– Zrobiłaś to spontanicznie czy z wyrachowania?

Zamknęła drzwi na dobre.

– Wolisz rozmawiać na temat kontraktu? Albo o twojej gadce o Mikołaju w barze?

Drzwi otworzyły się ponownie. Kim z cierpką miną pojawiła się w zasięgu jego wzroku.

– To nie jest śmieszne.

Wzruszył ramionami.

– Co więcej mogę stracić?

– Może pracę?

– No dobra, Kim. Ale pamiętaj, że zmusiłaś mnie do tego.

Wyjął z kieszeni dyktafon, który dała mu Brenda. Przesłuchał nagrania po drodze, po czym wrócił do początku – na wypadek, gdyby musiał się nim posłużyć. Teraz nacisnął przycisk „play" i w malutkich głośnikach zabrzmiał głos Brendy.

Po puszczeniu wybranych fragmentów Chaz schował magnetofon.

– Potem było coś o tworzeniu iluzji, butach, terapii i obsesji na punkcie Świętego Mikołaja.

Kim w milczeniu się w niego wpatrywała.

– Wydaje mi się także, że padła wzmianka o tym, żeby mnie uwieść, co może zniweczyć plany związane z pozwem i szantażem.

Kim zbladła.

– Więc żadnej obsesji na punkcie Mikołaja nie ma? Wymyśliłaś to?

Teraz wyglądała tak, jakby miała zaraz zwymiotować. Zrobiło mu się przykro.

Chciał jednak, by go wpuściła. Chciał tam wejść z powodów, których wolał nie rozważać.

– Czego chcesz? – zapytała.

– O pomoc w przygotowaniu świątecznego przyjęcia.

– Nie masz pojęcia, o co prosisz.

– I w tym rzecz. Chcę zrozumieć. Dopóki tego nie zrobisz, jesteśmy w punkcie wyjścia.

– Nie. Wracamy do kwestii, że zająłeś moje miejsce w agencji, a mnie od teraz tam już nie ma.

Chaz potrząsnął głową.

– Jesteś strasznie uparta. Nikt nie chce, żebyś odeszła. Przyszedłem tu, żeby powiedzieć ci to osobiście, ryzykując uszczerbek na swoim ego. Czy nie zdobywasz przez to punktu, o ile notujesz wyniki kolejnych rund?

Zbladła jeszcze bardziej. Możliwe, że nie była przyzwyczajona do bezpośrednich konfrontacji.

Uniósł dyktafon.

– Może wyjmiesz swój i wyrzucimy oba przez okno?

– Znajdujemy się na szóstym piętrze.

– Niewielka szansa, że ocaleją, prawda?

– Mogą kogoś uderzyć. Na przykład Sama.

Chaz w roztargnieniu pokiwał głową.

– Dobra, masz rację. Może prościej będzie, jak się nimi wymienimy. Wtedy żadne z nas nie będzie miało na drugiego haka.

– To śmieszne – skomentowała. – Czego chcesz?

– Rozmowy i przyjęcia świątecznego. To wszystko.

– Dobra.

– Dobra? – powtórzył zdumiony jej odpowiedzią.

– Kiedy ma być to cholerne przyjęcie? – zapytała.

– Mniej więcej za tydzień.

– To tylko kilka dni przed...

– Gwiazdką – dokończył Chaz.

– Mogę wykonać parę telefonów – rzekła niepewnie.

– Dziękuję.

Nie był pewien, czy odczuwa ulgę, ponieważ zwycięstwo w tej rundzie nie dało mu oczekiwanej satysfakcji. Kim poddała się, bo została do tego zmuszona. Świadczyła o tym nagła zgoda. Być może przegrał, wygrywając, czego od razu pożałował.

– To jedyna rzecz, którą dla ciebie zrobię – dodała, potwierdzając jego ocenę sytuacji.

Powinien powiedzieć jej, że wcale nie musi pracować nad tym idiotycznym projektem i że jest mu przykro, że zmusił ją do tego. Ze zdziwieniem uświadomił sobie, że złamanie jej go wcale nie cieszy, ponieważ polubił tę niepokorną Kim.

– Wiem, że może zdecydujesz się odejść, ale mam nadzieję, że przekonam cię, żebyś została. Przykro mi, że poznaliśmy się w takich okolicznościach – ciągnął.

Choć zabrzmiało to strasznie poważnie, naprawdę tak myślał. Zwalczył też impuls, by wyrwać łańcuch i wziąć w ramiona Kim.

Postąpiłby instynktownie, by ją chronić i podnieść na duchu, choć nie wiedział dlaczego. No dobra, może i wiedział, dlaczego chciałby trzymać ją w ramionach. Zaczął ją lubić bardziej, niż było to stosowne, i to mimo numeru w barze, jaki wywinęła.

– Gdzie jest to przyjęcie? – Jej głos zabrzmiał sucho.

– Jutro podam ci szczegóły. Chyba że mnie wpuścisz – odrzekł.

– Dobranoc, Monroe. Myślę, że na dziś wystarczy.

Zamknęła drzwi.

Zaczął rozważać, czy nie zadzwonić do brata i poprosić go o radę. Starszy od niego o cztery lata Rory zawsze walił prosto z mostu.

Zawsze też przejmował inicjatywę, brał to, co chciał i ponosił konsekwencje. Czasami sprawiał wręcz wrażenie lekko niepoczytalnego.

Kim McKinley zgodziła się pomóc. Wkrótce dowie się, że nie tylko jest jej szefem, ale i właścicielem agencji. Teoretycznie nic to nie zmieniało, ale mogła poczuć się oszukana. Mógłby ponownie zapukać i powiedzieć jej o tym, zanim zrobi to Brenda.

A co będzie, gdy szybko sprzeda agencję, jak zamierzał? Pomagając Kim, robił dobry uczynek. Gdy szedł do windy, powtarzał sobie, że przynajmniej spróbował. Ale zanim do niej dotarł, usłyszał otwierające się drzwi. Odwrócił się i zobaczył Kim stojącą w korytarzu z rękami na biodrach.

Była trupio blada i miała lekko otwarte usta, bo najwyraźniej nie była w stanie nic z siebie wydusić.

A on pomyślał, jak wspaniale wygląda, nawet gdy jest wściekła.

ROZDZIAŁ SZÓSTY

Walcząc ze złością, stawiła czoła Chazowi. Czuła denerwujące szybkie bicie pulsu.

– Jesteś draniem – wycedziła. – Prowadzisz jakąś grę? Jestem tego pewna!

– To nie była gra, zanim mnie pocałowałaś, a potem nie wyjęłaś dyktafonu – odparł.

Drzwi sąsiedniego mieszkania otworzyły się. Sąsiad chciał sprawdzić, co się dzieje.

Kim uśmiechnęła się do niego blado.

– Różnica zdań – wyjaśniła.

– Kłótnia kochanków – dodał Chaz sarkastycznie.

– Idźcie gdzie indziej. Przeszkadzacie mi w kolacji – poprosił starszy mężczyzna, zamykając drzwi.

Oskarżycielsko pokiwała palcem.

– Skąd masz dyktafon? Założyłeś pluskwy, żeby wiedzieć, co się dzieje w biurze?

– Przypadkowo wpadło mi to w ręce.

– Już ci wierzę!

– Może jednak wejdę do środka – zasugerował. – Pozwy już nie stanowią przeszkody, prawda? Chyba że...

– Chyba że co? – warknęła.

– Chyba że boisz się tego, co zapowiedziałaś w nagraniu.

– O czym ty mówisz?

– O uwiedzeniu.

– Skończ z tym, Monroe. To nie był plan, to było takie babskie gadanie.

– A jednak wprowadziłaś je w życie – zauważył, odgarniając kosmyk, który spadł mu na czoło.

W żadnym razie nie przypominał potwora. Wbrew jej oczekiwaniom nie wyglądał też na zadowolonego. Szczerze mówiąc, był chyba z siebie równie niezadowolony co ona.

– Nie myślałeś... – Zawahała się, a po chwili podjęła na nowo: – Nie przyszedłeś tu, żeby...

– No cóż, chyba jednak dlatego – odrzekł.

– To śnij dalej.

Czy można pogardzać facetem, a jednocześnie chcieć iść z nim do łóżka? Chaz Monroe miał w sobie coś seksownego, co ją niezwykle pociągało. Najwyraźniej też wiedział o jej słabości do niego.

Kim stanęła na szerzej rozstawionych nogach, by dodać sobie animuszu.

Szwy w sukience mało nie zatrzeszczały.

– Gdybyś mnie wpuściła, zakończylibyśmy tę patową sytuację – zasugerował.

Rozejrzała się po korytarzu. Lada chwila sąsiad ponownie się pojawi. Ta rozmowa nie powinna toczyć się w publicznym miejscu, jednak Kim bała się znaleźć się sam na sam z tym facetem.

– Sprzeniewierzylibyśmy się także etyce zawodowej – zauważyła.

– Na szczęście już nie mówię o sprawach zawodowych, Kim. Wydaje mi się, że ty także.

Zbliżył się do niej, pokonując dużymi krokami dzielącą ich odległość. Nie znalazła w nim żadnej skazy, może z wyjątkiem koszuli widocznej pod rozpiętą kurtką, która nadal nosiła na sobie ślady jej dotyku.

Charakteryzowała go optymistyczna, zasługująca ze wszech miar na potępienie wytrwałość. Nie wiedziała natomiast, co się dzieje w jego głowie.

– Słuchaj, Kim – odezwał się. – Prawda jest taka, że na ten wieczór chcę odłożyć na bok sprawy zawodowe, ogłosić zawieszenie broni i poznać cię lepiej.

Umysł Kim w zwolnionym tempie analizował propozycję. Oparła się o framugę drzwi i zastanawiała nad konsekwencjami. Nie zależało jej na Chazie, ale fizycznie bardzo ją pociągał. Może będzie to właściwe zakończenie tego irytującego wieczoru?

Stał przed nią w z pytającą miną i uniesionymi brwiami.

– Monroe – zaczęła. – Nie bardzo rozumiem, co się dzieje.

Sąsiad znów uchylił drzwi. Kim pomachała mu przyjaźnie, po czym westchnęła z rezygnacją, złapała obiema rękami kurtkę Chaza i wciągnęła go do mieszkania, mając nadzieję, że jeszcze całkiem nie zwariowała.

Pierwszą rzeczą, którą odnotował, był słodki zapach. Drugą – że jego ciało mocno tuli się do Kim, przyciskając ją do drzwi wejściowych.

Obramowane długimi rzęsami orzechowozielone oczy Kim patrzyły na niego nieruchomo. Trudno było odczytać jej minę. Jej wargi w końcu rozchyliły się, by wykrztusić kolejną wymówkę, ale Chaz na to nie pozwolił.

Palcem wskazującym dotknął jej ust i lekko potrząsnął głową.

– Nie tym razem – wyszeptał. – Cofanie się nigdy nie jest właściwym rozwiązaniem.

Wyraz malujący się na jej twarzy przypominał grymas, a spojrzenie wyrażało rezerwę.

Jednak wydawało mu się, że umysł Kim, podobnie jak jego, zaprzątały te same, niekoniecznie przyzwoite myśli. Wonder Woman znajdowała się w jego uścisku z własnej woli. Oddychała płytko, drżała.

– Co proponujesz? – zapytała, przygryzając dolną wargę tak mocno, że zostały na niej ślady zębów.

– Czy są tu jakieś dyktafony?

Spiorunowała go wzrokiem, co w żadnej mierze nie umniejszyło jej olśniewającej urody. Czując jej twarde piersi, Chaz zrozumiał, że czas na rozmowy minął.

Płynnym ruchem objął ją w pasie. Głaskał jej plecy, stopniowo zsuwając się po gładkim jedwabiu, który wcześniej stanowił inspirację, ale teraz wydawał się zbędną barierą między nimi.

Materiał okazał się ciepły i pachnący, faktura – egzotyczna. Powietrze między nimi płonęło. Kim zadrżała, czując palce Chaza wędrujące wzdłuż kręgosłupa. Gdy tym razem rozchyliła usta, wydobyło się z nich westchnienie.

Intensywnie się w nią wpatrywał, nie tracąc nad sobą kontroli. Jeszcze trochę...

Potrzebował od niej znaku, że faktycznie chce tego co on. Pragnął znaleźć się w niej, cieszyć się nią. Miał nadzieję, że nie zadowolą się czymś pośrednim.

Podekscytowana zamknęła oczy. Kołysała się lekko, przekroczyła punkt, z którego nie ma już odwrotu. Położyła ręce na jego biodrach, ale nie zamierzała go odepchnąć. Lekko go szarpnęła, jakby chciała z nim smakować tę chwilę. Na ten znak czekał.

Wtedy ją pocałował. Nie był to czuły pocałunek, ale porywczy i namiętny. Kim odpowiedziała bez wahania. Dołączyła do niego i spotkali się w rozpalonym tańcu ust i języków.

Kim, o której fantazjował, gorąco go całowała. Jego ręce przesuwały się po jej pięknym ciele, ona zaś ocierała się o niego, podsycając płomień namiętności.

Nie przypominał sobie, by przeżywał coś podobnego. Doprowadziła go na skraj szaleństwa. I jeszcze ta cholerna sukienka! Chciał poczuć skórę Kim, wolno zaczął podnosić brzeg sukienki, wsłuchany w szelest jedwabiu. Nie mógł zobaczyć koronkowych majtek, których spodziewał się pod spodem, choć palcami wyczuwał ich delikatny wzór. Jego palce wsunęły się do środka i ześliznęły ku miejscu, skąd pochodzi kobiece ciepło.

Jęknęła. On oddychał szybko i głośno, choć jeszcze jej nie widział nago. Kim była niczym wabik – jej usta, skóra i wewnętrzny ogień. Rozpaczliwie pragnął jej, wiedział, że nie może tego odwlekać. Pulsujące ciało nie pozwoliłoby mu na niespieszne kochanie się. Nie dostrzegł też sypialni. Podniósł ręce w poszukiwaniu zamka w sukience, który potem bezszelestnie rozpiął.

Odchylił głowę i przez chwilę studiował jej twarz, sprawdzając, czy ona naprawdę tego chce. Czuł się zobowiązany, by powiedzieć:

– Będzie cudownie.

Patrzyła mu w oczy.

– Więc na co czekasz? – zapytała zmysłowym głosem.

– A czekam? – zapytał.

– Boję się, że zmienisz zdanie. Czy powinnam ci to umożliwić?

– Dlaczego miałabyś to robić, skoro tak okropnie zachowujesz się w innych sprawach?

Wymiana zdań w tonie flirtu rozpaliła go. A więc zapowiada się między nimi dalsza walka.

Jego ręka zatrzymała się na suwaku. Drugą przekrzywił jej głowę, ujmując palcami brodę.

– Może moglibyśmy udawać, że jesteśmy po prostu dwójką cieszących się sobą ludzi?

– Może powinnam była duszkiem wypić tamtego drinka.

– To był twój pierwszy?

– Pocałunek?

– Drink.

– Nie mógł być pierwszym, skoro go nie wypiłam.

Chaz mocniej odchylił jej głowę.

– A pocałunek?

– A więc teraz chciałbyś poznać inne sprawy dotyczącego mojego prywatnego życia?

– Jestem zazdrosny już na samą myśl o twoim życiu osobistym.

Rozpiął suwak do końca. Ręce Kim leżące na jego biodrach nie poruszyły się. Chaz wdychał leśną woń, która mieszała się z ciepłem jego ciała. Rozmowa nie może popsuć tej chwili, nic jej nie popsuje. Jej głęboki głos wywoływał dreszcz i wzmagał pożądanie.

Musnął wargami jej czoło, potem całował policzki, zbliżając się ponownie do ust. Miała szczupłą talię i delikatne kości. Dotykanie jej było niczym wstrząs. To nie miłość, to instynkt, powiedział w myślach.

Miłość nie doprowadza do utraty tchu, rodzi się powoli. Tymczasem on i Kim nie znali się, wymienili co najwyższej kilkaset słów.

– Zawieszenie broni – powiedział, dotykając ustami jej warg. – Biała flaga na maszt?

Pamiętając o pocałunku z baru, lekko dotykał jej ust, potem odsunął się, by odczytać reakcję. Miała półprzymknięte oczy. Jej rzęsy niepotrzebnie były pociągnięte czarnym tuszem. Skóra lśniła. Z bliska wyglądała młodziej i... apetyczniej.

Czerwona sukienka chyba była mniej seksowna od obszernego T-shirtu i niczego pod spodem. Kim z burzą włosów w łóżku lub mokra i pachnąca mydłem po prysznicu. Te myśli były niczym zapłon. Wcisnął kolano między jej nogi i przyparł ją do ściany. Kim przywarła do jego ust, rozpalając go oddechem. Wsunęła też ręce pod jego kurtkę i wyjęła ze spodni koszulę.

Wydawała się lekka. Gdy ją uniósł, otoczyła nogami jego biodra. Trzymając ją tak blisko, pragnął tylko się z nią połączyć, choć na przeszkodzie stało zbyt wiele ubrań.

Umysł Chaza wyłączył się nagle, gdy jej usta dotarły do jego ucha. Wargi musnęły je najpierw przekornie, a potem namiętnie. Pieścił ją, chłonął, euforia rosła. Jej palce wsunęły się w jego spodnie.

Ich dotyk parzył, spychał na skraj szaleństwa. W pomieszczeniu słychać było tylko ich oddechy.

W tym momencie rozległ się dzwonek telefonu i głośnym echem wypełnił pomieszczenie.

Serce Chaza zadrżało, usta zamarły. To telefon Kim. Wiedział, że to zły omen.

Przy kolejnym dzwonku włączyła się sekretarka.

– Kim? – Głos Brendy brzmiał, jakby znajdowała się z nimi w pomieszczeniu. – Kim, jesteś tam? Podnieść tę cholerną słuchawkę! Monroe nie jest tym, kim myślimy. To nowy właściciel agencji, który udaje wiceprezesa, żeby szpiegować. Może być w drodze do ciebie. Chcę cię złapać, zanim przyjdzie i przekaże ci tę wiadomość. Kim? Powiedz Samowi, żeby go nie wpuszczał. Zadzwonię później.

Zanim sekretarka się wyłączyła, uścisk Kim zelżał. Rozprostowała nogi, ale zesztywniała i musiał ją podtrzymać, by nie upadła.

Gdy tylko stanęła na ziemi, wsunęła ręce między ich ciała. Nie mogła złapać tchu. W końcu uniosła głowę, jej oczy patrzyły na niego pytająco.

– Kim – rzekł uspokajająco – nic się nie stało. Wiedziałem, że Brenda ci to powie. Chciałem poznać od środka zasady funkcjonowania agencji.

– Jesteś właścicielem? – Słowa te wypowiedziała z trudem.

– Tak.

– Nie jesteś wiceprezesem?

– Nie.

W jej oczach malowało się poczucie zdrady. Gdy się odezwała, jej głos drżał.

– Wyjdź stąd! Najlepiej od razu.

– Kim...

– Możesz skorzystać z drzwi. Proszę. – Zabrzmiało to jak rozkaz.

Podniósł ręce, by ją udobruchać, próbował znaleźć właściwe słowa, aby rozładować sytuację.

Nie znalazł. Kim nie wyglądała na wściekłą, lecz na chorą.

– Już! – powtórzyła.

Musi jej wytłumaczyć, musi go zrozumieć.

– Kupiłem firmę, żeby ją ratować. Stanowisko, którego pragniesz, jest wolne. Obsadzę je, kiedy poznam resztę personelu i jego potrzeby. Zawieszenie broni obowiązuje. Nic się nie zmieniło.

– Och, to wszystko jest jasne! – odpaliła. – Jednak wszystko się zmieniło.

– To nie tak.

– Naprawdę? Chciałeś się ze mną przespać, nie zdradzając mi swojego sekretu. Pozwoliłeś mi myśleć, że zająłeś moje stanowisko i chciałeś, żebym dokonała zawodowego samobójstwa.

– To nie ma nic wspólnego z pracą – zaprotestował.

Odetchnęła głęboko i zniżyła głos.

– Więc o co chodzi? Chciałeś przetestować mój charakter albo sprawdzić, czy naprawdę sypiam z kimś dla kariery?

Chaz uważnie na nią patrzył, czując, że jeszcze nie skończyła.

– Naprawdę wierzyłeś, że będę mogła zostać w firmie po tym, jak się z tobą prześpię?

– Kim, posłuchaj...

Potrząsnęła głową.

– Powiedz mi, czy w ogóle jest jakieś świąteczne przyjęcie, które trzeba zorganizować?

– Mogłoby być – odparł, ale uznał, że to źle zabrzmiało.

Odwróciła głowę.

– Proszę, wyjdź.

Poczuł ucisk w żołądku, wiedząc, że źle to rozegrał. Czyżby za daleko się posunął? Kim kazała mu się wynosić. Musi zrobić to, o co go poprosiła. Wyjaśnianie nie ma teraz sensu. Kim jest wściekła, czuje się zraniona i pragnie chronić siebie.

Teraz stało się też jasne, że być może zamierzała się przed nim otworzyć, gdyż nie miała już zamiaru wrócić do pracy. W tym przypadku mogłaby zaakceptować romans między nimi. Wszystko zaprzepaścił. Do cholery!

– Miałem zamiar ci powiedzieć, słowo. Pociągasz mnie, ale nie dlatego tu przyszedłem. Chciałem cię poznać, nadal chcę, i nie mam zamiaru cię wykorzystać.

Spojrzała mu w oczy.

– Rzecz w tym, Monroe, że pewnie są kobiety, które robią karierę przez łóżko. Ja do nich nie należę. Właściwie wygląda na to, że kiedy pocałowałam się z tobą, moja kariera legła w gruzach.

Zepsuł wszystko, zapewne dlatego, że mieszał pożądanie z pracą. Powinien był to przewidzieć, nie jest przecież idiotą ani nie rządzi nim libido. Rozumiał też jej trudne położenie.

– Dobra. – Poddał się i ruszył do drzwi. – Przykro mi, że tak poruszyła cię ta wiadomość. Nigdy nie miałem zamiaru cię zranić ani poniżyć. Ze wszystkiego, co słyszałem na twój temat, wynika, że jesteś na jak najlepszej drodze do awansu.

Nie chciał wychodzić, szczególnie w taki sposób. Zanim otworzył drzwi, posłał Kim ostatnie pełne skruchy spojrzenie, mając nadzieję, że może zmięknie.

– Nikt nie musi wiedzieć. Nie plotkuję na takie tematy. Przeprosiłem, przyznałem, że cię lubię. Myślę, że teraz ruch należy do ciebie.

Z poczuciem rozczarowania zamknął drzwi, zostawiając za sobą coś, co mogło okazać się najgorętszą nocą w jego życiu.

W korytarzu z całej siły uderzył w ścianę i ostro przeklął. Nic nie poszło tak jak trzeba. Niewątpliwie Kim go pragnie. Chciała, żeby u niej został. Może teraz, kiedy wie, jak wygląda prawda, zmieni zdanie.

Mogliby zacząć od początku.

Sytuacja naprawdę się skomplikowała, a on nie mógł wrócić i prosić, by Kim przyjęła go z powrotem.

Sfrustrowany ruszył do windy. Tym razem Kim nie otworzyła drzwi i go nie zawołała. To było niczym policzek wymierzony w twarz, drugi w ciągu dwóch godzin. Gapiąc się tępo w jej drzwi, Chaz opuścił ramiona. Chyba ma problem, gdyż wbrew zdrowemu rozsądkowi już zaczął obmyślać strategię odzyskania Kim, jeśli nie w biurze, to poza nim.

Przecież musi się dowiedzieć, co się kryje za jej niechęcią do świąt. To jest klucz do odkrycia prawdy o Kim McKinley.

– Nikt nie nienawidzi świąt – wymamrotał, zjeżdżając windą. – Nawet ty, Kim. I ja ci to udowodnię.

Osunęła się na podłogę i gapiła na drzwi, za którymi właśnie zniknął Chaz. Była kretynką, że dała mu się zwieść. Dzięki niemu prawie zapomniała o koszmarze Gwiazdki i mężczyznach, którzy okazują się kłamcami.

Chciała z nim spędzić dzisiejszą noc, zakopać wojenny topór. I proszę, do czego to zaprowadziło. W głowie słyszała podniesiony głos matki: „A nie mówiłam".

Z rękami na głowie, kolanami przyciągniętymi do piersi, przez dłuższy czas siedziała bez ruchu.

Wreszcie wstała i poszła do kuchni. Zdjęła folię aluminiową ze stojącej na blacie blachy i wyrzuciła lukrowane ciasteczka do kosza.

– Tak zwana trudna lekcja – rzekła do siebie, po czym zdjęła sukienkę i cisnęła ją na podłogę.

ROZDZIAŁ SIÓDMY

W czasie bezsennej nocy zastanawiała się, czy wpaść rano do pracy: jej urlop zaczynał się w południe. Jeśli dopisze jej szczęście, zdoła załatwić kilka spraw i zabrać potrzebne rzeczy, zanim Monroe dotrze do biura.

Powinna też wyjaśnić kwestię wypłaty na wypadek, gdyby okazało się, że odejdzie z pracy.

Jednak w tej chwili była tak wściekła, że nie zamierzała jej rzucać. Żeby dostać zasiłek, musi zostać zwolniona. Wakacje są jej potrzebne, bo pozwolą na zbudowanie bariery między sobą a nowym właścicielem agencji.

Szybko weszła do budynku, dotarła na swoje piętro i odetchnęła z ulgą, gdy okazało się, że korytarz jest pusty. Przy wejściu do swojego boksu na chwilę się zatrzymała. Brenda już siedziała na swoim miejscu.

– A jednak nie oddzwoniłaś – rzekła na powitanie Brenda. – Całą noc się martwiłam.

Kim oparła się o przepierzenie. Wydawało się, że nie ma ucieczki od tego, czego próbowała uniknąć.

– Odsłuchałaś moją wiadomość? – pytała Brenda.

– Tak.

– Przyszedł?

Kim skinęła głową.

– Wpuściłaś go?

Kim powtórnie skinęła głową.

– Dlatego źle wyglądasz? – spytała szczerze Brenda.

– Uwierz mi, czuję się jeszcze gorzej.

– Więc już nigdy się do mnie nie odezwiesz?

Ton, jakim przyjaciółka zadała to pytanie, zwrócił uwagę Kim.

– A jest jakiś powód, żebym tak postąpiła?

– Nie... może nie. Ale przysięgał, że za wszelką cenę chce cię zatrzymać, więc mu pomogłam.

Brenda zrobiła coś złego i ma wyrzuty sumienia, i dlatego wcześnie przyszła do biura. Jednak nie zrobiłaby nic, by zaszkodzić koleżance.

Kim myślami wróciła do sukienki, butów oraz dyktafonu, który wczoraj pokazał jej Chaz Monroe.

– Dyktafon dostał od ciebie, Bren – stwierdziła.

– Cholera! – Brenda zakryła twarz rękami. – Tak.

– Dlaczego?

– Wydawał się szczery. Wiem, że cię lubi. Sposób, w jaki na ciebie patrzył w barze, był...

– Nieodpowiedni?

– Nie, raczej pełen szacunku – odparła Brenda.

– Wyduś to z siebie, Bren. Czego jeszcze nie wiem?

– Poprosił mnie, żebym przyszła na spotkanie w barze, a jeśli rozmowa zacznie się kleić, miałam was zostawić.

– Okazał się niezłym draniem, kiedy przyszło do negocjacji – rzekła Kim.

Także seksualnym, dodała w duchu.

Brenda spojrzała na nią przeciągle, zanim spytała:

– Nie weźmiesz udziału w organizacji przyjęcia?

– Nie ma żadnego przyjęcia, Bren. Myślę, że to był test.

Brenda szeroko otworzyła oczy.

– Drań! – powtórzyła w ślad za Kim. – Przykro mi, że miałam z tym coś wspólnego. Naprawdę mi przykro.

Kim westchnęła.

– W porządku. Mało brakowało, a dałabym się omamić.

Jednak nie była to cała prawda. Mimo manipulacji straciła głowę. Wiele rzeczy ją w Chazie pociągało: jego twarz o nieco surowych rysach, ciepłe ręce na jej plecach, głos. Do licha! Gdyby Brenda jej nie ostrzegła, wylądowałaby nago na podłodze z nowym właścicielem tego miejsca.

– Co się stało, kiedy go wpuściłaś? – Głos Brendy dobiegał jakby z daleka, przytłumiony dźwiękiem uderzeń serca Kim. Jej błąd, że o nim pomyślała.

– Odsłuchałam twoją wiadomość, a on wyszedł – odrzekła.

W oczach Brendy odmalowała się ulga.

– Więc nadal tu pracujesz? Nie odeszłaś?

– Jeszcze nie. Idę na urlop.

Serce nadal biło jej niespokojnie. Dlaczego?

Wciągnęła powietrze i poczuła... znajomy męski zapach. Złe przeczucia potwierdziły się, gdy spojrzała na twarz Brendy.

– Ktoś za mną stoi? – zapytała szeptem.

– Hmm.

Odwróciła się, by zobaczyć guzik idealnie odprasowanej koszuli w biało-niebieskie paski Chaza Monroe.

– Dzień dobry pani. – Formalne powitanie pozwoliło Chazowi dojść do siebie po szoku na jej widok.

To, że pojawiła się w pracy, zbiło go lekko z tropu.

– Witam pana – odrzekła, nie patrząc na niego.

Była ubrana bez zarzutu. Miała na sobie czarną spódnicę do kolan i lawendowy sweter, który zakrywał biodra. Jasne włosy w złocistym odcieniu opadały na ramiona. Usta znów pokrywała różowa szminka.

Wyglądała wspaniale. Żadnych śladów po nieprzespanej nocy, podczas gdy on nie zmrużył oka.

Nie mógł przestać myśleć o niej ani o tym, co powie na jej widok. Odchrząknął.

– Jesteś dziś w pracy?

Nadal nie podnosiła wzroku, lecz Chaz wyczuł, że ma straszną ochotę to zrobić. Iskrzyło między nimi mimo tego, co wydarzyło się wczoraj. Ale w sumie nie ma się z czego cieszyć.

Zdał sobie sprawę, że jego lista życzeń nie zmieniła się. W biurze czy nie, jeszcze bardziej pożądał Kim. Gdyby nie okoliczności, zacząłby ją całować i zmusił do uśmiechu.

Oddałby połowę swych zarobków, by zasłużyć na jej uśmiech, zaufanie, usłyszeć jej śmiech.

– Wpadłam tylko na chwilę – odrzekła zdumiewająco spokojnym głosem.

– Jedziesz w jakieś ładne miejsce?

– Do domu – odparła.

Brenda zerwała się na równe nogi, jakby dostała sygnał do działania.

– Kim, pomogę ci, żebyś mogła jak najszybciej wyjść.

Utworzyły przeciwko niemu zgrany front. Przez chwilę zazdrościł Brendzie bliskości z kobietą, z którą chciał się wczoraj przespać.

– Świetnie. Miłego wypoczynku.

Ton jego głosu był swobodny, wyrażał tylko zawodowe zainteresowanie.

– A przy okazji, podjęłaś już decyzję, czy po urlopie wracasz do nas?

– Zastanawiam się. Na pewno powiadomię cię o mojej decyzji. – Ton jej głosu sugerował, że nie pozwoli mu na psucie szyków, jeśli zdecyduje się pozostać w pracy.

Szach-mat.

– Świetnie. Przykro mi, że nie zdołałaś włączyć się w organizację przyjęcia – rzekł polubownie. – Może następnym razem się uda.

Kim wyzywająco uniosła głowę, ich spojrzenia się spotkały. Chaz wytrzymał jej badawczy wzrok.

– Tak, może następnym razem – odrzekła.

Skinął głową, pożegnał się i wyszedł.

Gdy się odwrócił, czuł na sobie palące spojrzenie Kim. Była wściekła, choć wyglądała, jakby panowała nad emocjami. Dziwna gra między nimi toczyła się dalej i nic nie wskazywało na to, że się szybko skończy.

Jeśli Kim wróci do pracy, pewnie będzie jej pragnął. Jeśli odejdzie, będzie tego żałował.

Wróciwszy do biura, chwycił za słuchawkę i wybrał numer. Nie chciał dzwonić do brata, od ponad roku próbował przecież pobić go na jego własnym polu. Rory odnosił sukcesy osobiste, ale też stanowił dla brata niedościgniony wzór w kwestii interesów. Jednak w tym przypadku nie chodziło o sprawy zawodowe.

W słuchawce rozległ się energiczny męski głos:

– Jest wcześnie, bracie.

– Rory, potrzebuję pomocy. Jako starszy brat masz obowiązek mnie wysłuchać niezależnie od pory dnia.

– Chaz, nie obudziłeś mnie, od trzech godzin pracuję. Serce mi rośnie, widząc, że jesteś na pokładzie.

Chaz usiadł wygodnie w fotelu.

– Potrzebuję informacji.

– Na temat jakiejś firmy?

– Na temat kobiety.

Rory nawet nie próbował ukryć rozbawienia.

– Po raz pierwszy tak cię ruszyło. Umiesz się posługiwać internetem?

– Próbowałem, ale nic nie znalazłem. Chciałbym skorzystać z twojego źródła informacji.

– To musi być interesująca kobieta – zauważył Rory.

– Jest pracownikiem agencji.

– Podejrzewasz szpiegostwo?

– Podejrzewam ciekawą przeszłość, która doprowadziła do dziwacznej klauzuli w kontrakcie.

– Czy to atrakcyjny pracownik? – spytał Rory.

– Czy to jest istotne dla twojego źródła?

– Niee. Czy to jest istotne dla ciebie? – odbił piłeczkę Rory.

– Niee. Więc mogę skontaktować się z Sarą?

– Masz na to moje błogosławieństwo. Chaz?

– Tak?

– Ile czasu potrzebujesz na przygotowanie agencji do sprzedaży? Mam na oku interes, który może cię zainteresować.

Cholera, dopiero od tygodnia jest jej właścicielem.

– Za wcześnie, żeby powiedzieć, ile czasu mi to zajmie.

– Nie opłaca się poświęcać firmie dużo czasu. Możesz się zbytnio zaangażować. Kupuj, naprawiaj, sprzedaj, tak brzmi dewiza.

– Rodzinna mantra – zgodził się Chaz.

– Chcesz rady, o którą nie prosiłeś?

– Zmieniam się w słuch.

– Mama ucieszyłaby się, gdybyś do niej zadzwonił. Podobno od dwóch tygodni się nie odzywasz.

– Ależ ten czas leci – mruknął Chaz i się rozłączył.

W sumie nie poszło tak źle. A jeśli chodzi o Kim, nic jej nie jest winien. Chciał grać fair.

Teraz zbierze o niej informacje. Sara Summers to tajna broń Rory'ego. Absolwentka Instytutu Technologii w Massachusetts specjalizująca się w wywiadzie gospodarczym. Niektórzy mogliby ją uznać za hakerkę, ale rezultaty jej pracy są zdumiewające. Jej raporty w znacznej mierze przyczyniły się do sukcesów finansowych rodziny Monroe'ów.

Jeśli w przeszłości Kim coś się kryje, Sara z pewnością do tego dotrze. Chaz nie potrzebował biurowych intryg czy plotek. Na razie nie miał też wpływu na rozwój sytuacji. Kim będzie na urlopie, a on skoncentruje się... na pracy.

Nikt w agencji nie, że kupił ją dla zysku i nie ma zamiaru zabawić tu dłużej. Po sprzedaży odejdzie, a Kim pewnie zdobędzie upragnione stanowisko i pozwoli mu zbliżyć się do siebie. Ten scenariusz to dobre rozwiązanie.

Jednak jeśli Kim nie ustąpi w kwestii kontraktu, nie otrzyma awansu i znów będzie cierpieć. Interesujące, że nie mógł znieść tej myśli. Czyżby stał się miękki?

Rory na pewno by się nie patyczkował. Co prawda jest możliwe, że Rory nie jest człowiekiem. Ale czy on, Chaz, naprawdę chce naśladować profil zawodowy kosmity?

W roztargnieniu bębnił palcami o biurko.

Właściciele często ukrywają swą tożsamość, by pozyskać informacje handlowe. Kiedy agencja będzie świetnie działać, następny właściciel musiałby być głupkiem, by coś zmieniać.

A jeśli chodzi o Kim, to najlepiej będzie, jak pomoże jej tyle, ile się da, a potem się wycofa.

Pochylił się, wybrał numer telefonu i poczekał na połączenie.

– Cześć, mamo – powiedział. – Więc jeśli chodzi o to przyjęcie...

ROZDZIAŁ ÓSMY

– Już poszła – odezwała się Brenda, gdy Chaz godzinę później pojawił się w sali z przepierzeniami.

W sumie dobrze się stało, bo nie miał pojęcia, jak się zachować w obecności Kim.

– Świetnie – odrzekł obojętnie. – I tak przyszedłem do ciebie. Pomożesz mi z tym przyjęciem?

Brwi Brendy uniosły się do góry.

– Przyjęciem, którego nie ma?

– Oczywiście, że jest. A Kim mówi inaczej?

Brenda zaczęła się wiercić.

– Teraz to już nie wiem, co myśleć. Ale nie zrobię niczego, co ma związek z jej pracą lub uczuciami wobec ciebie.

Chaz powstrzymał się od uśmiechu.

– A więc Kim żywi wobec mnie jakiś uczucia?

– Nie chciałbyś usłyszeć tych wyzwisk – odparowała Brenda.

– Może na nie zasługuję, ale naprawdę potrzebuję pomocy. Mogę na ciebie liczyć?

Brenda wolno zamrugała oczami.

– Zależy. Jeśli zaproponujesz mi ten sam deal co Kim: wakacje po świętach i premię.

– Dobra, te same warunki.

– Podpiszesz to własną krwią?

– Brenda, pozwól, że ci przypomnę: jestem właścicielem i dysponuję czymś lepszym niż krew.

– Władzą? – Uśmiechnął się. – Mamy przecież tego nie rozgłaszać – dodała z zakłopotaniem. – Choć dwie osoby już to wiedzą...

– Łamiesz mi serce, Bren. Nie miałem pojęcia, że szantaż rządzi światem.

– A pojawisz się w moim mieszkaniu, jeśli odmówię?

– Nigdy, słowo harcerza.

– Cholera! – Brenda odwzajemniła jego uśmiech. – Więc jak mogę się nie zgodzić?

– Nie jestem pewien, czy Kim spodoba się nasz deal.

– Jestem pewna, że nie – potwierdziła.

Chaz świetnie wiedział, że Brenda nie oprze się pokusie poinformowania Kim o jego propozycji.

Miał nadzieję, że Kim zareaguje zgodnie z jego przewidywaniami. Jeśli tak się stanie, spędzi z nią trochę więcej czasu. Lepiej z nią walczyć, niż w ogóle jej nie widzieć, uznał.

Kim zjechała na niższe piętro, gdzie mieli biura pracownicy kreatywni. Jeszcze tylko jedna sprawa i na jakiś czas Monroe przestanie dla niej istnieć.

Nie będzie musiała o nim myśleć, marzyć czy przekonywać siebie, że nim pogardza.

Wizyta w domu matki oznaczała konfrontację ze sprawami, których unikała od jej śmierci. Ponieważ była jedynaczką, dom i reszta dobytku należały teraz do niej. Pora roku sprawiała, że wszystkie wspomnienia odżywały. Grudzień, święta, zdrada. Czy domy zatrzymują smutki i radości ludzi, którzy w nich mieszkali?

Dała temu domowi pół roku, by pozbył się dawnych wspomnień i emocji.

Najwyższy czas się z nim zmierzyć.

W dziale artystycznym spędziła mniej czasu, niż zakładała. Gdy wychodziła, zatrzymał ją Mark Ogilvie.

– Podoba ci się ta wizualizacja? – zapytał, pokazując pracę na kartonie. – Zrobiłem to na szybko, ale chciałem, żebyś zerknęła, zanim pójdziesz na urlop.

– Przepraszam, co mówiłeś? – Kim wzięła od niego arkusz brystolu.

– To specjalne przyjęcie gwiazdkowe, które z Brendą organizujecie.

– Nie wiem, o czym mówisz. – Kim przewróciła arkusz. Zajęło jej chwilę, by zrozumieć, co widzi.

To była wizualizacja przyjęcia, o którym mówił Monroe. Przyjęcia, którego, jak zakładała, nie było.

Serce mocniej jej zabiło, wstrzymała oddech. Na chwilę zamknęła oczy, a potem oddała kartkę Markowi.

– Nie mam z tym nic wspólnego. Przepraszam.

Mark patrzył na nią zakłopotany.

– W takim razie możesz to przekazać Brendzie? Prosiła o to dwadzieścia minut temu, mówiąc, że to superpilne.

– Brenda, nie sądzę... Powiedziałeś dwadzieścia minut temu?

– Prosiła, żebym ci to pokazał, jak będziesz wychodziła. Obiecałem, że cię złapię.

Kim zmusiła się do uśmiechu.

– Okej, dzięki. Wygląda to wspaniale. Od razu jej to zaniosę.

Zebrała siły, by dotrzeć do windy. Brenda przekazała jej wskazówkę na temat kolejnej odsłony tej żałosnej komedii. Monroe znów jest w grze, tym razem z Brendą. Czyżby dała się omamić?

Wsiadła do windy i nacisnęła guzik rogiem brystolu. Zacisnęła zęby. Nie pozwoli mu na to. Nie pójdzie do biura, rzuci tym obrazkiem Monroe'owi w twarz. Słowa „potwór" i „łajdak", jakie pod nosem wypowiadała, zwróciły uwagę dwóch pozostałych osób w windzie.

Jak burza wypadła na korytarz, pomknęła do gabinetu Chaza, bez słowa wyminęła Alice.

– Kim? – zapytała Alice, wstając.

– Sprawa osobista – odparła, naciskając klamkę drzwi gabinetu, który miał należeć do niej.

Monroe był w środku. Stał tyłem do okna i widział, jak Kim wchodzi. Odniosła wrażenie, że wygląda atrakcyjniej niż godzinę temu.

Szybko pokonała odległość dzielącą ją od biurka i rzuciła na blat karton.

– Co ty sobie wyobrażasz? – bez tchu wyrzuciła z siebie. – Jeden quasi podbój to za mało? Wciągasz teraz go swojej gry moją najlepszą przyjaciółkę? Robisz to, żebym wróciła, czy jesteś moim przyjacielem? Naprawdę chciałabym zrozumieć, czym ty się kierujesz?

Dostrzegła swój błąd, gdy tylko skończyła mówić. Chaz Monroe nie był sam. W skórzanym fotelu obok biurka siedziała kobieta.

Po plecach Kim przebiegł dreszcz.

– To pewnie jest Kim McKinley – odezwała się kobieta. – Ja jestem Dana Monroe, matka Chaza.

– Ja... – Kim zabrakło słów. – Przepraszam.

Szczęśliwa, że drzwi są otwarte, biegiem wybiegła na korytarz.

Chaz musiał zwalczyć chęć, by ruszyć za Kim.

– Ma charakterek – odezwała się matka, patrząc na niego, a nie na drzwi, przez które wypadła Kim. – Rozumiem, że ona jest częściowo powodem, dla którego mnie tu ściągnąłeś?

– Niezupełnie. Ale dziękuję, że przyszłaś. Miałem szczęście, że zadzwoniłem akurat w chwili, kiedy byłaś w pobliżu.

– Uzależniony od seksu, Chaz?

– To długa historia.

– Tak krótko ją znasz, a ona już odkryła twój sekret.

Uśmiechnął się szeroko.

– Takie sekrety miewa Rory, nie ja.

– Chcesz ją zatrzymać?

– Jest tak dobra, że może pewnego dnia zająć ten gabinet.

– Okej. Mam nadzieję, że nie odzywa się do wszystkich w ten sposób, bo odstraszy wam klientów.

Wzruszył ramionami.

– Jest na mnie wściekła, że zajmuję ten gabinet.

– Tylko o to jej chodzi?

– Być może nie tylko, ale jak mówiłem, to długa historia. Więc co z tym przyjęciem, nadal je robimy?

– Wszyscy lubią dobre przyjęcia. Daj mi ten projekt, zadzwonię w parę miejsc. To wszystko dla niej? Dla Kim McKinley?

Chaz zniżył głos.

– Mam wrażenie, że to pierwsze przyjęcie gwiazdkowe, w jakim weźmie udział, o ile zdołam ją do niego namówić. Popada w smutek, gdy porusza się temat świąt.

– A więc jest to gest dobrej woli z twojej strony?

– Można tak powiedzieć.

– W porządku. – Matka wstała i zaczekała, aż Chaz cmoknie ją w policzek. – Moi synowie wiedzą, że zrobię dla nich wszystko.

Gdy zbierała się do wyjścia, na chwilę zatrzymała się, by dodać:

– Powinieneś spędzać mniej czasu z Rorym. Wywiera na ciebie zbyt duży wpływ.

Matka, ubrana jak typowa majętna nowojorczanka z diamentowymi kolczykami, futrzanymi obszyciami przy garsonce, pożegnała się i wyszła.

Chwilę potem w drzwiach stanęła Alice.

– Przypuszczam, że słyszałaś? – bardziej stwierdził, niż zapytał Chaz.

Alice wykonała gest, jakby zamykała usta na kłódkę i wyrzucała za siebie niewidzialny klucz.

– Pewnie oczekujesz premii, żeby kłódka pozostała zamknięta?

Mimo tak dramatycznego zamknięcia ust Alice była jednak w stanie mówić.

– Niekoniecznie, bo tylko wykonuję moją pracę.

– Co za ulga to usłyszeć – powiedział cicho, gdy drzwi się zamknęły.

Siadając z powrotem przy biurku, pomyślał, że gdyby teraz zadzwoniła Sara, może zyskałby jakieś istotne informacje. Był tu dopiero od kilku dni, a od dwóch dni zajmował się wyłącznie kobietą, której w równej mierze chciał pomóc co...

Wtedy zadzwonił telefon, a na ekranie wyświetlił się jak na zawołanie numer Sary.

Brenda czekała na Kim w windzie. Gdy drzwi się zamknęły, nacisnęła czerwony guzik stopu.

– Jeżdżę w górę i w dół od dwudziestu minut, co chwilę zmieniając windę – rzekła Brenda.

– Dzięki za ostrzeżenie – wykrztusiła Kim, a potem oparła głowę na szarej metalowej ścianie. – Zaraz podam ci kilka szczegółów, żeby cię ostrzec...

– Sądzisz, że nie potrafię czytać między wierszami? Zabolało mnie, że myślisz, że dla pracy mogłabym zdradzić naszą przyjaźń.

Kim uśmiechnęła się blado.

– Więc jedziesz do domu – kontynuowała Brenda. – Chcesz, żebym pojechała z tobą?

– Dziękuję, nie. Sama powiedziałaś, że nadszedł czas, żebym stawiła czoła przeszłości. Teraz albo nigdy.

Na chwilę zapadła cisza, którą przerwała Brenda:

– Nie pomogę mu. Poprosiłam Marka i obiecałam, że dostanie za to premię.

Kim skinęła głową.

– Nie wszyscy są łobuzami wbrew temu, co jesteś skłonna myśleć – mówiła dalej Brenda. – Fakt, że pociągasz Chaza, nie znaczy, że on jest potworem.

– Trzymasz jego stronę?

– Pokazuję tylko dwie strony medalu bez poruszania meritum.

– Czyli kwestii tych cholernych świąt.

– Tak, i dobrze, że zdajesz sobie z tego sprawę.

Brenda miała rację. Od kilku lat wiedziała o jej paraliżującym lęku przez świętami i zawsze jej pomagała oraz ją chroniła.

– Wierzę, że wyjazd do domu mi pomoże – stwierdziła Kim.

– Zadzwoń, jeśli będziesz mnie potrzebować.

Kim nacisnęła guzik. Winda zamiast ruszyć, otworzyła się. Przed drzwiami stał Chaz z poważną miną.

ROZDZIAŁ DZIEWIĄTY

– Można pomyśleć, że tylko nasza trójka jest w tym budynku – zażartowała Brenda, zerkając na Kim i Chaza.

– Brenda, zostawisz nas na moment? – poprosił.

Kim stała nieruchomo. Nie czuła już złości, tylko śmiertelne zmęczenie. Kontakty z Chazem Monroe są wyczerpujące coraz bardziej.

– Kim? – Brenda czekała na sygnał, co ma zrobić.

– W porządku, idź, Bren. Dam sobie radę.

Brenda opuściła windę. Drzwi zamknęły się. Chaz stał pół metra od niej, na wyciągnięcie ręki. Z trudem zachowywała poczucie godności.

– Przykro mi – powiedział Chaz niespodziewanie.

Zaskoczył ją. Nie spodziewała się po nim szczerości. W głowie pojawiły się pytania.

Co by było, gdyby przyznała, że lubi Chaza bardziej niż powinna, choć się z nią drażnił i ukrywał prawdę? Że z trudem powstrzymuje się od tego, by go dotknąć.

Jednak ich hipotetyczny związek mógł wygasnąć tak szybko, jak się zaczął – gorący płomień wszak prędko gaśnie. Gdyby tak się stało, strach, że skończy jak matka, mógłby okazać się nie bez podstaw. Skłonność do depresji bywa czasem dziedziczna.

– Przepraszam? – rzekła, zastanawiając się, za co Chaz przeprasza: za naciski w sprawie kontraktu czy elektryzującą atmosferę, którą wywołał. Czyżby żałował wczorajszego wieczoru?

– Wiesz, że mam problem – ciągnęła z trudem. – Próbuję go rozwiązać, ale to bolesne. Musisz uwierzyć mi na słowo, że nie prowadzę żadnej gry, a klauzula w kontrakcie ma głębokie uzasadnienie.

– Możemy na chwilę zapomnieć o tym cholernym kontrakcie?

Kim rzuciła mu spojrzenie spod rzęs.

– Nie rozumiałem, jak dużym problemem dla ciebie są święta, kierowałem się dobrem firmy. Więc przygotowałem dla ciebie mały test, ale w dobrych intencjach.

Wyraz jego twarzy potwierdzał, że mówi poważnie. Teraz dopiero zauważyła, że Chaz ma cienie pod oczami. Wyglądało na to, że tak jak ona nie spał.

– Potrzebuję czasu, żeby uporać się z przeszłością – wyjaśniła. – W twoim życiu też są na pewno rzeczy, które chciałbyś zostawić za sobą, nawet jeśli to jest trudne?

– Tak. Każdy musi czemuś stawić czoła.

– Jest łatwiej, jeśli masz wsparcie rodziny – zauważyła. – Albo wystarczająco dużo pieniędzy, żeby kupić firmę, gdzie możesz narzucić własne zasady.

Milczał przez chwilę, zanim odpowiedział:

– Z tą inwestycją wiążą się duże ryzyko i stres. Zgodzisz się zostać po tym, co się stało? Czy pewność, że masz tę pracę, pomoże ci przy rozwiązywaniu problemów?

Kim potrząsnęła głową, by ukryć drżenie. Czuła coś do Chaza, choć nie wiedziała co.

Doznania te nadeszły zbyt szybko, były zbyt intensywne i szalone. Ich związek zaczął się od złości, a zakończył ogniem. Ciało Chaza i jego uwaga poraziły ją, sprawiły, że się zapomniała.

Uniosła wzrok na wysokość jego brody.

– Przykro mi za to, co powiedziałam w obecności twojej matki. To niewybaczalne.

– Matka chyba cię polubiła. Nazwała cię osobą z charakterkiem.

Kim zamrugała oczami, by wymazać tę scenę z pamięci.

– Nie musimy teraz rozmawiać – powiedział. – Zajmij się swoimi sprawami. Po prostu nie traktuj mnie jako kolejnego problemu, z którym musisz się zmierzyć, dobrze?

– Chcesz zapomnieć o kontrakcie?

– Nie mogę o nim zapomnieć, jeśli chodzi o ewentualnego przyszłego wiceprezesa. Wiem, że doskonale to rozumiesz.

– Czego więc chcesz? Przyjaźni?

– Tak, jeśli dzięki temu zostaniesz. I nie, jeśli mam być kompletnie szczery.

Kim podniosła wzrok. Też nie chciała zostać jego przyjaciółką, zresztą przypuszczalnie było to niemożliwe z uwagi na intensywność ich relacji.

Wbrew woli wyobrażała sobie dotyk jego rąk i pocałunki. Całowanie go wydawało się czymś naturalnym. A teraz... Teraz są zakłopotani, a Chaz próbuje naprawić sytuację.

– Przyjęcie, o którym wczoraj rozmawialiśmy, to impreza wydawana przez moją rodzinę. Nie musisz pomagać przy organizacji, ale chciałbym, żebyś przyszła.

– Jako twój niezadowolony pracownik o pseudonimie Scrooge?

– Jako mój gość.

– W tej chwili nie mogę obiecać, że przyjdę.

– Możesz dać odpowiedź później.

– Zresztą chyba nie będę mile widziana po moim dzisiejszym wystąpieniu – dodała Kim.

– Przeciwnie, uwierz mi, idealnie pasujesz do mojej rodziny.

Zacisnęła ręce w pięści, gotowa do ucieczki. Zakłopotanie zwyciężyło. Mogłaby polubić Chaza, gdyby sobie na to pozwoliła. Może któregoś dnia zdołałaby go nawet pokochać, gdyby nie okoliczności.

– Prześlę ci szczegóły – odezwał się, wyrywając ją z zamyślenia.

– Nie masz zwyczaju przyjmowania odmowy za odpowiedź – zauważyła miękko.

– Tylko kiedy dotyczy mnie to osobiście i zależy mi na osiągnięciu celu.

Musi pamiętać, że mówiąc o kwestiach osobistych, miał na myśli firmę. Zaproszenie jej na przyjęcie było ostatnim strzałem, ustawieniem do pionu, zanim odeśle ją z powrotem do boksu.

– Jeśli życzysz sobie wyłącznie relacji służbowych, niech tak będzie – dodał – choć teraz mam ochotę cię pocałować. Do diabła, mam ochotę zacząć w miejscu, w którym wczoraj przerwaliśmy. Żadnej kobiety nie zaprosiłem do domu rodziców. Mój gość, zabawa, zwieszeni broni.

Nie miała czasu odpowiedzieć.

Jako szef miał z nią problem. Jeśli chciał kadry, która potrafi dopilnować każdego detalu, ona tych wymagań nie spełnia. Zdała sobie sprawę, że nie jest aż takim złym facetem. Była rozczarowana brakiem awansu, ale jej złość na niego nie była uzasadniona.

Drzwi otworzyły się z impetem. Powiew chłodnego powietrza wdarł się do środka. Potem drzwi zaczęły się zamykać. Chaz Monroe ruszył naprzód, aby je zablokować, i znalazł się bliżej niej. Gdy przechodziła obok niego, dotknęła go ramieniem. Przeszyła ją iskra, westchnęła i zesztywniała. Stała tak blisko, że czuła oddech Chaza. Wystarczyło podnieść oczy, a jej usta znalazłby się w zasięgu jego warg.

– Łatwo na to wyrazić zgodę. – Jej głos się załamał. Z bijącym sercem szukała jego oczu. – Zyskujemy tymczasowe rozwiązanie.

– Może potraktujesz przyjęcie jako nowy początek naszych kontaktów? Liczę na to.

Nie wziął jej w ramiona ani nie pocałował, ale czuła na ustach ten wyobrażony pocałunek. Jednak Chaz odszedł na bok, przytrzymując drzwi ręką, aby mogła wysiąść.

Gdy go minęła, wszedł do środka i uśmiechnął się do niej poważnie. Została sama w korytarzu. Wokół niej krzątali się ludzie, nie mając pojęcia o jej samopoczuciu. Na chwilę musiała oprzeć się o ścianę.

ROZDZIAŁ DZIESIĄTY

Kim stała na chodniku i patrzyła na dom. W słońcu późnego popołudnia piętrowy budynek z czerwonej cegły wyglądał na wymarły. Choć nie nosił śladów zniszczenia, sprawiał wrażenie zaniedbanego.

Ciemne okna przerywały monotonię ceglanych ścian w tym typowym dla lat czterdziestych dwudziestego wieku domu. Na werandzie stała kolekcja pustych doniczek, w których kiedyś rosło różowe geranium, dzięki czemu to miejsce wydawało się przytulne.

Pozbawione świątecznych ozdób okna nie wyglądały zachęcająco. Zaciągnięte żaluzje stanowiły barierę odgradzającą dom od świata. Niewielki trawnik był starannie przystrzyżony, betonowa ścieżka – zamieciona. Przekonała się, że wynajęty syn sąsiadów poważnie traktuje swoje obowiązki.

– Witaj w domu, Kim – rzekła do siebie.

Podniosła z ziemi niewielką torbę. Choć dom znajdował się w New Jersey, zaledwie pół godziny jazdy pociągiem od jej mieszkania, postanowiła tu zanocować. Upłynęło kilka minut, zanim postawiła pierwszy krok na ścieżce. Uświadomiła sobie, że nie zawsze było tu ponuro, że lęk nie zawsze był tu uczuciem dominującym.

Zdarzały się też dobre chwile i zabawne momenty. Kim kochała matkę, uwielbiała ją prawie do końca. Matka także ją kochała, w miarę swoich możliwości. Tylko że bardziej kochała męża, który odszedł dawno temu.

Kim wyprostowała się. Ta podróż wiązała się z potrzebą odrzucenia na dobre bagażu przeszłości. Pielęgnowanie poczucia winy jest nierozsądne, niezdrowe i przeszkadza w prowadzeniu normalnego życia.

Żałowała, że odrzuciła propozycję Brendy. Zmierzenie się z problemami byłoby łatwiejsze z przyjaciółką. Trudno, w końcu jest dorosła, przegna duchy sama.

Jeśli Chaz Monroe potrzebuje nieskomplikowanego zastępcy, to go dostanie, pomyślała, mrugając oczami i zgrzytając zębami. Potem ruszyła ścieżką zdeterminowana, by zmierzyć się z problemem.

Jednocześnie próbowała zapomnieć o uroczym Chazie, co okazało się niezwykle trudne.

Nie mógł znaleźć dla siebie miejsca. Chodził po gabinecie i co chwilę zatrzymywał się, by wyjrzeć przez okno. Za każdym razem patrzył z góry na świątecznie udekorowaną ulicę i na toczące się po niebie chmury.

Każdy szczegół przypominał mu Kim i skojarzenia, jakie wywoływała. W ciągu ostatniego kwadransa dwukrotnie sięgał po słuchawkę, by do niej zadzwonić. Wypełniło go poczucie pustki i zagubienia.

Niespełna pół godziny temu, idąc do automatu po wodę, minął Alice, nie mówiąc do niej ani słowa. Poczuła się urażona i teraz go ignorowała.

Wiedział, że Rory nazwałby go pantoflarzem. Zachowywał się, jakby miał obsesję na punkcie Kim, podczas gdy w Nowym Jorku nie brakowało kobiet. Z uporem odrzucała jego warunki, była jak bolesny wrzód. Jednak przyznała się do problemów i wyraziła chęć uporania się z nimi.

Sara wykonała kawał dobrej roboty. Kim była sama i było mu z tego powodu przykro. Monroe'owie tworzyli klan. Jego rodzice byli małżeństwem od czterdziestu lat i nadal się kochali. Siostra Shannon na pierwszym roku studiów w Harvardzie poznała chłopaka, za którego wyszła rok temu zaraz po obronie dyplomu.

A Rory... to Rory.

Jego rodzina nie była idealna, jednak wspierali się nawzajem i byli wobec siebie lojalni. Czas spędzany razem zawsze był wspaniały. A co by było, gdyby jak Kim nie miał nikogo, kto by go wspierał? Gdyby ciężko pracował, by się przebić, a tu nagle ktoś zagroził jego karierze?

Oparł się o parapet, zagłębiony w myślach. Ojciec Kim najprawdopodobniej żył, ale nie utrzymywał z nią kontaktu. Wystąpił o rozwód, kiedy była dzieckiem. Matka, Deborah McKinley, dużo czasu spędzała w szpitalach, a w zeszłym roku zmarła. Czy odejście męża było przyczyną choroby matki? Jednak to, co przeczytał, mimo że było bardzo smutne, nie wyjaśniało stosunku Kim do świąt.

Musi to odkryć. Czy Kim, przebywając stale z chorą matką, przejęła od niej skłonność do depresji?

Zerknąwszy na zegarek, wypadł z biura, łapiąc w biegu kurtkę leżącą na krześle. Tylko jedna osoba może mu pomóc w rozwiązaniu tej zagadki. Musi przekonać Brendę, choć nie będzie to proste.

Weszła do schodach do swojej dawnej sypialni i rzuciła torbę na podłogę. W pokoju czuć było stęchliznę, wszystko pokrywała gruba warstwa kurzu.

Przerażającą rzeczą było to, że nic się tutaj nie zmieniło, sypialnia wyglądała tak jak zawsze.

– Nie mam zamiaru źle się tu czuć.

Nikt jej nie odpowiedział, w pustym domu panowała cisza. Poza tym w środku było chłodno.

– Następny przystanek: piec – rzekła na głos, by zagłuszyć ciszę.

Schodząc na dół, minęła sypialnię matki. Drzwi były zamknięte. Nie otworzyła ich jednak, postanowiła najpierw zadbać o siebie. Swoje zachowanie uznała za dobry krok na drodze do uwolnienia się od przeszłości.

– Ogrzewanie włączone. – Ku jej uldze piec dał się uruchomić. Potem poszła do kuchni, która była w idealnym stanie.

Rozejrzała się po pomieszczeniu, w którym z matką gotowały i jadały przy małym stoliku dosuniętym do ściany, gdyż wolały przytulną kuchnię od salonu. Otworzyła kilka szafek i lodówkę, potem poszła po torebkę.

Musi iść po zakupy, żołądek dawał o sobie znać. Nie mogła sobie przypomnieć, kiedy ostatni raz jadła prawdziwą kolację. Była zaganiana i przeważnie zadowalała się daniami chińskimi na wynos.

Kiedyś lubiła gotować, czego nauczyła ją matka, gdy była jeszcze w dobrym stanie. Najbardziej lubiła piec, choć ciasteczka, które wyrzuciła wczoraj, były jej pierwszą próbą od lat. Teraz ma masę czasu i przygotuje coś pysznego. Może pieczeń z warzywami?

Posprząta też dom, zanim wystawi go na sprzedaż z nadzieją, że może jakaś rodzina będzie tu szczęśliwa.

Jak większość ludzi uważała, że domy potrzebują miłości oraz troski.

Ale najpierw zakupy. Przebierze się i pójdzie do pobliskiego supermarketu, a jeśli pospieszy się, wróci przed zmrokiem. Odkurzy kuchnię, gdy danie będzie dochodzić w piekarniku. Musi zwolnić tempo.

Wciąż czuła się zirytowana, bo nie przywykła do wolnego czasu. Z satysfakcją zauważyła, że od dziesięciu minut nie pomyślała o Chazie, co także jest postępem. Była pewna, że ucieczka od niego okaże się produktywna.

– Brenda?

Przestała obracać się w fotelu i z rezerwą spojrzała na Chaza.

– Pracujesz do późna – zauważył.

– Gdyby to była praca od dziewiątej do piątej, panie Monroe, może miałabym czas na randki.

Alice miała rację co do Brendy, która najwyraźniej nie dzieliła obsesji Kim na temat świąt. Na biurku stała niewielka choinka owinięta migającymi światełkami i miniaturowymi ozdobami. Błyszczące łańcuchy wisiały między półkami. Boks wypełniał zapach choinki.

Chaz wskazał ręką na drzewko.

– Czy ona tu wchodzi?

– Nie o tej porze roku. – Brenda nie zamierzała udawać, że nie wie, o kogo chodzi.

– Nie próbujesz jej przekonać?

– Jest moją przyjaciółką i ma prawo do własnych opinii.

Chaz przysiadł na skraju biurka i popatrzył na ściankę oddzielającą boks Brendy od biurka Kim.

– Wygląda, jakbyś się o nią martwił – odezwała się Brenda.

– A ty nie?

Spojrzała na niego badawczo.

– Jest dużą dziewczynką i układa sobie życie, jak chce.

– Wydaje się smutna.

Brenda nie zareagowała na tę diagnozę stanu Kim.

– Wiesz, na czym polega jej problem ze świętami? – zapytał.

– Przepraszam, nie mogę o tym mówić. Obiecałam.

– Jednak mam wrażenie, że chciałabyś jej pomóc.

Brenda westchnęła.

– Oczywiście, że chciałabym jej pomóc. Nie jestem obojętna na to, co się dzieje.

– Jednak uważasz, że to nie mój interes?

– Tak, przykro mi.

Chaz wstał.

– Uczciwie stawiasz sprawę. Czy mogłabyś mi jednak powiedzieć coś, co mogłoby pomóc? Cokolwiek.

– Wątpię. Zwolnisz mnie za to, że chronię prywatność przyjaciółki?

– Tylko gdybym był tym potworem, którego we mnie widzicie.

– Chcesz powiedzieć, że nim nie jesteś?

Uśmiechnął się.

– Miałem nadzieję, że tylko Kim tak myśli.

– Po co więc potrzebujesz tych informacji?

– Żeby jej choć trochę pomóc – odrzekł.

– Trochę odnosi się do kontraktu czy do niej osobiście?

– Lubię ją. Bardziej niż powinienem – przyznał.

Brenda przez chwilę się zastanawiała.

– Dlaczego sądzisz, że twoja pomoc coś da?

– Ponieważ właśnie przypominałem sobie coś na temat jej mieszkania.

– Co?

– Wczoraj pachniało w nim ciasteczkami.

Brenda uniosła rękę, by mu przerwać.

– I co z tego?

– Pachniały jak ciasteczka robione na święta. Dorastałem z tym zapachem – wyjaśnił. – Ciasteczka maślane są podstawą świąt. Nawet stary Mikołaj nie może im się oprzeć.

Brenda znów potrzebowała minuty na zastanowienie. Chaz ją obserwował.

– Może się mylisz – zasugerowała w końcu. – Może to były ciasteczka czekoladowe?

– Na pewno nie mylę się co do tego, że upiekła ciasteczka w okresie przedświątecznym. Czy nie wydaje ci się to dziwne?

Brenda zmarszczyła brwi. Chaz zauważył, że nie ma ochoty odpowiadać.

– Nie wiedziałam, że w ogóle piecze ciasta – przyznała.

Skinął głową i zadał inne dręczące go pytanie:

– Dlaczego osoba, która nienawidzi świąt i wszystkiego, co się z nimi wiąże, miałaby piec ciasteczka?

Chaz zauważył, że Brenda jest w rozterce. Nawiązując do ciasteczkowego dochodzenia, rzekła:

– Jeśli masz rację, to znaczy, że podjęła próbę.

– Próbę czego?

– Żeby iść naprzód.

– W kwestii świąt?

– W kwestii wszystkiego.

Chaz znów zerknął na ściankę działową.

– Dziękuję, Brenda. To wszystko, co chciałem wiedzieć.

Chwyciła go za ramię.

– To nie wszystko, co powinieneś wiedzieć, ale reszty nie mogę ci wyjawić.

– Wiem o jej matce i odejściu ojca.

– Może wiesz, ale ta historia w przypadku Kim ma o wiele głębsze dno.

– Wszystko jedno, możliwe, że ma zamiar się zmienić. Powiedziała mi to w windzie. Myślisz, że na serio?

Brenda niezobowiązująco przytaknęła.

– Tak sądzę.

– Czuję, że muszę to odkryć. Nie jestem całkiem nieczuły, też mam uczucia. Lubię ją. I wiem, jak sprzedać projekt.

– Kim nie jest projektem, jest osobą.

– Tak, wyjątkową – zgodził się.

Brenda zerknęła na korytarz.

– Domyślam się, że ją lubisz, ale nie jestem pewna, czy powinieneś węszyć.

– Próbuję tylko pomóc, celowo jej nie zranię, obiecuję. Wydaje mi się, że lepiej nie mówić Kim o tej rozmowie. Wiem, że jesteś wobec niej lojalna, ale proszę, zaufaj mi w tej sprawie.

Brenda wyglądała, jakby biła się z myślami. Wychodząc usłyszał, jak rzuciła za nim:

– Też masz uczucia? Mam nadzieję, że to udowodnisz.

ROZDZIAŁ JEDENASTY

Po powrocie z supermarketu kuchnia wypełniła się cudownym zapachem pieczeni. Kilka marchewek, pokrojone ziemniaki, trochę bulionu i atmosfera w domu od razu zmieniła się na lepsze.

Czuła, że miejsce to zaczyna żyć.

Włożyła fartuch i przez kilka następnych dni postanowiła odgrywać rolę idealnej pani domu. Już zeskrobała warstwę kurzu w kuchni i umyła podłogę. Zajęcia te miały jej pomóc zapomnieć o codzienności.

W reklamie okresy przestoju były rzadkie, umysł cały czas pracował na pełnych obrotach. Czy nie mówi się, że od bezczynności umysł rdzewieje?

Nakryła do stołu i otworzyła wino, by pooddychało, jak rekomendowała sprzedawczyni. W domu nie było kieliszków, umyła więc filiżankę i spróbowała sobie przypomnieć, kiedy ostatni raz była na randce. W Święto Dziękczynienia? A może w okolicach Halloween czy raczej walentynek? Na pewno po Święcie Dziękczynienia z nikim się nie umawiała.

Chaz Monroe uświadomił jej, że zbyt długo była sama. Pewnie dlatego tak na niego reagowała. Może borykała się z problemami, ale była kobietą i miała swe potrzeby.

Filiżanka zastukała, gdy siadała przy stole.

Chaz Monroe znów zagościł w jej myślach. Każdej takiej myśli towarzyszyło mrowienie w miejscach, gdzie jej dotykał, czule, delikatnie i zmysłowo. Napinała się na wspomnienie dźwięku rozsuwającego się wolno zamka, który dawał mu dostęp do jej rozpalonej skóry. Suwak miał w sobie coś diabelnie zmysłowego.

Usiadła wygodnie na krześle i potrząsnęła głową, by odsunąć wspomnienia. Nie pozwoli też, by obezwładniły ją tłumione od dawna emocje, które zawsze pojawiały się po przekroczeniu progu tego domu.

– A więc przede wszystkim trzeba stawić czoło domowi – oznajmiła głośno. – Jeśli tego dokonam, poradzę sobie z resztą.

Musi zabrać się do pracy. Gdy posprzątała kuchnię, zabrała się za salon. Spocona zamiatała, odkurzała. W końcu, zadowolona z efektu, postanowiła zjeść kolację. Siedząc przy małym stoliku, piła wino. Nie umiała ocenić, czy jest dobre, ale nie miało to znaczenia.

Podanie pieczeni zajęło kilka sekund. Jedzenie trwało trochę dłużej. Kuchnia wydawała się zbyt cicha. Zegar na ścianie przestał chodzić. Nigdy nie było tu radia, by zagłuszyć ciszę. W przeciwieństwie do jej mieszkania w dużym hałaśliwym budynku dom przypominał samotną fortecę. Gdy Kim siedziała nad niedokończoną kolacją, poczuła dojmującą samotność, której towarzyszył głęboki smutek.

Ma siłę, by go pokonać. Upadek matki był dla niej lekcją, jak nie należy postępować. Jeśli nie upora się z sobą, nigdy nie zbuduje poważnego związku. Sukcesy w pracy to jedno, ale puste mieszkanie każdego dnia jest koszmarem, z którym wolała się nie konfrontować.

Wyobrażała sobie matkę, jak gotowała kolacje i jadała je w samotności. Był to rozdzierający serce obraz.

Znów dopadło ją poczucie winy, że wyjechała. Już nie była w stanie radzić sobie z chorobą psychiczną matki. Uniosła głowę oraz filiżankę w kierunku pustego krzesła i powiedziała z większą pewnością siebie, niż w rzeczywistości czuła:

– Jeśli coś ma się zmienić, musimy zdjąć klątwę z tego miejsca.

Zbliżała filiżankę do ust, gdy usłyszała dzwonek u drzwi. Zaskoczona poderwała się na nogi.

Odezwała się w niej mieszkanka dużego miasta. Samotna kobieta nie reaguje na dzwonek, jeśli nie wie, kto stoi za drzwiami. Nikt oprócz Brendy nie wiedział, że tu jest. Ale przypomniała sobie, że to nie jest duże miasto. To okolica, w której ludzie się znają. Może chłopak z sąsiedztwa zauważył palące się światła i przyszedł po zapłatę za opiekę nad trawnikiem?

Zapaliła światło na werandzie, ale na stopniach nikogo nie dostrzegła. Gdy otworzyła drzwi, nikogo na zewnątrz nie było. Nagle zobaczyła duże pudełko na podeście schodów. Najwyraźniej dostała przesyłkę.

Wyszła, rozejrzała się i przyjrzała paczce – było na niej jej imię i nazwisko, ale bez adresu nadawcy. Podniosła pudełko i ostrożnie je otworzyła.

W środku znajdowało się kilka mniejszych przezroczystych pudełek przewiązanych wielkimi czerwonymi kokardami. Wszystkie zawierały ciastka w najrozmaitszych kształtach, w tym i bożonarodzeniowych choinek. Potrzebowała chwili, by się otrząsnąć.

Zapominając, że matki już tu nie ma, czekała na tyradę przeciwko świętom, która jednak, co zrozumiałe, nie nastąpiła. Ściany nie zawaliły się z powodu pudełka stojącego teraz na podłodze w salonie, a matka nie wstała z grobu.

Kim powoli wypuściła z płuc powietrze.

– No dobra, prezent od kogoś nieznanego. Niespodzianka.

Zostawiwszy pudełko na podłodze, poszła do kuchni. Usiadła przy stole, uniosła widelec, choć kłębiące się w głowie myśli przeszkodziły jej w dokończeniu coraz zimniejszej pieczeni.

Brenda nie przysłałaby paczki, raczej sama by ją dostarczyła. Więc jej jeśli nie ona, to kto?

Poczuła dreszcz na plecach i wyprostowała się. Chaz Monroe? Nie, to niemożliwe!

Nie miała pojęcia, dlaczego jego imię przyszło jej do głowy. Nie miał pojęcia, gdzie pojechała. Jednak to by do niego pasowało – tak mógłby wyglądać pojednawczy gest z jego strony.

Wbrew zdrowemu rozsądkowi zrobiło jej się gorąco. Nie mogła o nim spokojnie myśleć – czoło pokryło się potem, ręce drżały. Jednak przyjęcie prezentu było kolejnym krokiem w osiągnięciu celu – mierzenia się z problemami. Nie było powodu, by wystawić pudełko na zewnątrz, zostawienie go na podłodze jest w porządku. Jednocześnie uzmysłowiła sobie, że musi rozwiązać aż dwie sprawy: nastawienie do świąt i do szefa.

Poczuła ucisk w żołądku, ale nie było to negatywne uczucie. Nie ruszywszy jedzenia, wstała. Tylko w jeden sposób Monroe mógł ją odnaleźć.

– Nie daruję ci tego, Bren – mruknęła pod nosem i ruszyła na górę w poszukiwaniu komórki.

Jednak nie zadzwoniła do Brendy, wybrała natomiast numer do gabinetu wiceprezesa, zastanawiając się, czy odłoży słuchawkę, jeśli odbierze ktoś inny.

Odebrał on.

– Monroe. – Najprostszą rzecz potrafił powiedzieć w prowokacyjny sposób.

Kim się nie odezwała, porażona jego głosem, i już chciała się rozłączyć. Co byłoby głupie, bo chciała tylko zapytać, czy to on przysłał paczkę.

– Dostałaś przesyłkę? – zapytał, domyślając się w jakiś niepojęty sposób, kto dzwoni.

Kim wpadła w panikę.

– Odnalazłem adres twojej matki i chciałem ci coś wysłać – odrzekł takim tonem, jakby toczyli pogawędkę. – Wszyscy lubią ciastka. I nadal mam nadzieję, że nie odejdziesz z pracy.

– A więc to łapówka? – zapytała, zdając sobie sprawę z tego, że przecież Chaz ma dostęp do jej danych, więc może Brenda nie ma z tym nic wspólnego. – Wiesz, że to ciasteczka bożonarodzeniowe? – dodała.

– Wysłałem je kurierem, bo pomyślałem, że powrót do dawnego domu po śmierci matki może być smutny i potrzebujesz czegoś, co cię rozweseli.

Kim zawahała się. Chaz wie o śmierci matki. Nie przysłał paczki, by sprawić jej ból, lecz przyjemność. Prezent był osobisty, sam go wybrał.

Nie miała pojęcia, jak to ocenić. Czuła absurdalny niepokój – lub może podekscytowanie – na myśl, że Chaz

Monroe poświęcił czas, by kupić jej prezent zaraz po ich rozmowie w windzie.

Nie wiedząc, jak zareagować, powiedziała:

– Dziękuję.

Teraz w jego głosie wyczuwało się wahanie. Słyszała, jak Chaz oddycha z trudem. Intensywność kontaktów między nimi była tak duża, że czuła na skórze iskry. Chemia działała nawet przy takiej odległości.

– Wszystko w porządku? – spytał z troską w głosie.

– Świetnie – skłamała.

– Nie obraziłaś się z powodu prezentu, prawda? Przysięgam, nie miałem złych intencji.

– Nie, nie obraziłam.

– Dobrze – odrzekł z uczuciem ulgi. – Czerwone wstążki skojarzyły mi się z czerwoną sukienką. Robisz wrażenie w tej sukience, wiesz dobrze.

– Będziesz mówił nieprzyzwoite rzeczy przez telefon? – spytała, spychając rozmowę na mniej poważne tory.

Zaśmiał się lekko. Kochała ten śmiech. Sprawiał, że czuła się lżejsza i nie tak samotna. Chciałaby się śmiać razem z nim, śmiać się z własnej powagi. Może jednak Chaz Monroe nie jest dupkiem. Może zostaną przyjaciółmi, jeśli tylko ona na to pozwoli.

– Właściwie nie jest jeszcze późno i zastanawia się, czy nie chciałabyś mnie zaprosić na ciasteczka – dodał.

– Jestem pewna, że to niedobry pomysł. – Była o tym naprawdę przekonana. Przebywanie z nim sama na sam mogłoby doprowadzić do sytuacji, której by potem żałowała. Dopóki nie upora z mroczną przeszłością, żaden facet nie powinien się tu pojawiać.

– Mógłbym przywieźć kolację. Bez aluzji.

– Dziękuję, ale kolację już ugotowałam.

– Naprawdę umiesz gotować? – Niekłamane zdziwienie w jego głosie podbiło jej ego.

– Robię wiele rzeczy, o których nie masz pojęcia, i na dodatek robię je dobrze – odparła.

– Marzę o ciasteczkach, ale pewnie już wszystkie zjadłaś. Więc dobrze, nie będę dłużej się narzucał.

– Już to zrobiłeś – odezwała się.

– Może i tak... ale szanuję twoje prawo do zniszczenia mojej firmy.

– Niekoniecznie twojej firmy. Tylko ciebie.

– A niech to! Baw się dobrze. W każdym razie mam nadzieję, że ciastka poprawią ci humor.

Nie wiedząc, co odpowiedzieć, Kim podziękowała i zakończyła rozmowę. Od razu tego pożałowała. Głos Chaza i prezent sprawiły, że dom stał się mniej pusty.

Czuła się podekscytowana. Przez chwilę trzymała telefon w dłoni, po czym zadzwoniła do Brendy.

– Pomocy! – zawołała, gdy przyjaciółka odebrała połączenie. – Boję się, że zaczynam mu ulegać.

ROZDZIAŁ DWUNASTY

– Masz na myśli jowialnego faceta w czerwonym stroju czy naszego przystojnego szefa? – spytała Brenda.

– Obu – odparła Kim, a po jej skórze przetoczyła się kolejna fala dreszczy.

– Mam przyjechać?

– Nie, dzięki.

– Czasem dobrze na chwilę wyluzować, co w twoim przypadku oznacza pozbycie się uprzedzeń do mężczyzn.

– Przesłał mi prezent.

– Kto?

– Monroe.

W słuchawce zapadła cisza.

– Powiedz, że to diamentowa bransoletka lub naszyjnik. Byłyby to właściwe przeprosiny za jego zachowanie.

– To były ciasteczka. Przysłał mi pudełko ciastek – oznajmiła Kim.

– Zbyt to dobroduszne jak na szczere przeprosiny. Może wpadnę i rozgniotę je w drobny pył?

– Świetny pomysł!

– Czuję się zaszczycona, ale Monroe chyba rzeczywiście chciał cię w ten sposób przeprosić.

– Powiedział, że ma nadzieję, że sprawią mi one przyjemność.

– Rozmawiałaś z nim?

– Podziękowałam mu przez telefon.

– Aha, to chyba dobrze. Ciasteczka, choć pyszne, nie są w gruncie rzeczy niczym osobistym.

– Rzecz w tym... – Kim nie skończyła zdania. Czuła się naprawdę zakłopotana.

– Rzecz w tym, że prezent od Monroe'a ma pomóc w rozwiązaniu twojego problemu – dokończyła Brenda.

– Tak. – Kim była wdzięczna Brendzie za zrozumienie.

– A więc nie ma przegranych, Kim – podsumowała Brenda. – Był miły, ty podziękowałaś. Teraz możesz zjeść ciasteczka i zająć się swoimi sprawami. Jak się poczułaś, kiedy otworzyłaś pudełko?

– Byłam przestraszona. To dom mojej matki, Bren. Tu pozytywne uczucia wydają się nie na miejscu. Prezenty świąteczne były tematem tabu.

– Ale już nie są.

– Masz rację. – Kim westchnęła.

Po dłuższej przerwie Brenda zapytała:

– Są przynajmniej z dobrej cukierni?

– Od Beconsa, przy parku.

– Więc możesz być wdzięczna, że Chaz zna się na cukierniach. Zjedz kilka na deser. Słodycze zawsze pomagają, prawda?

To była niezła rada i krok w dobrym kierunku. Właściwie nie potrzebowała rad, ale za każdym razem, gdy przekraczała próg tego domu, czuła się bezbronnym dzieckiem. W Nowym Jorku odnosiła sukcesy i była dość szczęśliwa... o ile coś takiego istniało.

– Jestem niedoskonała, Bren, i nie chcę, żeby ktoś o tym wiedział. Szczególnie jedna osoba.

– Bo zależy ci na tym, co on myśli?

– Chyba tak.

– Więc dlaczego nie opuścisz słowa „chyba"?

Ponieważ Kim milczała, Brenda dodała:

– Słuchaj, wybierałam się ze znajomymi do baru, ale mogę do ciebie wpaść.

– Nie ma takiej potrzeby. Dzięki za podniesienie mnie na duchu.

– Cała przyjemność po mojej stronie. Przesyłam całuski na odległość. Powodzenia z bombą kaloryczną, Kimmy.

– Wypij appletini za moje zdrowie, Bren.

– Do licha, to był długi dzień, może wypiję dwa.

Po odłożeniu słuchawki Kim się rozejrzała. Nic nie powstrzyma jej przed osiągnięciem celu.

Stara łazienka wydawała się duża i nieprzytulna, ale prysznic działał. Myjąc plecy, próbowała zapomnieć o palcach Chaza na swojej skórze. Była zdeterminowana, ale poległa z kretesem. W jego ramionach przez krótką chwilę była kimś innym. Pozwoliła mu się do siebie zbliżyć.

Naprawdę go lubiła. Od momentu, gdy go zobaczyła, wywoływał w niej silne emocje. Teraz na przykład pragnęła, by brał z nią prysznic. Chyba naprawdę ma problem, i to spory.

W sypialni rozpakowała torbę i powiesiła ubrania. Włożyła stare spodnie od dresu i turkusowy jedwabny top, który na pewno spodobałaby się Monroe'owi. Na ramiona narzuciła luźny wełniany kardigan, zebrała włosy w kucyk i na bosaka zeszła na dół.

Temperatura w domu już się podniosła. Zapaliła światła, zastanawiając się, czy Chaz naprawdę ją lubi. Może nie wszystko stracone? Zgodził się pominąć klauzulę, jeśli ona zgodzi się pozostać na dotychczasowym stanowisku. Jednak nie powinien jej przesyłać prezentów, jeśli nadal ma pracować w agencji.

Wróciła do salonu i popatrzyła na podłogę. Uklękła i wyjęła pierwsze małe pudełko – nic się nie stało, piorun w nią nie uderzył. Wzięła drugie pudełko i cofnęła się pamięcią do czasów, gdy jako dziecko tak bardzo pragnęła świątecznych prezentów. Gdy rozpakowała cztery tuziny ciastek, wstała. Pierwszy krok należy uznać za udany. Poczucie winy trochę z niej wyparowało. Uśmiechnęła się.

– Może gdybym go zaprosiła na kolację, nic złego by się nie stało? – spytała na głos.

Jej pytanie pozostało bez odpowiedzi. Dom duchów milczał. Nagle zrozumiała: jest wolna.

Gdy zadzwonił telefon, migiem pokonała schody. Chwytając telefon, wylądowała na łóżku.

– Bren, nie zgadniesz.

Niski męski głos powiedział:

– Czy jesteś pewna, że nie zmienisz zdania i nie zaprosisz mnie, jeśli powiem „proszę" i kategorycznie zaprzeczę, że jestem stalkerem? Jeśli trzeba, mogę przedstawić odpowiednie referencje.

Chaz. Serce zaczęło bić szybko, wyschło w ustach.

– Nie jestem blisko, jak wiesz – odparła Kim.

– A gdyby tak było, to byś mnie zaprosiła?

– Nie – skłamała.

Co prawda dom stałby wtedy się weselszy. Zaskoczona prezentem, była skłonna się zobaczyć z Chazem.

Gdyby przyszedł, dowiedziałaby się też, czego naprawdę od niej chce i mogłaby mu pokazać, że potrafi radzić sobie we wszystkich sytuacjach. Tak więc w sumie spotkanie mogłoby okazać się dobrym pomysłem.

– Kim, jesteś tam?

To żałosne, jak jej puls przyspieszył na dźwięk jego głosu, a ręka zadrżała.

– No, może gdybyś był bliżej... – rzekła beztrosko, skoro nic jej nie groziło.

W tej samej chwili rozległo się pukanie do drzwi.

– Przepraszam, ale ktoś puka – odezwała się. – Muszę kończyć.

– Zabierz mnie z sobą na wypadek, gdyby to był ktoś, kogo nie chcesz widzieć – odrzekł Chaz.

Kim zbiegła na dół, zapaliła światło na werandzie i wyjrzała. Potem odwróciła się, oparła plecami o drzwi i podniosła słuchawkę do ucha.

– Co się dzieje? – wyszeptał.

Nie mogła mówić. Na werandzie dostrzegła niewielką choinkę.

– Ty ją przysłałeś? – zapytała słabym głosem.

– Nie, nie przysłałem – odrzekł.

Wewnętrzny głos mówił jej, by nie otwierała drzwi. Zbyt dużo wrażeń naraz. Kładąc rękę na gałce, odczekała chwilę, by ochłonąć. Coś jej zaświtało w głowie.

– Pewnie tę choinkę ktoś trzyma?

– Ktoś, kto przypuszczalnie właśnie zapada na zapalenie płuc – odparł Chaz. – Zostałem w pewnym sensie zaproszony, a przypadkiem znajdowałem się w okolicy.

Odłożyła telefon i otworzyła drzwi. Na progu stał Chaz z drzewkiem w ręce. Widok był surrealistyczny.

– Nie wysłałem choinki, przyniosłem ją – wyjaśnił.

Zanim zrozumiała, co się dzieje, przytuliła się do niego. Usłyszała głuchy odgłos upadającej na ziemię choinki. W tym czasie szukała już jego ust.

ROZDZIAŁ TRZYNASTY

Kim McKinley była tajemnicą, ale kto miał czas i chęci, by jej zagadkę teraz rozwiązywać?

Kobieta, o której nieustannie myślał, znajdowała się w jego ramionach. Chociaż miał zamiar tylko z nią rozmawiać, pod wpływem impulsu przestał nad sobą panować.

Pocałunek był gorący i namiętny. Kim spontanicznie zareagowała na jego dotyk, najwyraźniej zdeterminowana podjąć ich romans w miejscu, w którym poprzedniego wieczoru go przerwali. Dała mu wyraźnie do zrozumienia, że nie zamierza przerywać pocałunku.

Jednak była spięta. Gdy mocniej otoczył ją ramieniem, westchnęła smutno. Chaz zwolnił uścisk i przesunął dłonie w kierunku jej piersi, by przekonać się, czy ponownie westchnie. Nie zrobiła tego.

Przez sweter czuł jedwabisty materiał. Gdy wyobraził sobie ciało Kim, ostatecznie złamał postanowienie, by utrzymać dystans.

Całował ją to goręcej, to słabiej i delikatniej, czule ją głaskał, pragnąc odkryć ciało. Jej biodra pasowały do jego. Plecy wyginały się pod wpływem dotyku jego dłoni. Przywarła do niego. Piersi naciskały na jego tors. Chciała tego i nic już nie stało na przeszkodzie.

Chaz pchnął ją lekko do środka. Gdy odwrócił ją do ściany, ruch ich ciał spowodował zatrzaśnięcie drzwi. Wydawało się, że ten dźwięk przestraszył Kim, bo przeszył ciszę niczym zimny wiatr. Zadrżała, odchyliła głowę, jej ręce nagle znieruchomiały. Chaz cofnął się, by zobaczyć twarz Kim w bladym świetle lampy. Zbladła. Czy już żałowała swej decyzji, czy tylko udawała? Do diabła, co się stało? On przecież płonął.

– Co się dzieje? – zapytał.

Miała szeroko otwarte oczy i niewidzące spojrzenie. Dotknął dłońmi jej twarzy i znów się odezwał:

– Kim? Spójrz na mnie.

Jej orzechowe oczy, teraz bardziej zielone niż brązowe, nabrały ostrości.

– Wszystko w porządku? – zapytał. – Nie po to tu przyszedłem. Możemy ograniczyć się do rozmowy. Rozumiesz?

Opuścił ręce i postąpił krok do tyłu.

– Wydawałaś się taka samotna, kiedy rozmawialiśmy przez telefon. Pójdę, jeśli zechcesz, choć wolałbym zostać.

Potrząsnęła głową.

– Chodzi o to, że... odkąd pamiętam, żaden gość nie przekroczył progu tego domu. A na pewno żaden mężczyzna.

– Potrafię być miłym gościem, jeśli się postaram – odparł lekko. – Co byś powiedziała, żeby nadrobić zaległości w gościnności?

– Dobrze. – Uśmiechnęła się, choć jej spojrzenie nadal było czujne.

Zerknął przez jej ramię na salon i zmarszczył brwi. Nie tak wyobrażał sobie pomieszczenie z nią związane – zupełnie nie przypominało jej mieszkania.

Ten pokój nie odzwierciedlał jej osobowości, przynajmniej tej części, którą poznał. W gruncie rzeczy nie nazwałby go ponurym. Wyblakłe zasłony w kwiaty, beżowa kanapa z poduszkami, drewniana podłoga wyłożona dywanikami. Powietrze wypełniał zapach stęchlizny, jakby dom przez jakiś czas stał zamknięty. Wyczuł też zapach detergentu.

Na podłodze leżał prezent, który przysłał. A więc przynajmniej Kim zajrzała do środka, dotykała rękami. Chciał, by jej dłonie znów go dotykały, ale musi zobaczyć, jak daleko może się posunąć.

Przede wszystkim chciał jej powiedzieć o swoich planach szybkiej sprzedaży agencji. Dzięki temu Kim zrozumie, że jeśli chodzi o pracę, nadal do niej należy ruch, to samo dotyczy też jej spraw osobistych.

– Może zaczniemy od wniesienia choinki – zaproponował. – Jest jej przykro, że została na dworze.

Przedłużającą się ciszę uznał za odpowiedź negatywną. Może Kim nie jest gotowa na kolejną niespodziankę?

– Rozmowa też byłaby miła – zasugerował. – Może zacznę i oczyszczę atmosferę?

Nie odrywała od niego wzroku, a on znów zapragnął ją całować i odsunąć na jakiś czas wszystko, co ich dzieli. Nawet jej poważny wyraz twarzy był seksowny. A jeśli chodzi o ciało... było niczym lukier na cieście, którego jeszcze nie miał okazji spróbować.

– Jestem tu, ponieważ chciałem dokończyć naszą rozmowę – zaczął. – Wymiana zdań w windzie była zachęcająca.

Postanowiłem przyjechać, żeby jak najszybciej wszystko wyjaśnić, o ile się na to zgodzisz.

– Po co ten pośpiech? – zapytała, przekrzywiając głowę.

– Wydawał mi się właściwy – odparł zaskoczony, jak bardzo oddziałuje na niego jej blada twarz. – Teraz, kiedy zobaczyłem cię w tym miejscu, nie jestem pewien, czy dobrze, że tu spędzasz święta.

Nie dyskutowała z jego oceną.

– To smutny dom.

– Czy to oznacza, że masz być w nim smutna?

– Ciężko zmienić przeszłość, ale jestem tu, żeby spróbować.

– Tak, zmiana bywa trudna. Może razem moglibyśmy ożywić to miejsce?

Uniosła brwi.

– Czy słowo „natręt" coś ci mówi?

Chaz uniósł ręce.

– To zacznijmy jeszcze raz. Wyjdę i zapukam, a ty otworzysz drzwi i tym razem nie rzucisz się na mnie.

Zrobiła minę, tymczasem on zastanawiał się, co wywołało w niej tak sprzeczne emocje. Faktycznie był to smutny dom, ale domy składają się z drewna oraz gipsu i nie mają duszy. Tymczasem po spędzeniu tu zaledwie kilku godzin Kim wyglądała na osobę przepełnioną smutkiem.

Wszystko się w nim zagotowało. Być może był głupi, pragnąc czegoś nieosiągalnego. Pragnął jej, choć wciąż wysyłała sprzeczne sygnały.

– Możesz też poprosić, żebym zdjął kurtkę i usiadł. – Gestem wskazał kanapę. – I możemy spróbować zachowywać się jak cywilizowani ludzie.

– Czuj się jak u siebie – odrzekła wreszcie i odsunęła się na bok, by go przepuścić.

Zrzucił kurtkę na krzesło i usiadł na kanapie. Poczuł ulgę, a jednocześnie zastanawiał się, jak to możliwe, że Kim równie dobrze wygląda w dresie, jak w eleganckich strojach. W domowym ubraniu wydawała się mniej onieśmielająca. Podobało mu się, że miała gołe stopy i upięte w kucyk włosy. Chciał ich dotknąć.

– Chcesz się czegoś napić? – Nadal stała przy drzwiach. – Podaję wino w filiżankach. Zastanawiam się, czy nie wykreować nowego trendu w barach. Merlot w wyszczerbionej porcelanie. Bardzo modne.

Chaz uśmiechnął się.

– Brzmi to zachęcająco, poproszę. Pomóc?

– Na razie ograniczmy twój pobyt do jednego pomieszczenia – odparła z lekkim uśmiechem.

Wydawało się, że Kim znów jest sobą, choć bał się, że może uciec tylnymi drzwiami i zostawić go tu samego. Odczuł ulgę, słysząc, że zamyka szafkę w sąsiednim pomieszczeniu.

Ze zdziwieniem zauważył, że na ścianach i meblach nie było fotografii Kim. W domu jego rodziców wszędzie znajdowały się zdjęcia upamiętniające najważniejsze rodzinne wydarzenia. Brak osobistych szczegółów go niepokoił. Z tego, co zdążył dostrzec w mieszkaniu Kim, lubiła nowoczesny styl. Nie było tam rupieci, dominowały skórzane meble o eleganckich liniach.

Tamten wystrój pasował do niej w przeciwieństwie do tego tutaj, który był depresyjny.

Nagły dźwięk sprawił, że przeniósł wzrok na drzwi do kuchni. Kim nie żartowała z porcelaną. Pojawiła się z dwiema filiżankami, z których jedną mu podała tak, by uniknąć dotyku jego palców.

Z założonymi nogami usiadła w fotelu naprzeciwko. Przypominała dziecko albo syrenę, która nie zdaje sobie sprawy z tego, jak bardzo jest zmysłowa.

Chaz musiał wziąć kilka głębszych oddechów przed pierwszym łykiem wina. Obserwował Kim.

– Przykro mi to mówić, ale nawet nasza agencja nie będzie w stanie wykreować mody na wino w porcelanie.

Uśmiech rozświetlił jej twarz.

– Coś jest nie tak ze smakiem – zgodziła się. – Czuć porcelanę.

– Co to za wino?

– Nie mam pojęcia. Poleciła je sprzedawczyni z lokalnego sklepu.

Chaz zaśmiał się i upił kolejny łyk, po czym odstawił filiżankę. Położył ręce na kolanach, by powstrzymać się od chęci objęcia kobiety, dla której tracił głowę.

– Od jak dawna tu nie mieszkasz? – zapytał.

– Od dwóch lat. Zostałam tak długo, jak mogłam, aż do... – Urwała, po czym zaczęła od początku. – Nic się tu nie zmieniło od czasu, kiedy byłam dzieckiem. Mam zamiar dokonać napraw i sprzedać dom. Czeka mnie wiele pracy.

– Dlatego tu jesteś?

– Częściowo.

– A drugi powód?

– Uporać się z duchami.

Nie spodziewał się takiej odpowiedzi.

Przestał się uśmiechać, gdy ujrzał jedwabne ramiączko zsuwające się pod rozchylonym swetrem. Oczy powędrowały ku jej piersiom; ich zarys był widoczny pod przylegającym zielononiebieskim materiałem. Nie była ubrana na spotkanie duchów, raczej na randkę.

Nie wiedział, czy zauważyła jego wzrok, ale owinęła się szczelnie swetrem. Dobrze się stało, gdyż w ten sposób pomogła mu uniknąć dalszych nieprzystojnych myśli.

Zdał sobie sprawę, że nadal był w rozterce. Czuł jej perfumy. Ukryte pod śliskim materiałem ciało kusiło. Jego reakcja świadczyła o tym, że nie może z nią pracować w tym samym budynku. Jednak to on podjął inicjatywę, prosząc o wyjaśnienia i przyjeżdżając do niej. Zwierzenia i seks niekoniecznie idą z sobą w parze.

– Czy pojedynek na dyktafony już za nami? – zapytał.

– Nadal jesteśmy na etapie negocjacji? To skąd te prezenty? – odparowała.

Potrząsnął głową.

– Skoro jesteśmy z sobą szczerzy, to muszę przyznać, że źle się czułem po tym, co się między nami wydarzyło. Rozmowa w windzie nie oczyściła do końca atmosfery.

– Dlaczego?

– Nie mam pojęcia.

– Przykro ci z powodu pocałunku na progu domu?

– Nie. – Spojrzał w jej oczy. – A tobie?

– Niespecjalnie.

Chaz poczuł dreszcz na karku, sygnał ostrzegawczy, że albo powinien natychmiast stąd wyjść, albo zabrać się do roboty. Rozmowa o emocjach nie należała do jego ulubionych tematów. Był pewien, że nie różnił się w tym względzie od innych facetów.

– Mam nadzieję, że wszystkich tak nie witasz? – zaczął się z nią droczyć.

Kim wzruszyła ramionami.

– A niby co sprawia, że moi klienci są tak zadowoleni?

Chaz szeroko się uśmiechnął.

– Co powiesz na zmianę tematu? – zasugerował.

– Nie trzeba. Muszę zmierzyć się z problemami, powiem ci więc to, co cię interesuje.

Wzięła głęboki oddech, a ten jej cholerny sweter znów się rozchylił. Chaz odwrócił wzrok. Przed spojrzeniem powstrzymał go jej poważny wyraz twarzy. Nagle poczuł się okropnie, choć przecież nie zrobił nic złego.

– Pocałowałam cię, bo chciałam – oświadczyła. – Uważam cię za niezwykle atrakcyjnego faceta i fizycznie trudno mi się tobie oprzeć.

– Chodzi tylko o pociąg fizyczny?

Pozostawiła to pytanie bez odpowiedzi, jej wzrok błądził po pokoju.

– Moja matka w gruncie rzeczy zmarła z powodu depresji, której bezpośrednią przyczyną było straszne rozczarowanie, którego nigdy nie zaakceptowała. – Wzrok Kim zatrzymał się na drzwiach. – Przestała jeść i wstawać z łóżka. Nie zmarła tu, w tym domu. To nie moja matka jest problemem, z którym muszę się zmierzyć, tylko jej przekonania, którymi od dzieciństwa nasiąkałam.

Chaz zaniemówił. Może powinien powstrzymać ją od dalszych wynurzeń? To, co usłyszał, wydało mu się zbyt intymne.

– Ojciec odszedł od nas w Wigilię, kiedy byłam mała – ciągnęła. – Zostawił pod choinką prezenty, jakby to miało w czymś pomóc. Wyszedł bez słowa wyjaśnienia, bez oglądania się za siebie, pozostawiając na stole niezjedzony posiłek. Potem dowiedziałyśmy, że wybrał inną rodzinę, z którą spędził te święta i resztę życia, co oznaczało też, że przez jakiś czas nas oszukiwał.

Zakłopotany zwierzeniami uważnie ją obserwował. Poprawiła się w fotelu i westchnęła.

– Nie obchodzę Gwiazdki, bo matka jej nienawidziła, gdyż kojarzyła się jej z wieczorem, kiedy zostawił ją mąż. Nigdy nie poradziła sobie z jego zdradą, nigdy nie porozmawiała z ojcem. Ja też.

– Rozumiem – odezwał się, żeby coś powiedzieć.

– Respektowałam życzenie matki i negowałam święta. Od tak dawna to robię, że nie pamiętam już, jak było, zanim złożyłam tę obietnicę. Matka zmarła pół roku temu, a ja z rozpędu postanowiłam nie obchodzić świąt, tak w pracy, jak i w życiu osobistym.

Chaz przeczesał ręką włosy. Czuł się głupio, że zmusił ją do tych zwierzeń. Zrozumiał też, że nie miał do niej na tyle zaufania, by uznać, że klauzula w kontrakcie była zawarta z jakiegoś poważnego powodu.

W pełni zasługiwał na miano idioty. Ciastka, które przesłał, stały w pudełkach u jego stóp. Przyniósł choinkę, planował przyjęcie i naciskał, by wzięła w nim udział – po prostu ją tyranizował. Było za późno na przeprosiny, ale jako jej szef powinien to zrozumieć.

Pytanie teraz brzmiało: jak bardzo przez swoje naciski zaprzepaścił szanse na ich potencjalny związek. Kopnął nogą pudełko, które poleciało w kierunku Kim. Popatrzyła najpierw na nie, a potem na niego, i to na nim zatrzymała wzrok. Chaz był pewien, że pragnienie, które odczuwał, odbijało się w jej oczach.

– Przepraszam, za moment wrócę.

Kim wstała z dwóch powodów. Pierwszym było to, by rzucić się w ramiona Chaza niezależnie od konsekwencji. Patrzył na nią tak poważnie... Pocałunek przełamałby napięcie i uwolnił tłumione emocje.

Drugim powodem była chęć ucieczki do kuchni i zamknięcia za sobą drzwi na klucz. To było lepsze rozwiązanie, odkąd Chaz znał jej tajemnicę. Jeśli zestawi jej zwierzenia z niedawnym stanem emocjonalnym, może wyciągnąć niewłaściwe wnioski, doszukiwać się w niej skłonności do depresji lub histerii. Ale gdyby tak się stało, Chaz nie byłby wart złamanego grosza.

Roześmiać się, rozpłakać, uciec czy się załamać? Kim wahała się, którą z opcji wybrać. Jej życie przestało być tajemnicą, ale radość nie nadeszła. Duchy nie chciały jej porzucić. Sposób, w jaki Chaz na nią patrzył, rozpalił jej zmysły. Powinna błagać, aby wyszedł i zostawił ją samą, ale pragnęła czegoś innego.

Pragnęła bliskości, chciała się z nim kochać. Zbyt długo dzieliła przekonania matki na temat mężczyzn.

– Cierpienie nie powinno trwać wiecznie, szczególnie o tej porze roku – stwierdziła. – Być może święta odmieniłyby życie mojej rodziny, gdyby matka zacisnęła zęby i żyła dalej.

Dlaczego wszystko jest takie skomplikowane? Praca, święta, ciastka i choinka. Siedzący obok niej mężczyzna mógłby ją pokochać, a ona kochałaby go bezwarunkowo, lojalnie i do końca życia. Tego właśnie pragnęła.

Seks z Chazem nie zapewni tych rzeczy, ale pasuje do zakończenia wieczoru. Chaz trzymałby ją w ramionach i sprawił, że poczułaby się szczęśliwa, choćby przelotnie, na jedną noc. Obecność mężczyzny w tym domu usunęłaby na zawsze czary rzucone przez matkę. Już czuła, że słabną. Do diabła z pracą i jutrzejszym samopoczuciem.

– Przykro mi, że musiałaś przez to przejść – rzekł, po czym wstał i podszedł do niej.

Nie dotknął jej, nie musiał. Jego głos spowodował wibracje, które przeszły jej po plecach i powędrowały niżej, w okolice bioder, aż dotarły do miejsca, w którym nie powinny się znaleźć. Chaz nie był już wrogiem, nie chciała, by odchodził. Mimo kłótni dobrze się czuła w jego towarzystwie. Była pobudzona i pełna życia. Każdy nerw namawiał ją, by podejść do niego bliżej.

– Nie jestem pewna, co ty na to – odezwała się, czując rozedrgane nienaturalne ciepło.

Wtedy nastąpił dotyk. Bardzo delikatny. Chaz palcem uniósł jej brodę, by mu spojrzała w oczy.

– Teraz chciałbym przejść do dalszych zwierzeń, tym razem moich. Jeśli nie masz nic przeciwko temu.

Kim próbowała odwrócić głowę, ale jej na to nie pozwolił.

– Naprawdę mnie lubisz, mimo wszystko. I to się na razie liczy. Mam rację? – Nie doczekawszy się odpowiedzi, dodał: – Chcę być przy tobie. Jeśli mam być szczery, nie jestem w stanie trzymać się od ciebie z daleka. Wierzę, że nam się uda, że możemy spróbować.

– Jak? W biurze pewnie już huczy od plotek. Kocham moją pracę, a wygląda na to, że będę musiała odejść.

– Nie, Kim. Przetrzymaj i zobacz, co się będzie dziać. Nie zwracaj uwagi na plotki, biorę je na siebie. Dopóki będę w agencji, podam moją wersję na temat tego, co się wydarzyło w barze. Wezmę winę na siebie i wszyscy uwierzą, że nic złego się nie stało.

– Bo się nie stało.

– Jak do tej pory, nie sądzisz?

Zbliżył usta do jej warg. Kim walczyła, by nie zamknąć oczu.

– Są przesłanki na temat przyszłości firmy, które mogą wpłynąć na twoją pozycję. Dojdziemy do tego, obiecuję. Na razie cieszmy się wieczorem.

Wziął ją w ramiona. Pod wpływem jego zaborczości ustąpiła, poddała się pragnieniom. Wypowiedziała magiczne słowa, by uwolnić się spod tyranii matki.

Różnica między nią a matką była taka, że nie spodziewała się wspólnej przyszłości z Chazem. Gdyby ją zostawił, nic by się nie stało. Tak w każdym razie sobie powiedziała. Wiedziała, że to kłamstwo, ale bała się do tego przyznać. Każda minuta w obecności Chaza była niczym świąteczne prezenty, których nigdy nie dostawała. Towarzyszyły temu długo wyczekiwane pozytywne emocje.

– Sypialnia – wyszeptał Chaz.

– Nie, nie tam. – Jej serce nadal waliło. Adrenalina buzowała.

– A więc tutaj – zgodził się, potem ukląkł, objął ją mocno i położył na podłodze w otoczeniu sterty pudełek oraz kokard.

Patrzyła na niego, zdając sobie sprawę, że tym razem dzieje się to naprawdę. Wkrótce w pełni pozna Chaza. Przetestuje też swoją teorię na temat jednorazowej przygody, która zakłada, że jest ona w porządku, gdy służy zdjęciu zaklęcia... Żadne z nich już nie zdoła zatrzymać tego, co się między nimi działo. Kim pragnęła namiętności i bliskości, by ból związany z jej rodziną przeminął.

– Jest tylko jeden problem – odezwała się, przyciągając go bliżej siebie.

– Jaki? – Usta, które zawisły nad jej wargami, zawierały obietnicę.

– Za dużo ubrań – odparła, sięgając do jego piersi.

ROZDZIAŁ CZTERNASTY

Pocałunek był zaskakujący. Otwarte usta, wilgotne języki, przyspieszone oddechy. Górę wzięła niecierpliwość i namiętność. Tego wieczoru nie było miejsca na grę wstępną, czułe pieszczoty. Zbyt byli podnieceni. Kim smakowała bliskość Chaza, jego pocałunki, dźwięk paznokci przesuwających się po koszuli.

Czuła się szalona, niespełniona i otwarta na wszystko, co miał jej ofiarować. Chciała też sprawdzić, czy w ten sposób zdoła uporać się z bagażem przeszłości. Między pocałunkami Chaz dawał jej czas, by złapała oddech, i patrzył na nią badawczo. Ich ciała mocno do siebie przylegały. Leżał na niej, rękami dotykając jej włosów, policzków, szyi. Pocałunki znaczyły drogę wyznaczaną wpierw przez palce. Kim czuła, że zaraz oszaleje. Wtopiła się w niego, ich biodra doskonale do siebie pasowały.

Jej usta wymierzały mu wyrafinowaną karę, stanowiły obietnicę tego, co miało dopiero nastąpić. Cofnął się, ale tylko po to, by ustami zacząć odkrywać nowe miejsca – obojczyki i piersi kryjące się pod jedwabnym topem. Gdy zaczął je całować, Kim wydała z siebie stłumiony okrzyk. Niecierpliwie sięgnęła guzików koszuli.

Potem dał się słyszeć dźwięk rozdzieranego materiału. To Chaz zerwał cienkie ramiączko topu, odsłaniając jej ramiona. Podciągnął ją tak gwałtownie, że usiadła, pocałował, a potem zdjął sweter. Przez chwilę się jej przyglądał. Pozbawiony ramiączek top opadł z szelestem. Chaz dotknął dłonią jednej piersi, by po chwili ją objąć. Kim zamknęła oczy i zaczęła się kołysać w przód i w tył. Szybko miejsce dłoni zajęły usta. Za dużo i za mało doznań jednocześnie. To, czego doświadczała, było niezwykłe i pragnęła więcej. Znalazła w sobie siłę, by oprzeć się hipnotycznym pocałunkom Chaza, odepchnęła go i spojrzała na niego błagalnie.

Bezbłędnie odczytał jej spojrzenie. Jednym ruchem zdjął koszulę, odsłaniając muskularny, lekko owłosiony tors. Jego wspaniałe ciało działało na nią niczym magnes. Kim nie mogła się powstrzymać: dotykała go i muskała palcami. Był idealnie zbudowany, czego zresztą domyślała się już wcześniej.

Zdając sobie sprawę z jej milczącej aprobaty, ostrożnie położył ją znów na podłodze i zdjął z niej dres tak płynnym ruchem, że zadrżała. Swoich spodni nie zdążył jednak zdjąć. Kim rozpięła najpierw pasek, a potem drżącymi rękami rozporek. Seksowny dźwięk rozpinającego się suwaka wypełnił pokój. Widziała jednak tylko twarz Chaza, malujące się na niej pożądanie i coś jeszcze, czego nie śmiała nazwać.

Nie oszukiwał, chyba naprawdę ją lubił. Wyraz jego twarzy świadczył o tym, że mu na niej zależy, że jej potrzebuje przynajmniej dziś, tak jak ona jego. Wiedziała, że te emocje są widoczne także na jej twarzy.

Chaz chwycił jej biodra i się do niej przysunął, nadal szeroko patrząc jej w oczy. Czuła jego napięte mięśnie. Potem delikatnie w nią wszedł, cały czas obserwując jej reakcje. Kim znów zamknęła oczy. Po prostu musiała to zrobić, bo odczuwała niewyobrażalną przyjemność. Nagle straciła pewność, czy da radę, czy zdoła dotrzymać mu kroku. Była bardzo pobudzona.

Chaz to wyczuł. Wszedł z nią z większą siłą, wywołując jeszcze silniejszą reakcję. Wydała z siebie zduszony okrzyk.

– Wiem – wyszeptał jej do ucha.

Wszystko w jej ciele przyspieszyło, ale czegoś się obawiała.

– Nie mogę... – wykrztusiła.

– Ależ możesz – rzucił w odpowiedzi.

Jego biodra zaczęły się miarowo poruszać, jej biodra dopasowały się do niego. Objęła go za plecy, jej palce wbiły się w jego skórę, jednak nie z zamiaru przejęcia kontroli, tylko dla zachęty, by kontynuował. Aż wreszcie nastąpił finał, którego oboje tak potrzebowali.

Byli zbyt rozpaleni, by przedłużać grę. Czas zatrzymał się, a świat wokół zapadł. Chaz wykonał ostatni ruch i ich głośny krzyk wypełnił powietrze. Potem opadli na podłogę. Leżeli w milczeniu, ale nadal drżeli, próbując złapać oddech. Po jakimś czasie zaczęli od nowa.

ROZDZIAŁ PIĘTNASTY

Spał niespokojnie. Czuł dyskomfort i w końcu otworzył oczy. Leżał na plecach na podłodze. Bolały go ramiona i kolana. Przykrywało go coś miękkiego. Koc? Po chwili przypominał sobie, gdzie się znajduje. W salonie panowała ciemność, a więc niewiele czasu upłynęło od czasu, gdy skończyli się kochać.

Kim nie było przy nim, ale okryła go kocem, zanim wyszła. Może udała się do łóżka? Szkoda, że nie zaproponowała, by jej towarzyszył.

Gdy usiadł, zauważył, że jest nagi. Przytrzymując się stolika, wstał. Po omacku odszukał lampę i ją włączył. Wokół leżały ich ubrania i rozrzucone ciastka. Widząc je, poczuł się lepiej – Kim nie posprzątała, nie usunęła śladów.

Westchnął głęboko. Nie mógł sobie przypomnieć, by kiedykolwiek przeżył taką noc. Był to naprawdę wspaniały seks. Jednak nadal pragnął Kim, a co dziwniejsze, chciał trzymać ją w ramionach, kołysać, spać razem z nią.

Ta myśl była szokująca. Zwykle zbierał manatki i wychodził, tym razem został.

W salonie trudno było czuć się komfortowo, więc nic dziwnego, że Kim musiała stąd wyjść. Jej samopoczucie było dla niego ważne. Nagle poczuł ucisk w żołądku.

– Kim? – zawołał zaniepokojony.

Odnalazł schody i wbiegł na górę, pokonując po dwa stopnie naraz. Choć w korytarzu panowała ciemność, stwierdził, że jedne z drzwi są otwarte. Z sercem w gardle ruszył do nich. Żaluzje w pokoju były częściowo podniesione, zasłony rozsunięte. Dzięki ulicznej lampie ujrzał zarys łóżka, komodę i włącznik.

Zapaliwszy światło, zauważył, że w łóżku ktoś niedawno leżał. Jednak teraz nie było tu nikogo.

– Kim! – Znów nie doczekał się odpowiedzi.

Odszukał w korytarzu łazienkę, którą przepełniał zapach Kim. Wrócił na korytarz i zaczął nasłuchiwać. Dom pogrążony był w całkowitej ciszy.

Sprawdził pozostałe sypialnie. Wzdrygnął się. Został sam, porzucony w obcym domu. Wtedy ogarnęło go bardzo złe przeczucie.

Czekała na taksówkę. Stała, oddychając z trudem, ubrana w stare dżinsy, golf i buty, które znalazła w szafie. Zmęczona i niespokojna chodziła tam i z powrotem po chodniku. Mężczyzna jej marzeń spał na podłodze w salonie matki, a ona spanikowała i uciekła.

Chciała wrócić do domu, żeby się z nim kochać. Potrzebowała żelaznej woli, by pozostać na ulicy. Łamanie zasad nigdy nie było tak cudowne. Nie poszła z nim do łóżka. Szukała towarzystwa, tymczasowego układu, który miał pomóc w zmierzeniu się z bolesną przeszłością, i to się udało. Teraz postępowała jak zawsze.

Choć było jej ciężko, musiała odejść. Chaz jest fantastycznym facetem i strasznie go pragnęła, ale jeśli teraz go zostawi, on jej w przyszłości nie porzuci.

W powodu zwierzeń i wspólnej nocy praca w tej samej firmie, w tym samym miejscu, staje się niemożliwa. Nie byłaby w stanie w obecności Chaza zachowywać się obojętnie. Czuła ból w piersi i nadal w środku płonęła.

Gdy podjechała taksówka, spojrzała przelotnie na pogrążony w ciemnościach dom i usiadła na tylnym siedzeniu. Przynajmniej zostanie jej pamiątka: wspomnienie nocy. Już jest wszystko dobrze.

Ból z powodu Chaza kiedyś przeminie. Sprzeda dom i zacznie się cieszyć życiem. Odczuła ulgę, gdyż podjęła decyzję o odejściu z pracy i rozpoczęciu nowego rozdziału. Chaz jej w tym pomógł.

– Dziękuję – szepnęła, jadąc w kierunku miasta.

Po chwili łzy zaczęły spływać jej po twarzy. Do licha, już za nim strasznie tęskni.

Siedział w salonie matki Kim i rozmyślał. Czy to możliwe, że po latach randek został wykorzystany i porzucony? I to przez jedyną kobietę, której w życiu pragnął. Czyżby aż tak bardzo się co do niej mylił? Nikt nie potrafi udawać uczucia w czasie zbliżenia. Nie, Kim naprawdę odczuwała przyjemność, gdy się kochali. Raz czy dwa w jej oczach pojawiły się łzy, które niemal nim wstrząsnęły. No i nakryła go kocem. Nie świadczyło to o wyrachowaniu. Dlaczego więc odeszła?

Zerknął na zegarek. Druga w nocy. Za kilka godzin ma wstępne spotkanie na temat sprzedaży agencji. Kim zniknęła i stracił okazję, by opowiedzieć jej o swoich planach.

Zostawiła go, bo najwyraźniej wierzyła, że jedno z nich musi tak postąpić. W ten sposób żegnała się z pracą i z nim. Wszystko to jest do bani!

Nie znalazł właściwego określenia na to, co dziś robili. Nie nazwałby tego „kochaniem się", bo to oznacza coś więcej niż seks i pożądanie. Oznacza wzajemne odkrywanie się i o wiele delikatniejsze pocałunki. Dziś był to seks między dorosłymi ludźmi.

Nagle przestał być tego pewien.

Kim McKinley znów chciała nim manipulować, ale nie zamierzał dłużej się w to bawić. Próbował, ale przegrał, trudno. Stracił ją, lecz przeżyje. Monroe'owie są w tym mistrzami. Kupno i sprzedaż firm wzmocniło jego wytrzymałość.

Potrzebował świeżego powietrza. Ubrał się i podszedł do drzwi frontowych w płonnej nadziei, że znajdzie Kim na werandzie. Gdy się przekonał, że jej tam nie ma, poczuł ból. Po chwili jednak uśmiechnął się szeroko.

Coś na werandzie się zmieniło, dając mu nadzieję, że to jednak nie koniec. Syrena o jedwabistej skórze może i uciekła, ale zabrała z sobą bożonarodzeniowe drzewko.

Dwa dni później Kim obudziła się zmęczona i obolała. Była na skraju załamania nerwowego i nic nie wskazywało na to, że coś się zmieni. Przyspieszone bicie serca, szum w uszach. Nie, nie dzwoni jej w uszach – to odezwała się leżąca przy łóżku komórka. Sięgnęła po telefon. Numer zastrzeżony. Postanowiła nie odbierać. Rzuciła aparat i położyła się na plecach.

Nie miała nic szczególnego do zrobienia w tym trzecim dniu wymazywania przeszłości. Palcami przesunęła po materacu. Wzdrygnęła się – obok niej nie leżał ani Chaz, ani nikt inny. Zabawne, jak realistyczne mogą być marzenia.

Plan na dziś polegał na kolejnej próbie zapomnienia o Chazie. Większą część bezsennej nocy spędziła na próbach niemyślenia o nim. Gdy zamykała oczy, widziała go. Wypiła sześć filiżanek mocnej herbaty, by powieki jej nie opadały i nie nachodziły sny. Teraz odczuwała skutki zmęczenia i godzin spędzonych z Chazem na podłodze. Naprawdę myślała wtedy, że umrze w stanie błogiej rozkoszy.

Ale to już przeszłość. Dziś następuje nowy rozdział jej życia, bez Chaza i jego agencji reklamowej. Zamierzała rozkoszować się swobodą. Dziś jest też pierwszy dzień, w którym naprawdę odpocznie.

Rozległo się pukanie. Z trudem wygramoliła się z łóżka i na sztywnych nogach podeszła do drzwi. Pewnie sąsiad lub Sam. A może Brenda, choć ta miała klucze, więc nie musiała pukać, chyba że przez grzeczność.

Spojrzała przez wizjer: stała tam Brenda w eleganckiej ciemnozielonej sukience. Kim otworzyła drzwi.

– Nie mam dziś ochoty na plotki, Bren, chyba że słyszałaś coś na temat ciekawej pracy. A może przyniosłaś śniadanie? Umieram z głodu.

Brenda rzuciła jej zbolałe spojrzenie, zacisnęła usta i odeszła na bok. Zdrajczyni nie była sama. Zaskoczona Kim zrobiła krok do tyłu.

– Mam informację, która może cię zainteresować – odezwał się Chaz ochrypłym głosem, który zawsze sprawiał, że uginały się pod nią kolana.

Kim zamrugała i popatrzyła na Brendę.

– Na pewno ci się spodoba – poparła go. – Posłuchaj, a dopiero potem mnie wyrzucisz.

Choć próbowała nie patrzeć na Chaza, czuła jego obecność. Ciągnęło ją do niego niczym ćmę do ognia.

ROZDZIAŁ SZESNASTY

Chaz Monroe stał na progu jej mieszkania. Wyglądał tak cudownie, że żadna kobieta nie zdołałaby mu się oprzeć. W miękkich szarych spodniach, czarnej skórzanej kurtce i niebieskiej koszuli jak zawsze dobranej odcieniem do barwy oczu. Był spokojny, ale jakby zmartwiony. Z odległości półtora metra Kim czuła jego zapach. Jej wewnętrzny alarm przeszedł w stan gotowości.

– Rozumiesz, co znaczy słowo „urlop"? – zapytała.

– Jeśli dasz mi szansę, wytłumaczę – odparł.

– Słuchajcie – przerwała Brenda. – Za dwadzieścia minut mam spotkanie. Poradzicie sobie beze mnie?

– To ty go tu sprowadziłaś – wypomniała Kim przyjaciółce.

– Nie. Jestem tylko pośrednikiem – oznajmiła Brenda.

– Jestem w piżamie, Bren.

– Nie zauważyłem – odrzekł Chaz, kłamiąc w żywe oczy, z uwagą bowiem lustrował jej ciało.

Skrzyżowała ręce, by choć trochę się przykryć.

– Dzwoniłam do ciebie, żeby uprzedzić, że jedziemy – wyjaśniła Brenda.

Kim zerknęła przez ramię, jakby mogła stąd dostrzec pozostawiony w sypialni telefon.

– Z innego telefonu?

Brenda przytaknęła.

– Mój zostawiłam w biurze. Wybiegliśmy w pośpiechu.

– Skąd miałam wiedzieć, że to ty?

– Nie wiem, może instynkt?

Brenda zwykle nie rozstawała się z komórką, co oznaczało, że Monroe musiał ją tu przyciągnąć prawie siłą. Miała być buforem bezpieczeństwa czy mediatorką?

Kim spojrzała wyzywająco na Chaza.

– Najwyraźniej przeżywam déjà vu. Myślałem, że etap korytarza mamy już za sobą – zauważył.

Zrozumiała, co chciał przez to powiedzieć. Tak, ten etap był już za nimi – o ile niedawne wydarzenia uprawniały go do nachodzenia jej, gdy tylko przyjdzie mu ochota. Kim poczuła, że robi jej się gorąco, a policzki czerwienieją, zupełnie jakby była na tego faceta napalona.

Gdy zdołała oderwać od niego wzrok, spojrzała ponownie na przyjaciółkę i rzekła:

– Co jest tak ważnego, że go tu przyprowadziłaś?

– Chodzi o plany dotyczące agencji. Po zwiększeniu rentowności Chaz chce ją sprzedać. Cała jego rodzina zajmuje się kupnem i sprzedażą firm.

Brenda zerknęła na Chaza, który dalej milczał.

– Jeśli Chaz sprzeda agencję, masz szansę na awans, więc nie przejmuj się plotkami. Nie musisz zastanawiać się nad odejściem z firmy. Miałam o tym nikomu nie mówić. Chaz postanowił przyjechać tu ze mną, bo uznałam, że musimy ci to powiedzieć.

Kim przeniosła wzrok na Chaza.

– To prawda?

– Tak, od początku taki miałem zamiar – odparł. – Chciałem ci powiedzieć o tym tamtego wieczoru, ale coś nam przeszkodziło.

Przeszkodziło? Więc tak to nazwał?

– Dlaczego więc od razu mi nie powiedziałeś? – zapytała Kim.

– Wtedy inne rzeczy wydawały się ważniejsze.

Istotnie, ta wiadomość powinna poprawić jej humor. Nie musiałaby odchodzić z pracy, którą kocha. Jednak zamiast ulgi poczuła ucisk w żołądku. Chaz odejdzie.

Nie objął stanowiska wiceprezesa, działał pod przykrywką. Nie musi się martwić o Chaza, bo wkrótce zniknie, a ona nie będzie się rumienić na jego widok. Uporała się także z kwestią klauzuli w kontrakcie.

Gdy Chaz odejdzie i będzie chciał się z nią widywać, nic nie będzie stać im na przeszkodzie. Jeśli naprawdę pokonała lęki matki, nie musi go unikać z powodu strachu, że zostanie porzucona.

– Kim? – Brenda przerwała jej rozmyślania.

– Czy to ci odpowiada? – zapytał Chaz. – Wkrótce będziesz miała mnie z głowy i możesz skupić się na awansie.

Z głowy? Te słowa były niczym policzek. Chaz nie mówił jak mężczyzna gotowy na dalszy związek. Zamknęła oczy. Kretynka! Może dostał już, czego chciał, odniósł zwycięstwo w męskim stylu.

Zachowywał niewzruszony wyraz twarzy. Nie wykonał najmniejszego ruchu w jej stronę.

Cofnęła się, zdruzgotana własną słabością. Najwyraźniej niczego się nie nauczyła.

– Świetnie – rzekła miękko, a potem zamknęła drzwi.

Oparła się o framugę, zbierając siły, by być nową Kim. Nadal wyczuwała obecność Chaza za drzwiami.

– Nie wygląda na to, żeby ta wiadomość ją zachwyciła – odezwał się Chaz.

– Była w piżamie – odparła Brenda, jakby to coś tłumaczyło.

– Dobra. Zrobiłem, co mogłem. Wychodziłem z siebie, żeby jej pomóc, ale nie jestem idiotą. Jest dorosła i robi, co chce. Wracam z tobą do biura. Przeze mnie nie włożyłaś płaszcza, przepraszam. Jest zimno, weź moją kurtkę, proszę.

– Do diabła, Monroe – rzekła Brenda. – Jeśli chcesz, potrafisz być naprawdę uroczy. Gdybyś nie był zakochany w mojej najlepszej przyjaciółce, może bym się z tobą umówiła.

– Zakochany? Jesteś romantyczką, Brenda.

– Widzę w twoich oczach łzy.

– Jestem mężczyzną, a ona była w piżamie.

– Nikogo nie oszukasz, najwyżej siebie.

Ich głosy ucichły, ale usłyszane zdania dźwięczały Kim w głowie. Zakochany? Brenda nie miała pojęcia, co się między nimi wydarzyło. A więc Chaz odpuszcza, to oświadczenie było niczym kubeł zimnej wody. Tamtej nocy wszystko, czego pragnęła, znajdowało się w zasięgu ręki. Wtedy z przyczyn osobistych nie mogła po to sięgnąć, teraz szczęśliwe zakończenie nie wchodziło już w rachubę, chyba że w marzeniach.

Czuła się śmiertelnie zmęczona. Chaz nie powiedział ani słowa na temat wspólnej nocy ani swoich uczuć. Być może sam w ogóle by się tu nie zjawił. Nie zgodził się z opinią Brendy, że jest w niej zakochany. Wynikało z tego, że chce jej tylko pomóc w awansie, na który zasługiwała. Tak więc była to wizyta zawodowa?

No dobra. Na razie musi zająć się czymś innym, znaleźć własną drogę. Wrócić do planowanych zakupów. Poczuje się lepiej i wypełni pustkę. Ile razy w ciągu ostatnich siedemdziesięciu dwóch godzin doszła do podobnej konkluzji? Podeszła do szafy, by się ubrać.

– Kogo chcę oszukać? – wyszeptała i osunęła się na łóżko. – To, co czuliśmy, to była miłość.

Wtedy wpadła na pomysł, przypuszczalnie chory i najgorszy, jaki kiedykolwiek przyszedł jej do głowy. Jednak tak właśnie postępuje dorosły człowiek.

Jej sukienka była czarna, krótka i bez rękawów, niezbyt wycięta i dopasowana w pasie. Narzuciła na nią obszyty futrem sweterek i włożyła naszyjnik z kryształów. Na nogach miała podróbkę czarnych szpilek Louboutina ze złotymi obcasami, które dodały jej wzrostu i pewności siebie.

Siedziała w taksówce i z determinacją patrzyła na duży biały dom. Wzięła kilka głębszych oddechów, zanim wyszła na brukowany podjazd obsadzony niskim żywopłotem. Rozświetlone okna i błyszczące drzwi zachęcały do wejścia. Zielone girlandy ze świerku i ostrokrzewu tworzyły idealne łuki, udekorowane czerwonymi welurowymi kokardami i kolorowymi szklanymi bombkami. Rzędy samochodów stały wzdłuż podjazdu i ulicy.

Ciekawe, jak się dorasta w takim domu? Nie spytała go, gdzie teraz mieszka, ale to już nie miało znaczenia. Minęło dziesięć okropnych dni, odkąd go widziała.

Nie wróciła jeszcze do biura. Potrzebowała czasu i dystansu, by zastanowić się nad przyszłością. Teraz stała przed domem rodziców Chaza, by wziąć udział w przyjęciu, które miała pomóc organizować.

Była Wigilia i przyszła tutaj, tak jak obiecała, choć nie było to łatwe. Uśmiechnie się do Chaza i złoży mu życzenia, żeby udało mu się dobrze sprzedać agencję.

Drzwi były szeroko otwarte. Stał w nich mężczyzna z kieliszkami szampana na srebrnej tacy. Kim wzięła kieliszek i weszła do przestronnego holu wyłożonego drewnianą podłogą, z lustrami i olejnymi obrazami przestawiającymi krajobrazy.

Wszędzie kręcili się ludzie w różnym wieku, wokoło biegały roześmiane dzieci. Zazdrościła im. Boże Narodzenie to dla dzieci magiczny okres, a to przyjęcie idealnie oddaje tę atmosferę.

Kim wiedziała, jak będzie wyglądać salon, zanim do niego weszła. Nie pomyliła się. Nad półmiskami z jedzeniem górowały lodowe rzeźby. Śnieżna pianka bieliła parapety. Złocona zastawa stołowa i kryształowe kieliszki dopełniały reszty. Najpiękniejsza była stojąca w rogu choinka, największa, jaką kiedykolwiek widziała.

Miała przynajmniej trzy metry wysokości i pełno bombek, zabawek, świecidełek, migoczących lampek i podłużnych lizaków. Choć spodziewała się świątecznej feerii, zamarła, a oczy zaszły jej łzami.

Salon był niewyobrażalnie piękny. Dla kogoś po takich przejściach jak ona ta magiczna atmosfera okazała się przytłaczająca. Ręce zaczęły jej drżeć, trochę szampana się wylało. Kątem oka dostrzegła subtelny ruch, który od razu zwrócił jej uwagę. W drugim wejściu do salonu stał mężczyzna, który swobodnie opierał się o framugę. Wyglądał nonszalancko w czarnym swetrze i czarnych spodniach...

Serce Kim poskoczyło, reszta szampana prawie się wylała. Ale to nie Chaz wznosił w jej kierunku kieliszek. To nie on uśmiechał się i patrzył na nią. Był podobnego wzrostu i postury co Chaz, prawie tak samo przystojny, z podobnymi ciemnymi włosami i klasycznymi rysami twarzy. Ktokolwiek to był, odkleił się od ściany i ruszył w jej kierunku, nie odrywając od niej wzroku.

Światła nagle zaczęły ją razić. Nie powinna była tu przychodzić. Nie była na to gotowa. Odstawiła kieliszek na stół i odwróciła się. Zanim mężczyzna zdołał do niej dotrzeć, ruszyła w kierunku holu i tylko raz obejrzała się za siebie. Jakże cudowne życie wiedzie Chaz!

Wyszła równie szybko i niezauważenie, jak weszła.

– Rory? – zapytał Chaz, gdy wpadł w holu na brata, który miał niewyraźną minę.

– Straciłeś to, bracie – rzekł Rory, gapiąc się na drzwi.

– Co takiego?

– Najpiękniejszą istotę na ziemi.

Chaz uśmiechnął się szeroko.

– Jest tu mnóstwo pięknych kobiet.

– Przy niej bledną.

– A przy okazji, dużo już wypiłeś?

– Nie żartuję – zapewnił Rory.

Chaz rozejrzał się wokół.

– Więc gdzie jest ta bogini?

– Wyszła.

– Przyjęcie dopiero się zaczęło – stwierdził Chaz.

– Dlatego jej wyjście było dramatyczne.

– Przykro mi, że tak szybko ją straciłeś.

– Nie wymyśliłem jej, Chaz.

– Przykro mi – powtórzył Chaz, gotowy na kolejny kieliszek szampana, by nadążyć za Rorym i utopić smutki.

Śmiech Rory'ego nie zabrzmiał skromnie.

– Mam nadzieję, że jest tu jeszcze jedna blondynka o urzekających orzechowych oczach i ciele namawiającym do grzechu. Jeśli tak, to ją odnajdę.

Chaz odczuł, że jego plan upicia się odsuwa się w czasie, choć nie wiedział dlaczego.

– Orzechowe oczy? – powtórzył.

– Tak. Wszyscy pękamy na widok takich oczu, prawda?

Chaz musiał zapytać, chociaż wiedział, że to głupie:

– Miała czerwoną sukienkę?

Rory potrząsnął głową.

– Czarną, w małym rozmiarze, która przylegała do niej niczym rękawiczka. Hej, ale na kobietach świat się nie kończy, dzisiejsza noc należy do ciebie. Znalazłeś potencjalnych kupców. Dają ci pół roku na uporządkowanie spraw w agencji?

– Tak, to chyba dobre wieści.

– Chyba? Chaz, to twój pierwszy duży interes. Opijemy go?

Dziwne przeczucie powróciło. Chaz nie mógł się od niego uwolnić.

– Czy miała dotąd włosy? – Pokazał ręką ramię. – I długie nogi?

– Więc jednak ją widziałeś? – Rory zaczął się z nim droczyć.

– Była sama? – nagląco spytał Chaz.

– Nie fantazjowałbym, gdyby przyszła z facetem.

Ledwo słyszał, co mówił Rory. Ruszył do drzwi, zastanawiając się, czy to Kim. Gdyby jakimś cudem to była ona... czy oznaczało to, że chciała go spotkać?

Nie dostrzegł jej ani na werandzie, ani na podjeździe. Do diabła, zupełnie jak w bajce o pantofelku porzuconym na schodach, który pasuje tylko na jedną stopę. Co niewątpliwie pomogło choremu z miłości facetowi zmęczonemu udawaniem, że nie zależy mu na właścicielce bucika. Tak bardzo zależało na Kim, że bez niej czuł w sobie pustkę.

Klucze miał w kieszeni, samochód stał przed garażem. Mówiąc mijanym po drodze ludziom o jakiejś niecierpiącej zwłoki sprawie, dotarł do samochodu, włączył silnik i nacisnął gaz.

ROZDZIAŁ SIEDEMNASTY

Sam nie miał zamiaru wpuścić go na górę.

– Naprawdę nie mogę, proszę pana. Dostałem wyraźne polecenie, żeby tego nie robić pod groźbą utraty życia.

Chaz podejrzewał, że Kim nie odbierze domofonu. Miał nadzieję, że zdąży dotrzeć do jej domu przed nią, ale Sam wyprowadził go z błędu.

– To przykre, że samotnie spędza święta – dodał Sam.

Przyszła na przyjęcie do domu rodziców, ale nie została na tyle długo, aby mógł ją odnaleźć. Przyjechał tutaj zdeterminowany, by ją zobaczyć. Wyszedł przed budynek i spojrzał w górę. Wydawało się, że tylko w jeden sposób może dopiąć swego, o ile nie zostanie aresztowany. Schody przeciwpożarowe, szóste piętro.

W rachubę wchodziło kilka okien. Może właściwe jest to okno oświetlone zielonymi i czerwonymi lampkami z siłą dorównującą mocy statku kosmicznego? Wystarczy tylko przesuwać się ostrożnie po stopniach, aż dotrze do właściwego okna.

Dwa razy pośliznął się i zdał sobie sprawę, że zaczyna się pocić pomimo mrozu. Zerkając w dół, zaklął pod nosem. Według jego obliczeń mogło chodzić o to okno, jednak światło w środku zbyt oślepiało. Bez uszczerbku na zdrowiu dotarł do następnego okna.

Tu światło pochodziło z lampek wiszących na choince. Łańcuchy przypominały lodowe sople, złote i srebrne bombki błyszczały. Ale to nie wszystko. Wszędzie paliły się świece, mimo zamkniętego okna unosił się cudowny zapach cynamonu. Choć wydawało się to niemożliwe, po prostu wiedział, że trafił pod właściwy adres.

Gdy patrzył na to wnętrze, dotarło do niego, że kocha Kim. Kocha jej piękną twarz, pełną wdzięku linię ramion, gołe stopy, pomalowane na fioletowo paznokcie u nóg, nieco wyniosłe zachowanie, gdy się złości. Kochał jej duże oczy, które miały taką moc, że dorosły mężczyzna i zatwardziały kawaler wspina się do niej w środku zimy po schodach przeciwpożarowych. Nigdy tak się nie czuł. Przed oczami widział swoją przyszłość z Kim, która obejmowała także ślub. Uśmiechnął się szeroko. Rory dostanie zawału.

Pragnął znaleźć się w mieszkaniu Kim, dowiedzieć się o niej innych rzeczy, dobrych oraz złych. Pozostawało tylko przekonać ją do powrotu. Na zawsze. Choć popadł w euforię, nie uniósł ręki w geście zwycięstwa – byłoby to zbyt niebezpieczne dla kogoś, kto znajdował się sześć pięter nad ziemią w niewłaściwym stroju. Czas stąd spadać, w końcu ktoś wezwie policję. Jeszcze tylko jedno spojrzenie i już go nie ma. Przysunął twarz do szyby... i mało brakowało, by spadł, bo zobaczył patrzącą na niego Kim.

Zrobiła krok do tyłu i z trudem powstrzymała okrzyk. Za oknem był mężczyzna. Musi zadzwonić na policję. Gdy nieco ochłonęła, jego twarz wydała się jej znajoma.

– Monroe? – spytała z niedowierzaniem.

Uśmiechnął się szeroko.

– Sprawdzam, czy wyjście przeciwpożarowe nie zarwie się pod Świętym Mikołajem.

– Czego chcesz, Chaz?

– Wyszłaś z przyjęcia bez przywitania się ze mną.

– Zrobiłam błąd, uważając, że zdołam na nim wytrzymać.

– Błąd polegał na ucieczce, zanim mogłem cię powstrzymać.

Kim potrząsnęła głową.

– Dlaczego tam sterczysz?

– Dlaczego kazałaś Samowi mnie nie wpuszczać?

– Bo chcę cierpieć w samotności.

– Cierpieć? – Chazowi z trudem przeszło to przez usta.

– Odejdź, proszę.

– Mam lepszy pomysł. Wpuść mnie do środka.

– Nie, choćby dlatego, że odkąd się tu wprowadziłam, nie udało mi się otworzyć tego okna.

Popatrzył na nią w zamyśleniu.

– A jeśli zapukam do drzwi?

– Nie odpowiedziałeś na moje pytanie – odrzekła.

Chaz stoi na schodach przeciwpożarowych. Wyszedł z przyjęcia, by ją odnaleźć. Czyżby mu na niej zależało?

– Czego chcesz, Chaz?

Wzruszył ramionami.

– Ciebie. Chcę ciebie.

Potem zniknął, a Kim stała bez ruchu, jakby przykuta do podłogi. Nie mogła błędnie odczytać wyrazu jego twarzy i tęsknoty w oczach. Ponieważ prawie zdążyła się rozebrać, wciągnęła pospiesznie sukienkę, poprawiła włosy i spojrzała na choinkę z dekoracjami, które kosztowały więcej niż sukienka i buty razem wzięte. Choinka, którą Chaz jej dał, sprawiła jej ogromną radość.

Zadzwonił domofon. Drżącą ręką podniosła słuchawkę i poleciła Samowi wpuścić Chaza. Czekała przy drzwiach, zastanawiając się, co mu powie. Może by powtórzył, że jej pragnie i upewnić się, że to dzieje się naprawdę. Otworzyła drzwi. Chaz stał z uniesioną ręką, która od razu opadła na jej plecy. Przez kilka sekund trzymał ją mocno, potem pchnął w głąb mieszkania.

Poruszał się z takim impetem, że znaleźli się w kuchni. Zatrzymał się na chwilę, by spojrzeć na Kim z uśmiechem.

– To nie to, co myślisz – odezwał się.

– Cholera! – Uśmiechnęła się.

– Chcesz, żeby to było to, co myślisz? – spytał.

– Tak! – odrzekła zdyszanym głosem.

Zamknął na chwilę oczy, potem zaczął ją całować, mocno do siebie przytulając. Gdy się odsunął, stwierdził:

– Masz choinkę.

– Tak.

– Przyszłaś na przyjęcie.

– Tak.

– Szukałaś mnie?

– Tak.

– Bo chciałaś być ze mną? Nie mogłaś już wyobrazić sobie beze mnie życia?

– Tak.

Tym razem, gdy się uśmiechnął, oczy mu się świeciły. Dojrzała w nich ulgę, radość i uczucie.

– Co myślisz o słowie „miłość”? – zapytał.

– Mocno przesadzone – odparła drżącym głosem.

– Chyba że dotyczy nas? – zasugerował.

– A dotyczy?

– Myślę.

– Kiedy będziesz pewien?

– Jak tylko zabierzesz mnie do sypialni. Tej oświetlonej niczym Biegun Północny.

– To nazywa się seks, nie miłość.

– Według mnie obie te rzeczy wzajemnie się uzupełniają. Mam rację?

Przytaknęła.

– Czy nie ma jakiegoś prawnego zakazu dotyczącego rozbierania się pod choinką?

– Nie wydaje mi się. Chodźmy kochać się pod choinką. Potem zwolnimy i wypracujemy płaszczyznę, która będzie odpowiadać nam obojgu.

Kim zrozumiała, że to przełomowy moment. Przyszłość, o której Chaz mówi, ma opierać się na zaufaniu i zrozumieniu. Musi mu uwierzyć.

Pocałował ją w czoło, potem w policzek. Otoczył ją ramionami, potem zaborczo przygarnął do siebie. Świat wokół niej zawirował, na skórze pojawiła się gęsia skórka. W odruchu przyjemności zamknęła oczy. Każdy pocałunek odciśnięty na jej skórze zmieniał się w ogień. Chaz złączył palce z jej palcami i trzymał ją za rękę. Taki prosty gest okazał się wprost cudowny. Zawierał obietnicę. Nie jest sama. Pocałowała Chaza, dostosowując się do jego rytmu i zapominając o wszystkim z wyjątkiem tego, że pragnie, aby był z nią zawsze. Zaryzykuje. Zaufa mu, bo go kocha.

Westchnęła. Trzymając ją mocno za rękę, Chaz odwrócił się i poprowadził w kierunku choinki.

– Najlepsza Gwiazdka w życiu – rzucił przez ramię.

ROZDZIAŁ OSIEMNASTY

– Kim? – zawołała Brenda, wstając. – Co się stało? Od kilku dni nie mam od ciebie żadnej wiadomości.

– Nie zostałam wylana – odrzekła Kim poważnie.

– Chaz zostawił na twoim biurku wiadomość, że chce się z tobą widzieć.

– Tak. Mam podpisać nowy kontrakt.

– Przekonał cię?

– On jest genialnym negocjatorem, Bren.

– Powiesz, o co chodzi? Masz jakąś dziwną minę. Nie jak ktoś, kto przegrał bitwę. Zostajesz?

– Zostaję.

– Wiedziałam, że dasz radę – rzekła Brenda z ulgą.

Zrobiła krok na tyle duży, na ile pozwoliła jej spódnica, otworzyła szufladę i coś z niej wyjęła. Potem ruszyła do gabinetu Chaza. Alice jej nie zatrzymała. Zamiast tego uśmiechnęła się i skinęła głową. Kim nie zadała sobie trudu, by zapukać. Z bijącym głośno sercem otworzyła drzwi. Wszystko się zmieniło. Przede wszystkim ona: teraz z nadzieją patrzyła w przyszłość.

Niecierpliwie czekała, aż zobaczy Chaza, choć ostatnio spędzała z nim prawie całe dnie. Stale uśmiechała się od czasu, gdy ujrzała go na schodach przeciwpożarowych. Nie było go przy biurku. Nagle złapał ją za rękę i obrócił. Zamknął drzwi na zamek. Jego usta znalazły się na jej wargach, jego ręce zaborczo jej dotykały. Straciła rachubę, ile razy się kochali, ale też dużo czasu spędzili na rozmowach i żartach.

Najwyraźniej ten pocałunek wynikał z naglącej potrzeby. Chciała zaprotestować, ale zbyt szybko przestał ją całować i zaczął mruczeć melodię przypominającą „Jingle Bells".

Upłynęło kilka sekund, zanim się odezwała:

– Widzisz? Jestem wyleczona. Mamy to już za sobą.

Potem zaczęła się śmiać. Złe emocje zniknęły. Spędzili cudowne święta, których nigdy nie zapomną.

Chaz też się roześmiał i zaczął podciągać jej spódnicę. Lubiła jego nienasycenie. Uwielbiała wszystko, co się z nim wiązało. Położyła ręce na jego dłoniach i rzekła:

– W przyszłości nie będziemy tego robić w moim gabinecie.

– Na szczęście to jeszcze mój gabinet.

– Kochaliśmy się rano.

– Już się mną znudziłaś?

– A co, jeśli ludzie mówią, że robię karierę przez łóżko?

– Zgodzę się z nimi.

Pacnęła go w ramię, a potem przesunęła ręką po jego idealnie wyprasowanej koszuli. W kieszeni natrafiła na coś twardego. Malutkie pudełeczko.

– Jestem pewien, że jeszcze nie mogę ci tego pokazać – oznajmił, powstrzymując uśmiech. – Pomyślałabyś, że jestem namolny i zdesperowany. Jako właściciel tej agencji muszę dbać o opinię.

Kim czekała na puentę.

– Ale mam dla ciebie inny prezent, którego być może nie zauważyłaś.

Uniosła brwi podekscytowana.

– Żeby zobaczyć tę inną niespodziankę, musisz ponownie otworzyć drzwi – powiedział.

– Jestem całkiem zadowolona z miejsca, w którym stoję.

– No dobra, w takim razie czy kochałaś się kiedyś na biurku? – zapytał przekornie.

Udając zakłopotanie, wygładziła spódnicę i odwróciła się, by otworzyć drzwi. Od razu zobaczyła to, czego wcześniej nie zauważyła, i jej serce znów zabiło szybciej. Na tabliczce widniało jej imię i nazwisko. Kim McKinley, wiceprezes. Potrzebowała chwili, by ochłonąć.

– Postanowiłem przez jakiś czas nie rozstawać się z tym miejscem – wyjaśnił – potrzebuję więc w biurze kogoś, komu mogę ufać.

Kim patrzyła na tabliczkę, potem na Alice, która się do niej śmiała, a następnie na Chaza. Zrobiło jej się gorąco. Postanowił jej zaufać i dać awans w firmie, którą na razie chce zachować. Trzeba mieć nadzieję, że na tyle długo, by zdołała pokazać, na co ją stać. Ogarnęła ją wielka radość. W te święta życzenia się spełniły. Upragnione stanowisko i mężczyzna – to wszystko, czego potrzebowała.

– Zgadzasz się?

Otworzyła oczy i napotkała jego spojrzenie.

– W kwestii stanowiska – wyjaśnił szeptem, choć zabrzmiało to tak, jakby mówił, o czymś zupełnie innym.

Przytaknęła, a on się uśmiechnął.

– Kim Monroe, jesteś skarbem agencji – odezwał się. – Chodź i popatrz na twoje przyszłe miejsce pracy. Zobacz, czy czegoś na nim nie brakuje.

Dopiero gdy wylądowała na biurku w jego ramionach, upuściła złoconą tabliczkę, którą wygrzebała z szuflady. Wkrótce będzie jej używać. W tym momencie dopiero dotarły do niej jego słowa. Kim Monroe?

Położył palec na jej ustach, by powstrzymać ją od komentarza. Jego oczy błyszczały.

– Dobrze, świetnie, wspaniale – rzekł. – Później będziemy mieć mnóstwo czasu na rozmowę.

Pocałunek pewnie setny, odkąd go poznała, był lepszy od poprzednich. Wyrażał bowiem wszystko, co chciała wiedzieć. Zaufał jej nie tylko w sprawach zawodowych, ale także że zostanie z nim na zawsze. A biurko, o którym od tak dawna marzyła, wydawało się odpowiednim miejscem na przypieczętowanie nowego dealu.

– Szczęśliwego Nowego Roku, kochanie – powiedział ujmującym szeptem, po czym przeszedł do udowadniania skali swoich uczuć.

Kolejna książka z serii
Harlequin Gorący Romans Duo
ukaże się 31 grudnia